黄裳集

创作卷IX

笔祸史谈丛　妆台杂记

山东人民出版社·济南
国家一级出版社　全国百佳图书出版单位

黄裳夫妇合影

《笔祸史谈丛》1988 年人民日报出版社初版书影

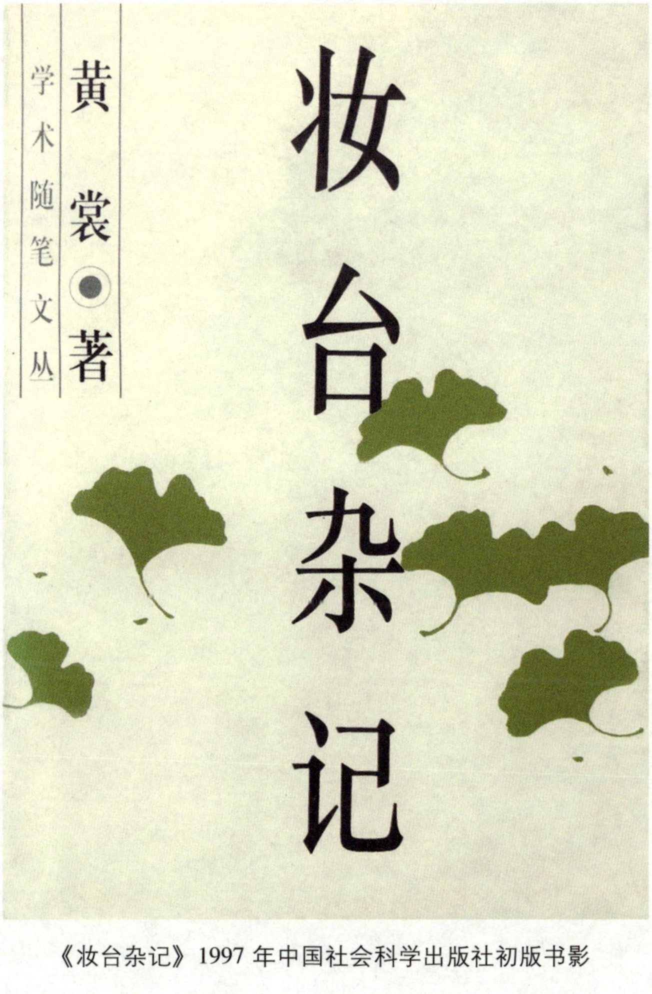

《妆台杂记》1997 年中国社会科学出版社初版书影

目 录

笔祸史谈丛

雍正与吕留良 …… 3

“名教罪人” …… 13

宽严之间 …… 19

隔膜及其他 …… 29

“几乎无事的悲剧” …… 35

违碍种种 …… 42

避讳的故事 …… 50

清代的禁书 …… 56

禁本小记 …… 65

《南山集偶钞》 …… 66

峤雅 …… 71

经鉏堂文稿杂著 …… 73

国史纪闻 嘉靖以来注略 …… 76

秋水集 …… 80

查·陆·范 …………………………………………………… 83
"光棍"的诗集 ……………………………………………… 90
汪景祺遗诗
——跋《读书堂诗集》稿本 ………………………………… 97
谈禁书 …………………………………………………… 102
后记 ……………………………………………………… 111

妆台杂记

出版前言 ………………………………………………… 119
序 ………………………………………………………… 122
一
陈圆圆 …………………………………………………… 129
不是抬杠 ………………………………………………… 149
关于《钱梅兰芳》 ………………………………………… 161
一点闲文 ………………………………………………… 166
纪念厉慧良 ……………………………………………… 169
读剧札记 ………………………………………………… 172
二
文学家与数学家 ………………………………………… 195
手掌 ……………………………………………………… 198
好快刀 …………………………………………………… 201
如梦记 …………………………………………………… 204

弭谤 …… 210
雄谈 …… 212
“算了!” …… 215
分寸 …… 218
诗之神秘 …… 220
闲情 …… 223
审查 …… 229
“冲冠一怒为红颜” …… 233
谣谚 …… 236
漫画源流考 …… 239
隔山买牛 …… 242
“表叔”的遐想 …… 245
关于“挺经” …… 248
震俗 …… 251
三
“葫”中日月长 …… 257
第三条道路 …… 261
答葛剑雄先生 …… 266
谈掌故 …… 268
关于书话 …… 274
马叙伦与《石屋余沈》 …… 278
读《石语》 …… 282

关于林琴南 …… 285
《周叔弢传》序 …… 288
许姬传的遗作 …… 291
序《书林掇英》 …… 296

故人书简——怀念叶圣陶 …… 301
故人书简——沈从文 …… 315
故人书简——钱锺书十四通 …… 319

四

药渣 …… 335
关于《金陵览古》 …… 340
乌衣巷及其他 …… 345
难忘的1945年 …… 350
1946年在南京 …… 356

昆明杂记 …… 362
五日长安 …… 387

笔祸史谈丛

《笔祸史谈丛》，读书记，1988 年 1 月人民日报出版社初版。

据初版本编入。

雍正与吕留良

清朝的文字狱，一般的意见都以为到了乾隆时才盛行，自然，以数量而论是如此。九辑《文字狱档》差不多有八辑都是说的乾隆一朝事。但以质量论，却都远不及雍正中发生的曾静吕留良案之重要。雍正的处理方法也是很独特的。一般的逆案，犯人的言论总是干碍着皇朝的体统与机密的，即使在官文书中有所触及，也大抵一鳞片爪，语焉不详，因为这都是"防扩散材料"，不宜使大众知道。可是雍正却反其道而行之，决心将这些材料公布于众。对于案犯的处理，常例是由大臣们审讯定拟，奏请皇帝批准执行，但雍正又一反常规，自己站出来与案犯面对面地辩论，写下长篇的上谕，为自己的政策、言行作辩护。对于这类大逆的案犯，照例是要凌迟处死的，但雍正又一反旧例，并不杀掉，还要罪犯到处讲说，现身说法，宣扬政策，而且告诫子孙，永远不得杀害，这又是石破天惊的做法，为一切人所不及料。但这最后一着却终于失败了。雍正一死，嗣皇帝乾隆就立刻处死了案犯，并且将雍正颁布天下的《大义觉迷录》列为禁书，下令销毁。乾隆为这一翻案活动找到的理由是，"然在皇考当日，或可姑容，而在朕今日，断难曲宥。前后办理虽有不同，而衷诸天理人情之至当，则未尝不一。”到底也没有说得明白，但从皇帝一换，政策立刻就变这一事实，也足以说明雍正确有点特别的地方，不大像人们心目中的皇帝模样，作为一种别格，不能不说是难能而可贵的了。

关于曾静一案处理的另一破格之处是宽恕了现行的曾静而狠狠地惩办了死去多年的吕留良及其子孙亲属。雍正自己的解释是，如不经曾静投书，“则谣言流布，朕何由知之，为之明白剖析，俾家喻而户晓……在曾静亦未为无功”，而吕留良则“谤议及于皇考”，是不能宽恕的。这解释不用说也是支离的，就连他给亲近的大臣的朱批中，也不能不承认是一种“出奇料理”。其实他是看出了思想上的叛逆比具体行动尤为危险的。而要彻底清除思想上叛逆的根源，不能不抓住一个有代表性的靶子来大做文章。吕留良搞过结社讲学，又大量批点时文，在读书人中有颇高的声望，又正好碰到刀口上，被他抓住了。他的这一思想被乾隆接受，贯彻下去，就成了此后办理文字狱的原则基调，也是通盘政策由武力镇压转向思想统制的契机。而雍正则是它的奠基者。

《大义觉迷录》四卷，现有重印本。所据底本有雍正内府刻本与雍正刻本两种，前者是御制的原本，后者则是地方上的翻刻。当日既要使之“家喻户晓”，那翻刻就不止一种两种，印数也必然可观。但被乾隆宣布为禁书之后就变成罕见本，成了藏书家的宝贝。本来是人人必读的政治教科书，转眼竟成为“防扩散材料”。在浩瀚的禁书目中，因此而出现了仅有的一种本朝皇帝的御制国书。凡此种种，都增添了它的神秘性。但要了解曾静一案的真实情况，它却不及文字狱档中所收材料之原始而可信，它略去了案件发生初期种种有趣的事实，曾静的口供虽占了很大的篇幅，但内容千篇一律，都是按照雍正的口径进行的自我批判，口口声声“罪该万死”，与“文革”中中国知识分子差不多都写过的交代和思想汇报没有什么两样了。这一切又都经过御览，整理修饰，成为典型的认罪八股，看起来只能使人昏昏欲睡了。

此案的透露是“南海无主游民夏靓遣徒张倬”向陕西总督岳钟琪上书，这时曾静和张熙用的还是化名，投书的封面上写的是“天吏元帅”，书中“且谓臣系宋武穆王岳飞后裔，今握重兵，居要地，当乘时反叛，为宋明复仇”。从岳钟琪的奏折中透露的零散材料，可以知道投书大致内容是反清复明和攻击雍正的种种失德。雍正的反应则是故作镇静，声称“竟有如此可笑之事，如此可恨之人”，同时指出岳钟琪的秘审、用刑是“料理急些了，当缓缓设法诱之”，还替岳设计了诱供的手段、言词。岳钟琪照办了，对张倬予以优待还“与之盟誓，伪为激切之言”，这样，张倬果然上了圈套，供出了真实姓名居址和一切关系人。雍正满意极了，肯定了岳的做法，朱批说：“览虚实不禁泪流满面，卿此一心，天祖鉴之。……朕与卿君臣之情，乃无量劫之善缘同会，自乘愿力而来，协朕为国家养生者，岂泛泛之可比拟，朕实嘉悦之至。”这种灌米汤手法是雍正的拿手好戏，对年羹尧早已使用过了，它也真的有效，立即使岳钟琪“感泣悚惶，惊喜交迫”。雍正又有朱批云，“朕生平居心行事，惟一诚实二字。凡谕卿之旨，少有心口相异处，天祖必殛之。朕之诚实卿必尽知，而卿之忠赤，朕实洞晓。朕惟朝夕焚香对天祖叩头，祝愿祈我良佐多福多寿多男子耳。五内欣悦览之”。为了收买臣下的忠心，不惜赌咒设誓，这在历代皇帝身上也是少见的表现，但恰好反映了君臣之间的猜疑、危惧。岳钟琪的审问张熙，一定要拉一个满洲大员陪同，也是为了撇清嫌疑。封建统治阶级上层之间的矛盾与合流，在这里是表现得如火如荼，好看极了。

曾静给岳钟琪的原信一直没有发表过。开始时岳钟琪是不敢冒昧呈览的，因为内容实在太露骨了，但雍正却说：“犬吠兽啼之声耳，有何可介意，送来闲览之。”态度似乎颇为从容，但当他看到原件之后，却不能不惊呼：“朕览逆书，惊讶堕泪览之。梦中亦未料天下有人如此论朕也。”这确是由衷之言。他又庆幸曾静、张熙的自首是一件好事，并表示“此书一无可隐讳处，事情明白后，朕另有谕”。这是下决心作“出奇料理”的开始。雍正经过明察暗访，知道“逆书”中指斥的情节，并非出于投书者自己的捏造，而是流布已经十分广远的公论，加以掩饰将是毫无意义的。他分明感受到了舆论的压力。即使是在封建社会里，舆论自也有它的力量，这正是一个好例。按照惯例，曾静也将雍正的罪恶规结为十条：谋父、逼母、弑兄、屠弟、贪财、好杀、酗酒、淫色、怀疑诛忠，好谀任佞。具体内容从雍正自己的辩护词中可以约略窥见，这是清初著名的公案，有不少学者都曾加以考证论定了。总之，这里说的是雍正做皇帝是否够格的问题，到底还是次要的。《大义觉迷录》中所载第一道上谕的主要内容则是有关夷夏之防的辩论。

雍正说："在逆贼之意，徒谓本朝以满州之君，入为中国之主，妄生此疆彼界之私，遂故为讪谤诋讥之说耳。不知本朝之为满州，犹中国之有籍贯。舜为东夷之人，文王为西夷之人，曾何损于盛德乎？"

他把少数民族的问题说成是籍贯问题，在当时是不得已的，但今天看来，这已完全不成问题，而且他的说法也含有不少合理的成分了。何况他也并未完全回避异民族的事实。"且逆贼吕留良等以夷狄比于禽兽，未知上天厌弃内地无有德者，方眷命我外夷为内地主。若拒逆贼等论，是中国之人皆禽兽之不若矣，又何暇内中国而外夷狄也？自骂乎，骂人乎"？这里就坦率地承认了自己是"外夷"，哓哓争论，有如小孩的相骂，这样的上谕也是少见的。

雍正又推论华夷之论，盖起于晋宋六朝偏安之时，还指出中国幅员的拓展与民族融合的事实，也都是符合历史实际的。"且自古中国一统之世，幅员不能广远，其中有不向化者，则斥之为夷狄。如三代以上之有苗、荆楚、俨狁、即今湖南湖北山西之地也。在今日而目为夷狄可乎"？这已经把问题说得很清楚了，雍正还举出了圣经贤传，"皇天无亲，惟德是辅"，"抚我则后，虐我则仇"，"顺天者昌，逆天者亡"。说明只有有德者才有资格做皇帝，民族、地域并不是决定性因素。这样，就接下去顺理成章地辩解自己实在是个够格的好皇帝，并非曾静所说的昏恶了。当然还免不了指天罚誓，为了杜绝流言的影响，“是以特将逆书播告于外，并将宫廷之事，宣示梗概，使众知之。若朕稍有不可自问之处，而为此布告之词，又何颜以对内外臣工、万方黎庶？将以此欺天乎，欺人乎，抑自欺乎”？看来他的处理此案是下了极大的决心的。“倘朕言有一字虚捏……必遭上天之责罚也”。“挥泪书此”这些话都说明他确是感到了反对派的强大与自己的孤立与无力。不能不说出这些极话来了。

岳钟琪在审问张熙时曾盘问“平日往来相与之人并其所祖述师承之具”，据供，“我辈同志之人素所宗者，系吕晚村、号东海夫子。我曾亲到其家，见其所著《备忘录》并《吕子文集》。惜其子孙不肖，忽背先志，贪慕荣利，已作仕宦，可为痛恨。今行李中所有抄录诗册，即晚村作也”。这是此案牵涉到吕晚村并引起雍正注意的开始。所说不肖子孙是指吕留良子、考中进士的吕葆中，此时亦已死去。文集是指《吕晚村文集》，雍正初刻本。晚村诗集没有旧刻，只留下一些传抄本，张熙所抄大抵就是这一类。

《大义觉迷录》卷四差不多就是批判吕留良的专卷。方法是首先打掉吕留良明遗民的头衔。清朝对待明遗民的态度是既防范也尊重的。固然希望他们出来为清朝帮忙，可是对真的降顺过来的又加以鄙视，修“二臣传”就是一种表示。这种看来似乎有点矛盾的现象只能用封建道德标准的忠字来解释。统治者需要的是死心塌地的忠顺奴才，恨的是反复无常见风使舵的角色。二臣既然背叛了前朝，那就不可能是新朝的可靠帮手。为了统治者的利益，是不能不表彰前朝的孤忠，正是为了效力新朝的榜样。清初的隆重为明遗臣赐谥予祭，做的就是这个题目。也就是说，主子虽然换了，奴才固有忠的道德是不能变的。而吕留良却是考中过清朝的秀才的，一入黉门，君臣之份就定了，再行反复就将不齿于士类。雍正说：吕留良"于顺治年间应试，得为诸生……是吕留良于明，毫无痛痒之关，其本心何曾有高尚之节也。乃于康熙六年，因考校失利，妄为大言，弃去青衿，忽追思明代，深怨本朝。后以博学宏词荐，则诡云必死；以山林隐逸荐，则剃发为僧。按其岁月，吕留良身为本朝诸生十余年之久矣，乃始幡然易虑，忽号为明之遗民。千古悖逆反复之人，有如是之怪诞无耻，可嗤可鄙者乎"！

雍正接下去又对吕留良著作中的"悖逆狂噬之词"，举例加以批驳。雍正当日接触的吕留良著作，除日记已经消失外，文集还留下了雍正初南阳讲习堂原刻的《吕晚村先生文集》八卷，续集四卷，后附"男公忠谨述"的《行略》。少加比勘，就知道雍正当日是颇为细心地通读了原书的。也确能摘出一些反映作者思想的词句。如文集中"德祐以后，天地一变。亘古所未经"，又云"将以小庄为桃花源，为不知有汉，无论魏晋之人"等等，其实这样的词句在文集中是所在多有的。文集卷五有"秋崖族兄六十寿序"一文，看题目大约是不会说出什么出格的话来的，然而不然，文章一开头就说去常熟为钱牧斋庆祝八十寿辰的事。这钱牧斋就不是清的统治者喜欢的人，他自己的著作全部被禁且不说，任何文字只要牵涉钱的名姓议论，也得一律抽毁。钱牧斋对吕留良说的一段话更是皮里阳秋、意在言外，他说，你算了吧，要为我祝寿无过于引用彭祖的先例，但彭祖又怎样呢?“八百年内享升平，歌暇豫，轩眉皤腹，开口而笑者，固无几也”。这一通牢骚又引起了吕留良的一大段议论。他说，照彭城的旧例，为吕姓家族祝寿，“必以蒲州也……言长生家必明为宗。然吾数其后，未四十年，遘金统之难，区宇糜烂，又五十余年而阴山微种，开门揖盗，燕云以南，无复人理。数不满百，五朝八姓十主，自生民以来，未有若斯之酷也。宋德口长，东罢于耶律，西躏于拓跋，完颜蒙古，相继甘人。磨刀吮血，腥闻过百年。是蒲州所阅历，固有倍蓰于彭城之八百。……则变乱之奇，自今日以迄不可推测，抑又烈矣。湘潭岳鄂，汴淮吴越之墟，耳断鸡犬，目断爨烟……狐狸叫嗥，鼷鼠杂迹。城郭如故，寂无人声”。结论是这种世道，即使有长生之术怕你也不情愿吧。这一大段议论，可以说明吕留良对清初政治形势联系历史旧事作出的完整估计。在雍正看来，应该是极端狂悖的，但却轻轻放过了。

雍正又摘引行状中的话：“有故人死于西湖，为位以哭。坏墙裂竹，拟于西台之恸。”查原文前有“甲辰岁”三字，后有“已而葬于南屏山石壁下”。这正是说的张煌言，也暗示了他们之间存在着某种联系，只是不好明说而已。雍正似乎并未能觉察这一节。又文集卷四有“答徐方虎书”，是留良落发为僧后所作。中有云：

“有人行于途，卖糖者随其后，唱曰，‘破帽换糖’，其人急除匿。已而唱曰，‘破网子换糖’，复匿之。又唱曰，‘乱头发换糖’，乃皇遽无措。回顾其人曰，‘何太相逼’！弟之剃顶，亦正怕换糖者相逼耳。”

这里很巧妙地说明了他对清政府剃发令，推举山林隐逸等一系列措施的态度。逼到无路可走时只能用落发来招架一阵。心事说得十分清楚，雍正也看得明明白白，在摘引了若干条文字后，下结论道，“此即其梗化不臣，明目张胆指我朝为闰统，托吠尧以自文者，皆此类也”。在雍正看来，曾静是“山野穷僻，冥顽无知”的人，他的谤讪只是因为误听了流言，又看到吕留良著作的结果，结论是“是吕留良之罪大恶极，诚有较曾静更为倍甚者”。至于吕留良的影响更是不可低估，“恣为狂吠，坐致盛名”，使读书人“转相推服，转相慕效，多被愚迷而不知”。甚至地方官吏也怵其声势与徒党之众，不能不加意周旋。“如近日总督李卫，为大臣中公正刚直之人，亦于到任之时，循沿往例，不得不为之赠送祠堂匾额。”再看吕公忠所作的“行略”：

“时同里陆雯若先生方修社事，操选政，每过先君，虚左请与共事。先君一为之提倡，名流辐辏，玳筵珠履，会者常数千人。……人谓自复社以后，未有其盛。亦拟之如金沙娄东，而先君意不自得也。”

可以看出，吕晚村并非只是一个批选八股文的专家，实际上已俨然成为一方社盟的宗主，一言一行，都为人们所信服、景从，也正是因为他的这种声望，使地方大官也不得不敷衍周旋。如果这样的人物平日发出的都是“狂吠”，而

"狂吠"又立即转化为公论，对统治者说来实在没有比这更为危险的事了。"行略"中又引录了吕留良的一首遗诗：

"谁教失脚下渔矶，心迹年年处处违。雅集图中衣帽改，党人碑里姓名非。苟全始信谈何易，饿死今知事最微。醒便行吟埋亦可，无惭尺布裹头归。"

吕公忠说此诗"人莫测其所谓"，当然是打掩护的话。这哪里瞒得过雍正，看不出是一首明明白白的政治异己者的宣言呢?

《大义觉迷录》卷末附有曾静的"归仁说"，是一篇悔过书与讲用稿。从中可以窥见曾静被宽免以后奉旨往各地宣讲的某些内容。其后半主要也是批判吕留良的。这种现身说法的方式是得到了雍正的肯定的，"可见人无智愚贤不肖，无不可感格之人"。对自己的"出奇料理"是很得意的。

雍正的政治敏感与魄力都是少见的，他又很精细勤奋，在某种意义上也许可以称之为一个英雄。不过曾静在《知新录》里说，"皇帝合该是吾学中儒者做，不该把世路上英雄做。……即谚所谓光棍也。"曾静说的是迂阔话，但他指出雍正是光棍却是不错的，光棍也就是流氓，流氓皇帝在历史上有不少先例。但像雍正这样的却极少。看他对付读书人的手段，从吕留良到钱名世，不只是残酷，同时还是残忍。他的努力得到了很大的成功，终于转移了一代士风，大大加强了奴性。流风余韵，至今还没有消歇净尽，这一点是不应忽略的。

“名教罪人”

对于清朝的第三个皇帝雍正，历来恐怕是怀着恶意的多，但近来似乎有了转机，有的研究者说，雍正一朝只有短短的十三年，又夹在康乾两朝各占六十年的“盛世”之间，因此常为历史研究者所忽略，“康熙宽大，乾隆疏阔，要不是雍正的整饬，满清恐早衰亡”。（杨启樵）清史专家郑天挺也称赞他是清初的“三个好皇帝”之一。专家的意见是有根据的，例如指出他每天批阅的奏折、部本、通本，就多至二三十件甚至五六十件，因此可以无愧为古往今来“最勤政的皇帝”云。而他的“朱批谕旨”，也不只是讨论政治问题，有时还要对宠臣说些甜蜜的心腹话，甚至指天发誓，有如情书，就没有别的皇帝这样做过。称之为极有特色的封建社会最高统治者，是没有疑义的。

雍正别出心裁富有创造性的言行是很不少的。继位前后的措置，收拾弟兄间的争位对手，对年羹尧、隆科多这样的“重臣”心狠手辣的打击，就都办得干净利落，使人佩服，但这些还并未跳出历代统治者的常规，算不得崭新的创造。只有雍正七年颁布《大义觉迷录》的一案，才是值得认真注意的。有人煽动大将军岳钟琪造反，雍正知道了，没有立即大张旗鼓地查办，却抓住时机写出了《大义觉迷录》一书，向全国公开进行自我辩解。煽动者不但未被处以极刑，反而被命为宣讲员到各地去现身说法，逐条批驳他们对雍正进行过的指责，消除影响。这种敢于在全国展开一场大辩论，借以制造舆论的方法，确是一种非凡的创造。

雍正命令将这本书“加以刊刻，颁于全国各府州县学，使读书士子观览知悉。如不知此书，一经发现，就将该省学政、该州县教官一体治罪”。可见在他的心目中主要的宣传对象是全国大小知识分子，他将这些读书人的“能量”看得远远超过其他的农工商，这也是独特的识见。

《大义觉迷录》虽然算不得古书，刊行量也一定大得惊人。但在很久以前书肆中就已极为难得，偶然发现价钱也几乎和宋本差不多了。这是一件怪事。有人说这是后来发现这办法不够妥当，又被宣布为禁书，一本本地收缴销毁了的原故。可见这种破格的行动原不是可以被普遍理解、接受的。雍正自己也明白这一节，所以他才在田文镜的奏折上批道，“遇此种怪物，不得不有一番出奇料理”。

陈援庵先生有一篇《钱名世轶事》的小文章，介绍了雍正的另一件“出奇料理”，不过这回案情并不十分严重，所以处理上带有恶作剧的玩笑性质。就像捉住了老鼠的猫儿在尽情玩弄到手的猎物似的了。

“钱名世，字亮工，号䌹庵，江南武进人。康熙四十二年一甲三人进士，官至侍讲。雍正四年三月三十日，大学士九卿等奏食侍讲俸之钱名世，作诗投赠年羹尧，称功颂德，备极谄媚。……应革职，交与刑部从重治罪。”

这里说得十分清楚，钱名世不过是一个风派，在年大将军圣眷优隆、炙手可热的时候，投诗献媚，是属于一般性的拍马，还算不上是年党，这一点雍正是看得清楚的，也是他的“英明”之处。有意思的是他的意见：

“得旨：向来如钱名世、何焯、陈梦雷等，皆颇有文名，可惜行止不端，立身卑污，所以圣祖仁皇帝摈斥不用，置之闲散之地。而钱名世谄媚性成，作为诗词，颂扬奸恶，措词悖谬，自取罪戾。今既败露，益足以彰圣祖知人之明。但其所犯尚不至于死。伊既以文词谄媚奸恶，为名教所不容，朕即以文词为国法示人臣之炯戒。”

雍正懂得看菜吃饭、量体裁衣的道理，也深知“风派”的作用与可恶，因此想出挖空心思的“料理”。

“著将钱名世革去职衔，发回原籍。朕书，‘名教罪人’四字，令该地方官制匾额，张挂钱名世所居之宅。”

古时对罪犯有面上刺字的办法，现在将御书的匾额挂在钱名世的大厅上，使他每天起身都要走过看见，亲友来访也只能闭着眼睛，真是一直到死都卸脱不得的大包袱。这样的“料理”，是只有绝顶的“天才”才能想得出来的吧。事情到这里还不能算是了结。

“且钱名世系读书之人，不知大义，廉耻荡然。凡文学正士，必深恶痛绝，共为切齿。可令在京见任官员，由举人进士出身者，仿诗人刺恶之意，各为诗文，记其劣绩，以儆顽邪，并使天下读书人知所激劝。其所为诗文，一并汇齐缮写进呈，俟朕览过，给付钱名世。”

这是发动群众搞大批判的发轫，是组成战线定下调子，有领导地进行围攻手段的先河，推原溯始，不能不推雍正为首创的先驱。

这本汇编了三百八十五人作品的《名教罪人诗》也是流传极少的，好像只从故宫里找到了一本，也许就是当时专案的原始附件。后来重印出版了。过去常常可以在旧书店里遇到，被当作“陋书”，没有人肯买。现在可是一本也看不到了。援庵先生还抄下了一首方苞的诗，虽然是桐城派大师的手笔，但到底不像诗。援庵先生说：“今诸人诗集多不录此等诗，殆物伤其类欤！”即此也可以看出这种批判运动的效果如何了。

前些时偶然在旧书店头买到一册《名教罪人》的翻印本，铅字排印线装，前故宫博物院出版“文献丛书”之一。书前有雍正四年“谕内阁九卿翰詹科道”旨一件。略云：

“钱名世向来颇有文名。我圣祖仁皇帝拔为一甲进士，置之词馆，兼直内廷。伊不能仰报厚恩，自罹罢斥。复蒙圣祖仁皇帝格外矜全，令其修书赎罪，又复其原官，给予俸禄，特不许在翰林衙门供职。盖圣明洞鉴，知其品行卑污，不堪复玷侍从之班也。”

值得注意的是翰林院在清初的特别受到重视，视之为清华之选，与处理庶政的行政机构不同。这也就是后来“复命在京大小臣工，由制科出身者，咸为歌诗以刺其恶”的张本。至于钱名世既然品行卑污，不能进翰林院，难道修书就是合格的吗？这一节就存而不论了。谕旨中提到钱名世的罪状是“乃复钻营不悛，以诗赠年羹尧，曲尽谄媚。至以平藏之功归之年羹尧，谓当立一碑于圣祖平藏碑之后，悖逆已极”。这也真是说得太过分了，竟要与皇帝争功，分庭抗礼。真的是不可恕了。雍正的通篇谕旨都是向全国“读书之士”说话，最后也不忘对这种别开生面的处理方法可能引起的误解加以申明：

“如谓朕于负罪之人，不加诛戮，尚赐以匾额，令在廷赋诗与之。视黜恶之典有同儿戏，则大非朕激劝风励之深心矣。”这是雍正自己也知道这种“出奇料理”实在有些过于别致了。当日奉旨做诗的文臣，也确实遇上了大难题。物伤其类固然是一块心病；在划定的圈子里打转，挖空心思想出话来，更是困难。要想不陷入雷同的绝境，几乎是不可能的。这一卷诗可以算是二百多年前的一份“样板诗”，其文献价值也就在此。做诗的三百多名臣工中间，有大官，也有诗人名士，其中查嗣庭和谢济世就是后来身陷文字狱的有名人物。可见他们并未通过运动改换思想，洗心革面。那么雍正的一番努力的效果如何也就可想而知了。

当日诸人奉旨作诗，做好以后先要由雍正审阅，认为满意才交付钱名世刊印。这中间就有翰林院侍读吴孝登、陈邦彦等因作诗不合圣意，吴被发往宁古塔给披甲人为奴，陈则落职。(《永宪录》)命运比钱名世更坏。可惜他们的诗没有流传下来，不知到底说了些什么话，惹恼了皇帝。被“重视”的翰林们的实际身份与遭际，在这里也暴露得淋漓尽致了。

一九八六年十二月补记

宽严之间

鲁迅先生在一篇题为“隔膜”的杂文中说过：“清朝初年的文字狱……大家向来的意见，总以为文字之祸，是起于笑骂了清朝，然而，其实是不尽然的。”“这些惨案的来由，都只为了‘隔膜’。”这些话说得非常深刻，翻翻《清代文字狱档》，是可以找出不少这种“隔膜”的例子来的。所有的案例，除了少数是由皇帝偶然发现，或得力鹰犬卖力诛求者外，绝大多数都是自投罗网的。这些人怀着各自不同的卑微的个人目的，希望一旦投献的诗文得到皇帝的赏识，就能立即改变困苦的处境，但不料一个个都碰到刀口上了。这是一种真正的悲剧。

但要说皇帝都有非凡的雅量，笑骂由人笑骂，当然也不是事实。迄今为止，我所发现货真价实可以算得上是笑骂了皇帝的，只有查嗣庭一案。见《柳南随笔》：

“文人借笔墨嘲讪，最属轻薄，况语犯君上，尤自蹈灭亡也。海昌查某，与锡山杜太史紫纶素善。上尝赐杜御书一幅，为程明道《春日偶成》诗，查戏成一绝云，‘天子挥毫不值钱，紫纶新诏赐绫笺。千家诗句从头写，云淡风轻近午天’。

诗成不以寄杜，录之日记簿，杜茫然不知也。后罹罪籍其家，日记得尘御览，上摘其大不敬语数条，此诗其一也。”

这事也见于汪景祺的《西征随笔》，诗句微有异字，可见当时已是流传颇广的了。作诗者和记述者都因此而被处死。如果按照封建时代的标准看来，当然算不得冤枉。可是后来不对了，在皇帝的鞭策与严格要求下，在奴才们尽力表现忠诚，希冀从中得到好处动机的趋使下，千奇百怪的案例源源出现了。有的是不看批注解释，简直就不能领会。胡中藻的《坚磨生诗钞》一案，是乾隆帝自己发动的，在“上谕”中并亲自进行了批判，实在是一种“样板”，意在使大小臣僚一概遵照奉行，严查不法分子。“上谕”一开始就提出了旧案：

“从前查嗣庭汪景祺吕留良等诗文日记，谤讪诪张，大逆不道，蒙我皇考申明大义，严加惩创，以正纪伦，而维世道。数十年来，意谓中外臣民，咸知警惕，而不意尚有此等鸱张狺吠之胡中藻，即检阅查嗣庭等旧案，其悖逆之词，亦未有累牍连篇至于如此之甚者。”

这篇上谕是乾隆二十年三月发出的，上距查汪等案，已近三十年，不料中外臣民并未从旧案吸取教训，依旧说怪话，写歪诗，发牢骚，泄怨气，这是不能不使乾隆失望并发怒的。看来只有把螺丝拧得更紧之一法。于是细摘原文，严加批注，很做了一大通文字，不过平心而论，与“天子挥毫不值钱”的打油诗比起来，质量可是差得太远了。

“如其集内所云：‘一世无日月’，又曰‘又降一世夏秋冬’，三代而下，享国之久，莫如汉唐，宋明皆一再传而多故，本朝定鼎以来，承平熙皞，盖远过之。乃曰‘又降一世’，是尚有人心者乎！又曰，“一把心肠论浊清’，加浊字于国号之上，是何肺腑！……又曰‘相见请看都盎背，谁知生色属裘人’，此非谓旃裘之人而何？……至若‘老佛如今无病病，朝门闻说不开开’之句，尤为奇诞。朕每日听政，召见臣工，何乃有朝门不开之语？……进呈南巡诗则曰，‘三才生后生今日’，天地人为三才，生于三才之后，是为何物，其指斥之意可胜诛乎！……又曰，‘天所照临皆日月，地无道里计西东，诸公五岳诸侯渎，一百年来频首同’，盖谓岳渎蒙羞，頫首无奈而已，谤讪显然”。

这通上谕长得很，可见乾隆是很花了一番心力，细细研究原诗，苦苦追寻底蕴，这才洋洋洒洒地完成了大批判的。胡中藻的原诗固然不成诗，乾隆的这些推论也无疑是神经衰弱者的梦呓，其所以如此，因为“伊在鄂尔泰门下，依草附木”，早被看作朋党奸人的缘故。已确定了对象是坏种，那么坏种的一言一行都自然是狂吠了。至于上纲上线，那是并不困难的，中国从古就有猜谜、射覆这些花样，方块字又是那么灵活的事物，在惯做截搭题的好手看来，简直就不算是一回事。乾隆在这里实在是给奴才们树立了榜样，奴才们也心领神会，放手大干起来，于是大量千奇百怪的案子出现了，到底造成了普遍的战战惊惊、鸦雀无声的局面，这实在是皇帝所万分希望出现的局面。

乾隆好像也觉得大批判有些牵强，说服力不强，而手段也似乎太辣了，于是不能不在谕旨中假撇清地申明：

“十余年来在廷诸臣所和韵及进呈诗册，何止千万。其中字句之间，亦偶有不知检点者，朕俱置而不论，从未尝以语言文字责人。若胡中藻之诗，措词用意，实非语言文字之罪可比。夫谤及朕躬犹可，谤及本朝则叛逆耳。”

这里既宣布了文字狱的尺度，把个别提炼为一般，把对象锻炼成离经叛道，非圣无法的罪犯；同时也争取了群众，使忠顺的奴隶觉得这不只是冒犯了皇帝，其实也损害着自己的利益。于是理所当然地激起了“义愤”，认为确是应该人人共诛天下共讨的了。没有这一手，文字狱的意义就要大大降低，只是皇帝与罪人个人之间的纠纷、争论，那还有什么意思呢？

蔡显的《闻渔闲闲录》，是本人赴府呈首的，原因是“此书于本年（乾隆三十二年）三月内刻成，并无不法语句，而其本地乡人，妄生议论，谓其怨望讪谤，投贴无名字帖，欲行公举”，这才“畏惧呈书自首”的。可见在作者看来，书中实在并无可以指摘之处，才放心大胆地呈请公断的，实在是天真的可以。同时可见大兴文字狱后在社会上确是发生了很大的影响，也在某种程度上发动了群众，虽然群众的出发点多半还是怕牵连。总之，不能说不是文字狱政策的成功。蔡显书的刻本已经失传了，但还留下了抄本，由吴兴刘氏刻入“嘉业堂丛书”，曾经粗略地翻过，却实在看不出有什么违碍的处所，不是钞本不全，那就是我的水平不高无疑了。

案子的结局是可想而知的。只凭“语涉狂悖”一款就在两江总督等的严鞫之下，“不能置辩，惟称草野无知，原有寓意，今天夺其魄，自行败露，罪该万死，实无可辞”了。这是逼供的结果，口称“罪该万死”也是古今通行的认“罪”法，到底没有真凭实据，皇帝自然是不能满意的。先是不能不遗憾地降旨，“蔡显刊刻书词，恣行怨诽，情罪深属可恶。第核其情节，尚与诋谤肆逆者有间，著从宽改为斩决……”可是到底不放心：

“及细检各处，如称戴名世以《南山集》弃市，钱名世以年案得罪，又‘风雨从所好，南北杳难分’及‘题友袈裟照’有‘莫教行化乌场国，风雨龙王欲怒嗔’等句，则是有心隐跃其词，甘与恶逆之人为伍，实为该犯罪案所系，而册内转不签出，明系该督等自以文义未精，竟委之一二幕友，代为披检，而幕友等从来锢习，每遇用兵之事，及以文字获罪者，辄一切讳匿不言，是以略摭无关紧要之文，巧为塞责，而于吃紧关键，不肯复加指摘，高晋等使若辈得售其术，朕则岂能依样葫芦，漫然不为省视乎！”

在精明的主子手下工作，是困难的，必须时时提防无从悬揣的挑剔指摘，只有一个办法，提高警惕，加码诛求，把定罪拟得严严的，宁愿由主子来“加恩”末减，虽然同样活不出，斩决到底是轻于凌迟的，这就是皇恩浩荡了。据说有人看过原本四库全书，常在每本起首处发现了明显的错误，原来那是为了“御览”时省些事，用不到细读就能看出显然的错误来，既证实了天王圣明，也便于改正。不幸皇帝翻也没有翻就算“御览”过了，谁也不敢再动任何手脚，只得听它错下去，一直错到今天。文字狱的往往由臣下严拟，再由皇帝减刑的办法，好像就是同样的手法。

在乾隆中，诗文中最忌讳的是明字。李骥的《虬峰集》内有“杞人忧转切，翘首待重明”“日有明兮，自东方兮，照八荒兮，民悦康兮，我思孔长兮，夜未央兮。”都是大逆不道的证据，戴移孝《碧落后人诗集》案中，连其祖父遗诗中“长明宁易得”句也认为是“悖逆显然”。官民的忌讳明字可以说是达到了神经错乱的地步。就连因私仇诬陷者也由此而捏造出莫须有的书名来。如卓长龄等《忆鸣诗集》一案，原由卓汝谐首告有《忆鸣诗集》一种，中有悖妄字句，搜查未得，据供，“实缘先有讼案起衅，希图报复。复闻其先人作诗，多有伤时之语，意以伤时即属追忆前明，又不能向卓连之等索看，故以‘忆鸣’为‘忆明’，隐跃其词，作扎举首，以冀泄忿，究之实无此书。”

这一案中已死的卓长龄是卓回（方水）的儿子，在卓回与周在浚合刻的《词汇》三编中提到过他的名字。从他的诗句里看，倒是个典型的明遗民，如“可知草莽偷垂泪，尽是诗书未死心”，“楚衽乃知原尚左，剃头轻卸一层毡”，都是不折不扣的遗民声口，他家一门都能诗，遗集在此案中已一网打尽，只留下一些断句于“文字狱档”中而已。

在皇帝恩威并用的激励下，自然会出现卖力办事的大臣，在这里倒真的表现了狗比主人凶的特色，也就是俗话说的“大王好见，小鬼难当”。没有这些得力的奴才，主子办起事来是不会如此顺手的。不过事情做过了头往往又会走向反面，有时又不能不惹主子生气。在承办文字狱案的官员中，江西巡抚胡宝瑔可以算是特别出力的一个。他办理余豹明首告余腾蛟诗词讥讪一案，在奏折中附有投告人对举发原诗并注解，可以算是非凡的妙文，如：

“其‘溪园’诗，‘小筑临寒渚，抱瓮待时清，只今溪园内，常闻秋水声。’既曰寒渚，又曰秋水，则无不清矣。又云抱瓮待时清何耶？意谓筑室以待时清，只今时势，尚属秋水声一派萧条愁惨之象耳。”

看揭发人的批注，可以知道“难道是这样的么”这样的批判手法，早在二百年前即已存在了。今之大批判专家未必读过“文字狱档”，那么他们的所见略同，只能是具有共同的思想基础、逻辑推理的结果。又说：

“枫桥诗：‘村烟绕青枫，寒流下赤鲤。为问虬髯翁，年年钓绿水。’虬翁隋之剑侠，乘隋乱志意欲有为，见唐太宗而止。腾蛟引此为句，意实何指？又舟中感怀诗云：‘寂寞问古人，谁是同心者，范蠡与张良，空行若天马……’古人多矣，必引张良范蠡为同心何也？岂以张良复韩，范蠡复越乎！”

这就更觉得面熟，是以借古讽今罪杀人的好例。这种拙劣的批判，连皇帝也不相信了，上谕指出：“签出各条，率多蹈袭旧人恶调，语句踳驳，不得谓之诽谤悖逆。胡宝瑔或有鉴于从前胡中藻之案，以为既经首出，不得不严行处置。且入告少迟，又焉知不为谢溶生先得居奇。……若摭拾诗句，吹毛求疵，置之重辟，不独无以服其心，即凡为诗者，势必不敢措一语矣。”

从皇帝的批评中也可以看出，乾隆中的文字诛求已经发展到怎样的水平，简直已离胡说八道不远，而不幸还是幸而言中呢，全体臣民都再也不敢措一语，只剩下八股文和考据学才是十分保险的事业。终清之世，还没有听说有谁从烦琐考据和八股文章中发现了大逆不道的证据，当然因出题得罪的还是有的，但只不过杀了几个考官，广大士子都无恙，证明这确是极安全、可以任凭驰驱的园地。

《清代文字狱档》只出版了九辑，所收除曾静一案外，几乎全部是发生于乾隆一朝的案件。这样就看不到顺、康、雍三朝文字狱的情况，这是有点可惜的。邓之诚先生《桑园读书记》有“西河合集”一条，引录毛氏“何毅庵墓志铭”，是难得的史料：

“予与同郡张梯、徐缄、沈胤范、祁班孙、姜廷梧，纵横为诗古文辞，既已选越郡诗若干卷行世矣，及见毅庵诗爱之，因出己所剩，与徐缄与君合为一集，名《越州三子》，实不知其诗之有避忌与否也。有言毅庵作诗刺当官者，州县官得其诗无如何，乃搜其旧稿，深文其辞字而指摘之，谓犯国禁死罪，系累之，押以官兵，渡江，赴军门。下杭绍二府，会勘于吴山之城隍庙。毅庵对簿无所诎。有吏大声曰：‘日重光何也?’曰：颂禅代也。东朝继世与兴王嗣国，凡有光于前代者，皆颂曰重光。《虞书》曰：‘重华于帝’，《孟子》曰，‘于汤有光’，此乐府题也。’‘何以曰纪辽东?’曰：‘此亦乐府题也。隋帝征辽东，而诗纪其功，凡后儒之颂功德者，皆得和之。我祖不尝下辽东乎？夫辽，胜国之地，而谓当讳之，吾不解也。’‘明朝者何?’曰‘诘旦也。以诘旦而曰胜国，则会朝清明，不唯在明朝，且在本朝矣。’‘清戎者何?’曰:‘清军也。以戎兵而曰戎狄，则整我六师，以修我戎，不唯戎徐戎，并戎周宣矣。’‘然则曷为夷?’曰:‘裔也。舜东夷，文王西夷也。且夷与夏对，今我有方夏，煌煌三祖，莅中国而抚四夷，谁夷我者?夷我者大逆当反坐!’‘曷为虏?’曰‘掳也。成为王，败为虏。寇不敢以明为虏，以明本王也。寇虽胜，然亦未底于成也。若我则成之者矣。且我自败寇以来，南征北讨，其自中及外，有何一非我所虏，而反以虏我，大逆当反坐!’”

这一节真是少见的奇文，但都是事实。公庭上竟是如此情形。此案若在乾隆中，所举诸款没有一条是可以逃出凌迟之罪的，但却允许被告当庭反控，以大逆之罪反加在问官身上，不能说不是一种“奇迹”。审评的结果更是出人意表:

“诘者无以应。……时巡抚金君、提督学院王君皆儒臣，各言诸所诘不当，入官无学术，徒多事，贻笑士类。圣天子倘闻此，将以我辈为何如人。而按察使佟君，直据嘉兴钱氏例，凡旧刻文卷，有国讳勿禁。其清夷虏等字，则在史馆奉上谕，无避忌者。(原注，康熙乙丑会试，外帘官不晓事例，尚有以日月夷虏字为疑者，及见上命题，有如日月之代明，伯夷圣之清者也，遂止。)……而毅庵竟免。”

据邓之诚先生考，此案发生在康熙二十五年，难道这时的“民主空气”竟是如此浓厚的么?尺度竟是为此宽纵的么?那当然不是。邓先生说得好:

“此亦康熙初一文字狱也。顺康之际，每兴大狱，必穷极株连，至三藩乱起，乃事优容。故《启祯诗选》及此案皆得从宽，使在乾隆时，族矣。”

宽严尺度，是随当时政治形势而变化的。这就使我们得以明白文字狱的处置何以有这种大起大落的现象。乾隆是“太平圣世”，皇帝没有政治经济大问题值得担心，可以放手对付读书人了。这就是历史上往往在经济恢复、政局稳定的时候，在文化战线上反而会出现大小波涛的原因。清代诸帝总是对汉人的知识阶层不放心，对结党深恶痛绝，对有名望的儒臣怀疑，对草野遗民更是念念不忘，交互使用怀柔与镇压的两手，使之服服帖帖不再生事。这一政策，在乾隆中是大体得到了成功的。从此朝廷上全是不好不坏，俯首帖耳的奴才，全国充满了醇正老实的读书人，正如龚定庵所说的“家家饭熟书还熟，羡杀承平好秀才”（吴市得旧本制举之文，忽然有感，书其端。）这些浑浑噩噩的书呆子真的是值得羡慕的么？龚定庵又说：

“国家治定功成日，文士关门养气时。”

这就说得更为明快，真的是活画出了“乾嘉盛世”的精神状态，而清朝从此也就走上了下坡路。

隔膜及其他

鲁迅先生谈到清代文字狱的起因，以为由于大不敬者少，而大抵以私仇报复者为多。而许多自投罗网者又往往是出于“隔膜”，即并不真能了解皇帝的心思，过多相信了表面的好听话，想去提建议、表忠心，撒娇卖好，终于碰在刀口上的。

乾隆十六年山西巡抚奏称有直隶人王肇基献诗，语句错杂无伦，且有毁谤圣贤、狂妄悖逆之处，审问后的供词是“我献诗恭祝皇太后万寿，不过尽我小民之心，欲求皇上喜欢的意思，并无别事”。又问所叙妄议国家事务、指斥文武大臣等情，供称“如今是尧舜之世，我何敢有一字讪谤，实系我一腔忠心，要求皇上用我，故此将心里想着的事，写成一篇来呈献的”。至于牵涉到内外满汉文武大臣各事，则是“在各处当长随时，有从京报上看来的，有说闲话听来的。只求代我进了此书，我就有官做了”。

这是很典型的一例，与鲁迅先生引用过的“冯起炎注解易诗二经欲行投呈案”正是一类。那结局也大体一致，王肇基虽经乾隆判定是“竟是疯人而已”，到底还是“立毙杖下”了。

蔡显的《闲渔闲闲录》是作者因“其本地乡人妄生议论，谓其怨望讪谤，投贴无名字帖，欲行公举”才“畏惧呈书自首”的。二百年前的匿名揭帖其实就是当时的大字报，在文字狱盛行的日子里，这种大字报形成的压力是可以想见的。蔡显偏又自信书中“并无不法语句”所以才自首上告，希望得到公正的处置，全未想到官府自有一套特别的手法，在白纸上也能看出破绽来的，终于落得个杀头的下场，这只能怪他自己不识时务。也就是一种“隔膜”。

《闲闲录》是曾经刻过的，不过早已销毁干净，看不到了。现在只有刘翰怡据旧抄本重刻的本子。不知道是抄本已有删削还是原书残缺，实在看不出有什么重大的悖逆之处。刘翰怡的刻书跋中说，“蔡以举人撰是书，多雌黄语，郡绅嫉之，知府锺台亦恶之，摘其所作诗，有‘风雨从所好，南北杳难分’句，又‘题友袈裟照’有‘莫教行化乌肠国，风雨龙王行怒嗔’句，隐约怨诽，情罪甚重。……今传抄本，其所摘诸条均无之。”其实这几句诗并非地方官摘出，而是乾隆自己看出来的，还为此在上谕中大大斥责了一通：“明系该督等自以文义未精，竟委之一二幕友代为披检。而幕友等从来锢习，每遇用兵之事及以文字获罪者，辄一切讳匿不言，是以略摭无关紧要之文，巧为塞责。……朕岂能依样葫芦，漫然不为省识乎！”乾隆是深通汉文化的皇帝，对官场的积弊也很清楚，在这样主子手下办事的奴才的处境是困难的。不过据现存嘉业堂丛书本，实在还有不少可以据以定罪的文字，不知道乾隆何以轻轻放过了。

《闲闲录》卷五据王沄撰《续年谱》载陈子龙殉国前后情事甚详，后记多是南明抗清义军活动情况，立场分明，略无避忌。又引“龚孝升（鼎孳）‘名列党人终是福，事关青史岂论官’，中包无限史事，非鸣其不平也”。（卷二）又引彭燕又（宾）诗：“雄心虚日月，遗恨满乾坤。”“愁中草木春如旧，老去乾坤事转新”，说是“知人论世，可以得其概矣”。（卷八）论质量，恐怕都比乾隆所摘出的几条为高，蔡显的并不以这些为触犯新朝大忌，也只能说他自己胡涂。但他的落入禁网的主要原因还是得罪了郡绅和地方官，也就是鲁迅所说的私仇报复。刘翰怡是清的遗老，但在跋文里也说：“附会诗句，以为诽谤，迩时风气使然，然不能禁其不传。……至牵连门下士，更属淫刑矣。”刘翰怡的不但广收禁书，屡屡复刻行世，是和他对清初文字狱有颇深的反感有关的。

许多文字狱都程度不同地表现了对清统治者的隔膜，但又更有特殊的例子在，那就是议论了宫廷秘事，批评了皇帝的私生活，这当然不能不引起乾隆的痛根。其实论动机，还是出自善良的心愿，何尝有半点恶意，但终于还是罪有应得了。

山西候选吏员严谱向大学士舒赫德投违禀启，恳求代奏，后又查出奏折一件，“其中有议立正宫，并纳皇后以皇上年过五旬，国事纷繁，若仍如前宠幸，恐非善养圣体，是以故加挺撞轻生等语”，在乾隆眼里，这实在是“乱民之尤，罪大恶极”。但又考虑这一案不同于一般的悖逆，不能照例处理了事，“恐外间无识之徒，转因办理慎密，妄生猜疑议论”，不得不交九卿法司严审究拟。可见在乾隆看来，这确是一件棘手的案子。在严审犯人之前，还特别关照“不必过用重刑”，但到了奴才手里，就变成了“濡缓折磨，使之倍尝痛楚”，到底还是使用了“拧耳、长跪、打板、拶指，严夹”种种手段，审问结果，严谮供说：

“三十年皇上南巡，在江南路上，先送皇后回京。我那时在山西本籍，即闻得有此事。人家都说，皇上在江南要立一个妃子，纳皇后不依，因此挺触，将头发剪去。这个话说的人很多。”“后来三十三年进京，又知道有御史因皇后身故，不曾颁诏，将礼部参奏，致被发遣之事。……想到人孰无死，若不做些好事，留个名声，就是枉为人了。……心里妄想，若能将皇后的事进个折子，准行颁诏，就可以留名不朽。……再则希冀有些好处，或借此可得功名，这个念头也是有的。”

这是在反复研讯之后得到的供词。看来严谮是受了明末议国本议大礼风气的影响，觉得这些都是国家大事，不妨议论，并可得到好名声的。不知新朝定鼎一百年来，最讨厌的正是明末这些“清议”，严禁的也是立党结社及因此而形成的宗派势力。这些都是他不明时势的取死之道。至于想借此而爬上去，那更是普遍存在的白日梦，一点都不奇怪的。

如果统计一下，清代的文字狱除了皇帝偶然发现、臣子主动举发与出于隔膜自投罗网者外，要以出于私仇或诈吓者为多。清初山阴祁氏一案，那诱因就是如此，海昌费寅《杂录》手稿记：

“魏雪窦为东门令史凌祥宇赘婿。联络山海，思得一当。与思溪钱缵曾允武为密友。时允武、雪窦通书于延平，为孔孟文首告。初时孟文尚图讹诈，故舛其名。以钱允武为钱云五，魏雪窦为魏西斗，潘龙基为潘伦吉。浙抚以无其人覆部。时顺治十八年辛丑夏也。而钱魏不知省，未及行赂于孟文。越半载，遂易真名，注明地址，行镇浙将军柯奎密拿矣。”

象孔孟文这种打小报告检举揭发的事，历史上是从未间断过的。起初是诈财，不得手就一股脑儿出卖。事后是不是论功行赏得到了好处，史家没有说。这一案的结局是三人杀头，牵连多人论死，又藉没了好几家。

与祁案差不多同时发生的庄廷珑史狱，其诱因也是出于诈财告陷。顾炎武《书潘吴二子事》说，庄廷珑得朱国桢《明史概》残稿，请人改编成《明书》，刻成行世。“书凡百余帙，颇有忌讳语，本前人诋斥之词未经删削者。庄氏既巨富，浙人得其书，往往持而恐吓之，得所欲明去。归安令吴之荣者，以赃系狱，遇赦得出。有吏教之买此书恐吓，庄氏欲应之，或曰，踵此而来，尽子之财不足以给。不如一讼绝之，遂谢之荣。之荣告诸大吏，大吏右庄氏，不直之荣。之荣入京师，摘忌讳语密奏之，四大臣大怒，遣官至杭，执庄生之父及其兄廷钺及弟侄等，并列名于书者十八人，皆论死。其刻书鬻书并知府推官之不发觉者，亦坐之。发廷珑之墓，籍得其家产，所杀七十余人”。

这是清初文字狱著名的大案，处理严酷为后来的文字狱开了先例，其起因也是诈财。清初这一类书籍原极多，只因作者并不都是巨富，不足成为勒索的对象，才得以暂时逃免。皇帝后来悟出专靠零星告密根除不了隐患，这才有了借修《四库全书》为名收集审查天下遗书的意思，随之而来的是销毁禁绝大批违碍书籍的“壮举”。征集是手段，禁毁才是目的，统治者是深通辩证的“将欲取之必先予之”手腕的。

“几乎无事的悲剧”

翻看《清代文字狱档》，其中有些案子论性质都是可以归入《笑林广记》一类的。然而读了以后却笑不出来。那结果往往是很悲惨的。人的价值已经贱如泥沙，而掌握着人的命运者也已堕落在禽兽之下。老虎吃人之前，并不发表一通什么宣言，申明罪状的，相比之下，不是还是更有道德的么。

顺天学政倪承宽在考试生童时，发现了试卷诗内，“语涉讥讪”，立即将该生斥革拿问，抄家，并根究有无别滋事端了。审问下来，据供，“该犯做诗平日原没讲究，卷内诗意，极要颂扬，苦于词不能达，又因不能诗学，随意填写，以致字句多不妥协，并无他意。”但倪承宽仍主张“非重加惩治”不可。看那试卷原诗，实在是打油之作，与乾隆御制的皇帝诗不相上下。这次乾隆的朱批是“其诗是不通，尚无别故，不必斥革”。比起倪承宽来要宽大得多。不过也怪不得这位顺天学政，实在被此起彼伏的文字狱弄得神经衰弱了，不得不从严批判，而皇帝的御批又是摸不准的，难保不作出天差地远的结论，要找明确的衡文定性标准，那可又没有。这就是文字狱中常常出现“狗比主人凶”情形的来由。

与此案有些相似的是“龙凤祥麝香山印存案”。龙凤祥是问流在配的官犯，被搜出印谱二册，据贵州巡抚觉罗图思德奏称，“图章语句，多有狂诞不经之处”，随即锁拿抄家。审问后案犯供称，因贫苦无聊，刻成两本印谱，希图送人获利，不料即被查获。“那图章字面，有用成语，有自己编造，并无别有意见”。刻闲章是从晚明开始盛行的一时风气，内容有大话、有牢骚，但没有颂圣的豪言壮语，要找怨望悖逆的字眼，不必断章取义，处处都是现成的。不过经乾隆“细加搜阅，并无悖逆不法字句，毋庸照逆案办理”。总算逃出了一条性命，发遣到伊犁等处充当苦差去了。

审问这类案件，自有一套“圆机活法”，“诗句虽非诽谤，但缺望情词，已属显然”。（刘统勋查抄鄂昌奏折）就是一个通用的套子，随时随地都能套中对手，逃脱不得。有时不必出于自作，批点前人之作也可以构成罪案。程明禋因妄作寿文，圈点成语，被问官捉住，问道：

“后汉书赵壹传内五言诗二首，你何以独取‘文籍虽满腹，不如一囊钱’二句，密加圈点，且批‘古今同慨’四字？”

这在批点之风盛行之时，对在书房里用功的人可是一种严重的威胁，不知何时何处会被捉住，牵连到逆案中去。乾隆对此案的处理也是别具手眼的。他认为作寿文圈成语不过是“文理不通，滥用恶套，与公然造作悖逆语者有间”。但因此而引起的纠纷，“此种党同恶习，实启师生门户之渐，于世道人心甚有关系。程明禋之罪实在于此”。虽然免却凌迟处死，还是“斩立决”了。真是天威不测，想揣摩也困难。

乾隆一朝，虽因文字狱案最盛，引起人们的注意，但多半是属于这一类“几乎无事的悲剧”。禁书因销毁而多半成为秘本，难以得见，但偶然读到，也还是失望的时候多。鲁迅在给杨霁云的信中说：

“乾雍禁书，现在每部数十元，但偶然入手，看起来，却并没有什么，可笑甚矣。现正在看《闲渔闲闲录》，是作者因此杀头的，内容却恭顺者居多，大约那时的事情，也如现在一样，因于私仇为多也。”（一九三四年十二月十四日信）

私仇之外，还应加上一条，就是奴才们为了献功邀赏或保全自己的捏造。许多冤案都是这样制造出来的。邓之诚《清诗纪事初编》王仲儒《西斋集》条说：

“仲儒身后得祸最烈，列入禁书专案。自今观之，略无抵触。仅故国之思，偶一流露。视同时诸人之作，或尚蕴藉。乃有禁有不禁，殆亦偶值其会耳。乾隆时禁书几以全力为之，及今所禁之书，依然流布世间，知为徒劳也。”

既然是几乎无事的悲剧，那偶然性就是必然的。说禁书是徒劳固然不错，说它为文化带来了浩劫也是事实。

乾隆十八年发生的“丁文彬逆词案”也许是这类案件中最为典型的一例。

一个口称孔家亲戚的浙江上虞人丁文彬，来到曲阜孔府门前求见。衍圣公看了来书，发现“狂诞虚拟”，不禁胆战心惊，立即将丁文彬捕拿送县，同时密扎山东巡抚查办，又上奏给乾隆，后来得到了“所见甚正，所办甚决，嘉悦览之”的朱批。这个丁文彬身边带了自著的《洪范春秋》，书中“丁子曰”字样经挖补改为“天子王帝曰”。这书事前又曾呈献给当时任浙江学政的庄有恭，但并无回覆。丁文彬又声称“已故衍圣公曾许其二女为配，传以尧舜之道，于前衍圣公孔广棨故后，即自以为承其统绪，即位为王，国号大夏，年号无元。擅加封赠”。同时又伪造时宪书，开列年号，并自画铸钱样式。“复捏写寄与孔氏书稿，称其为岳母妻室”，问他因何来禀，则捏称，“因困苦之极，欲将书籍交与衍圣公，传位与他”。正如山东巡抚杨应琚所说，此案是明明白白的大逆案件无疑了。但同时又不能不感到有些离奇。要解开这“神话”的谜底，就不能不看丁文彬的供单。据自供：

“小子从前跟了族叔祖丁芝田到过曲阜，见过老衍圣公，讲尧舜之道，辟佛老邪教，曾把两个女儿许配小子的。”

“问，你既是小家出身，现在看你形如乞丐，当年衍圣公怎肯与你结亲？况结亲从无两女同许一人之理，又并无媒妁，显属妄赖了。”

“供，小子结亲是奉上帝命，何须媒妁呢。那一夫二妇乃尧舜之道，舜妻尧之二女，班班可考。当年老衍圣公守先王之道，实应称帝，看小子讲道论德，与舜无异，故传位与小子，以二女妻之。这都蒙上帝启迪所成。小子闻得衍圣公殁了，就接了位，如今已八年了。”

问伪造逆书的经过，供：

“到乾隆十五年，上帝又命我改作《洪范春秋》，把这书又增添了好些，把书内六十章之后，‘丁子曰’都改作‘天子曰'‘王帝曰'‘王若曰'，是上帝命改，才挖补抽换粘连的。”

问到有无主谋，党羽，供：“小子原不愿做这件事，实是上帝之命，无奈何，并没有什么主谋的。”至于上帝：“上帝是上天，如何有人？小子实是蒙上帝时时启迪，常在身旁说话，人不能听闻的。”动了夹棍以后，还是供不出主谋，不过已经悟出“如今受刑，亦是上帝带累的”了。后来问官又追问所封的董妃，那供词就尤为有趣：

“封董氏为妃，那董氏是松江人。他父亲叫董恒山，开茶馆的。小子没饭吃，帮他扇过半年风箱，见他这女儿年方十五，生得好。小子心里想，就把她封了妃，记载在书上的。”依同理，孔大舅就被封为冢宰、平虏将军，叔舅为大宗伯，伯舅为大司徒，理由也是“官员原该都是孔家人做的”。

“又问，你书中记张七，是什么样人？为何这样恼他呢？供，张七即张不赓，他是松江张司冠之子。小子承圣人之绪，圣公之女应配与小子，不料被他夺娶了去。那年张七娶亲，豪华已极。不特小子不得妻，且念师妹不得所，故此恼不过，记这一句的。”

原想追出大逆案背后主持人及其同伙的问官，不料却问出了这样一连串荒诞不经的供词，那失望是无疑的，虽然用了“悉心研究，严加刑讯，用言开导，遣人诱探”种种方法，还是无效。巡抚杨应琚终于不能不承认：“丁文彬乃一至贫极贱之人，一旦少习陈言，遂自诩为奇材异能，无出其右。因而妄想富贵美色，痴心日炽，结为幻影，牢不可破。”这不像是审结，倒像医生开出的病历，其实还要算是明白的。不过即使是个精神病人，也还是不能放过，何况“该犯语言气短，面带死色，不便久候”。随即得旨，“丁文彬着即凌迟处死”了。犯人亲属丁文耀等三人也判了“斩监候”。以牵连规模论，也还不能算是一件大案。

丁文彬投书的当事人是衍圣公孔昭焕，虽然因及时上报得到皇帝的好评，但还是脱不了干系，不能不交上一份“亲供”，声明“我家世受国恩，焉敢僭称王号”。同时还汇报了一姊一妹的婚嫁情况，辨明与丁文彬无干。可见即使贵为衍圣公，也不能不诚惶诚恐地接受审查。乾隆到底给他留了面子，没有追问下去，至于在学院任内曾经接受丁文彬献书的江苏巡抚庄有恭，就没有这么轻松，不能不奏陈当日情景，并声称“当时臣本未留心查阅，后亦不复寓目，今事隔五年，实不知败簏破箧中果存此册否?”这话是骗不了皇帝的，朱批：“此奏又属取巧。细查书来，不可终归乌有。”庄有恭到底没有将逆书找到交出，自请交部严加治罪。乾隆对此发出了长篇的谕旨，说明早就“知其存心取巧，必不将原书查取呈览”，“今果空言回奏，不出朕之所料。……庄有恭之意，盖恐进呈此书，则罪戾显然，故藉词寻觅不见，以此避重就轻。……必系闻信查出私为销毁耳。”这精明而合理的判断，说明皇帝也明白文字狱在奴才心目中的分量。但最后只是“照庄有恭学政任内俸禄养廉数目加罚十倍”“以为徇名利而忘大义者戒”，不能说不是法外施仁了。

从处理这样一名癫病患者的过程，是可以看出清统治者的用心的。推广开来，也可以看作处理类似案件的原则，那就是宁肯失之冤滥也绝不使任何可疑的反对派漏网。当然，有时候奴才奉行得过了头，也要站出来说两句“公平话”，好像皇帝自己倒是宽仁的。但奴才到底是聪明的，绝不因此变得实事求是，因为这实在是太危险了。清代文字狱为什么会出现大量“几乎无事的悲剧”，看来实在是必然的。上面是皇帝，手下跟着一批奴才，老百姓全是虫蚁，被随意捉来玩弄，像猫逮住老鼠一样，并不立即干掉，只是尽情摆弄，直到尽兴时才一口咬死，还得赶在他剩下一口气之前。想想这实在是特等的残忍，不过虽然登峰而未造极，后起之秀的业绩往往有青出于蓝之妙。可是推本溯源遵循的还是过去的老谱，只是翻新了花样而已。

违碍种种

雍正也确是一位少有的勤奋皇帝，每日在章奏上用朱笔写下的批示，数量可真不少。后来他命令臣下纂刻的《上谕内阁》和《朱批谕旨》就有百来卷之多，还只不过收录了其中很少的一部分，不愧是一位大政论作家。雍正的原意是想使自己的意见，也就是“图治之念与诲人之诚”，都能使全体臣民知道，以达到统一认识、划一舆论的目的，也就是“可为人心风俗之一助”。这些文件在编纂刊刻的当时就已经进行了删削、润色和技术加工，有不少重要的内容被删去了。后来雍正死去、乾隆即位，虽然继先皇的遗志，完成了编纂的工程，可是删减得就更多，这倒并非因为他不认真，其实是发现了这办法有很多流弊的缘故。这么大量地公布“御批”，难免不被广大臣民从中看去了皇帝的心思，这可是十分危险的，何况前后矛盾之处也往往而有，更足以为治绩之累。雍正亲手编定的样板书《大义觉迷录》在乾隆中终于成了禁书，那原因也就在此。

乾隆四十四年黄检私刻其祖父黄廷桂奏疏一案，是乾隆自己无意中发现，并非有意查访所得。二月二十一日上谕云：

“昨检阅查抄高朴家内书籍，见有已故大学士黄廷桂奏疏刻本，系恭载所奉皇考朱批及朕朱批之折，深为骇异。偶阅一篇，其所载皇考朱批，与颁行之《朱批谕旨》多有未符，因交军机大臣校核，则其所刊奉有皇考朱批者计一百七十余折，较之朱批刊行者几多至两倍，而字句亦多不符合，甚属非是。因思皇考朱批久经钦定，选择刊行，而朕临御后朱批之折，从未选刻，岂臣下所得私镌！况朕向曾降旨，凡臣工奏折奉有朱批者，概不准其引入章疏，所谓君不密则失臣，臣不密则失身，理应如是。则凡朱批事件，更非臣下所宜宣露。且其所刊，多系嘉奖之语，其或奉有训饬，即未载入，尤为失实。”

这就明白地宣布，当前他的政策已与“皇考”之时不同，必须严格执行保密制度，皇帝的批示除了公开发布的诏谕外，一律不得随随便便，自由引用了。下面还引了雍正谕旨的原文，加以解释，其实是辩难，明白地表示了否定的意见：

“是现在刊行之朱批谕旨，深费皇考圣心，且所有批折，乃择其可以宣示者，始行刊布，其余删去者甚多。而劝戒并施，垂戒之意尤切，更非臣下所当妄为增损也。”“至朕临御以来，不特朱批从未镌刻，即历年所降谕旨，前经大学士蒋溥奏请刊布，朕亦未允行。”

追寻祸始，又发见这是明代流传下来的“恶习”，“若明季诸臣，惟以虚名相尚，彼此党同伐异，攻讦不休。……其锢结不解之恶习，深为痛恨。”这里就牵涉清帝所一贯深恨的朝臣结党，更何况“黄检身系汉军世仆，本不当学汉人之刻集沽名”，这几条禁约都是清初诸帝屡屡宣布过的，现在就一并重申，加以告戒。

鄂尔泰是雍正的宠臣，乾隆在处理胡中藻诗狱一案时，曾特别指出：“胡中藻系鄂尔泰门生，文辞险怪，人所共知，而鄂尔泰独加赞赏，以致肆无忌惮，悖慢诪张，且于其侄鄂昌，叙门谊，论杯酒，则鄂尔泰从前标榜之私，适以酿成恶逆耳。胡中藻依附师门，甘为鹰犬，其诗中谗舌青蝇，据供实指张廷玉张照二人，可见其门户之见，牢不可破。即张廷玉之用人，亦未必不以鄂尔泰胡中藻为匪类也。鄂尔泰张廷玉亦因遇皇考及朕之主，不能大有为耳。不然何事不可为哉。”今天看来，乾隆之所以处理胡中藻，并非仅只因为他的文辞险怪，其实倒是为了搞臭鄂尔泰并肃清前朝遗留下来的朋党余迹而已。

广西巡抚鄂昌（鄂尔泰侄）的得罪，表面看来是为了与胡中藻唱和诗篇，实际还是鄂尔泰的关系。乾隆的“传谕八旗，务崇敦朴”谕，即就此事加以发挥，表示了对满洲的渐染华风的隐忧，“满洲风俗，素以尊君亲上，朴诚忠敬为根本，自骑射之外，一切玩物丧志之事，皆无所渐染，乃近来多效汉人习气，往往稍解章句即妄为诗歌，动以浮夸相尚，遂致古风日远，语言诞谩，渐成恶习。”

其实满人的“多效汉人习气”，倒是由最高统治者的皇帝做出了榜样的。顺治的礼接高僧，笃好禅宗可以不必说了，康熙、雍正也都是有甚深汉文化素养的皇帝，乾隆自己附庸风雅、到处留题的业绩更是突出，御制诗集就一刻再刻；请沈德潜这样的弄臣代撰诗篇，还痛恨他泄露了代笔的“机密”，终于在他身后还给以剖棺戮尸的处分。（一说是因为发现了沈德潜咏黑牡丹诗有“夺朱非正色，异种也称王”之句的原故，那就是典型的文字狱了。）以如此欣赏崇拜汉文化的满洲皇帝来告诫族人不许沾染汉人习气，确是表现了一种怕被同化的危机感，但这种努力之终于无效也是不待说的。乾隆发现了鄂昌诗里的毛病，加以痛斥道：

“今检其所作《塞上吟》，词句粗陋鄙率，难以言诗，而其背谬之甚者，且至称蒙古为胡儿，夫蒙古自我朝先世，即倾心归附，与满洲本属一体，乃目以胡儿，此与自加诋毁者何异，非忘本而何！”

胡字在清初诗文中是大忌讳，这样的失误是不能宽恕的。称之为“名教罪人”是应该的。自从雍正将这四个字送给钱名世以后，这是第二次出现在上谕中间。又传谕八旗，“令其务崇敦朴旧规，毋失先民矩矱。倘有托名读书，无知妄作，哆口吟咏，自蹈嚣凌恶习者，朕必重治其罪。”

清初厉禁护发，也就是留发不留头，鲁迅说的：“这辫子，是砍了我们古人的许多头，这才种定了的。”试翻一下清初人的诗文，有关剃发，是常常说及的，但却不见哪一件文字狱中曾涉及此事。屈大均因文章中有雨花台葬衣冠之语，乾隆下令两江总督确访其处，速为刨毁，结果空演了一场闹剧，不了了之，没有再深究下去。邓之诚《清初纪事初编》屈大均条说：“世传其遭禁由雨花台衣冠冢志，其实他文有关剃发者，若《藏发冢铭》《长发乞人赞》《秃颂》《藏发赋》，皆为当时所万万不容者，愤激指斥之语，几于篇篇有之，未兴身后之狱，已为厚幸。”又说：“乾隆一朝禁书，以翁山为最严，其恶护发，殆有胜于诽谤矣。”可见没有指出并不就是获得了宽容。屈大均身后曾两次牵入文字狱，“罪状”又如此昭著，但乾隆还是宽容了，对广东巡抚德保刨墓剉尸的请求，也批示“亦不必矣”。这是不免引起疑难的。清初的明遗民有不少人虽然言行都有明显反抗新朝的迹象，但生前身后都没有受到怎样的迫害，还由曹寅那样的心腹官员刻意拉拢，诗酒联欢，嘘寒问暖，这都是为了什么呢？举办有明显统战意味的博学鸿词科时，象征访天下遗书一样，尽力搜罗了没有出山的山林隐逸，可是有许多硬是不肯赏光，有的还随身抬了棺材来，以示决绝。对这些死硬的不合作派，皇帝也并未发怒治罪，还是让他们“白衣宣至白衣还”了，这又是为了什么呢？唯一合理的解释是，他们是上层统战对象，都是有影响有声望的人物，应付起来不能不格外留心。不像一些乡曲迂儒，落魄书生，可以放手治罪，杀一警百。总之，一切都以奠定长治久安的局面为前提，杀人也好，优礼也好，都是出于同一目的。至于吕留良的不幸，是雍正选中了他做反面教员的缘故。为了扩大影响，这样的靶子又必须是名人。于是吕留良在死了四十六年之后还是逃不掉戮尸枭示的命运。不过雍正在处理这一案时还是做足了姿态的。定罪之前，先要九卿翰詹科道、督抚提督两司各抒己见，详核议奏。这还不够，又降旨各省学臣询问各学生监，取具结状具奏。这样，处理一个吕留良及其家属，是费了不少手脚的，一定要取得“天下皆曰可杀”的公议，才最后定案。其所以如此不惮烦，也还是为了吕留良的声名。吕留良是以批选刻印时文和学塾读本为生的，那影响也真大，销毁了他的著作以后，边远省份竟使士子没有了读本，不能不赶印代用的新书，从这件小事，也可以看出吕留良在当日知识界的深远影响，雍正选了他做反面教员，不是没有理由的。

清初除忌胡字外，戎字也是大讳。山东的地方官从一个乡下读书人家里抄出了几部禁书，此外还发现所批的晋江统《徙戎论》，当作要案上奏，结果得圣谕，“斩立决”了。读书人在旧书上写些批语，发点议论，原是平常事，为什么会招来如此严惩的呢？首先是因为江统的文字，但他是古人，只索罢了，现在今人又来加批，称之为“意思深长”，这就不可恕了。按原奏所指罪名为“胆敢将今之回教，拟晋之五部，实属悖逆”。这其实并非要害所在，不过借题发挥而已。江统的原文结尾说：“以四海之广，士民之富，岂须夷虏在内，然后取足哉。此等皆可申谕发遣，还其本域，慰彼羁旅怀土之思，释我华夏纤介之忧，惠此中国，以绥四方，德施永世，于新为长也。”这里所议论的夷夏之防，正是清初的大避讳，以清之臣民竟自赏识这样的文字，自然是大逆无疑了。关于此案，乾隆在上谕中并无大段议论，其不宜明白宣示可想。不知“四库全书”中曾否收入江统此文，做过什么手脚，无论如何，不加删定是绝对不行的。这正是纂修四库书的一大难题。至于真的牵涉少数民族的案子也是有的。乾隆四十七年广西抚臣拿获回民海富润，抄出回教书籍，虽“其中有无违碍，无从识辨”，但又断定是“僭妄狂悖”，当作大案奏请处置了。不料得到的是一通斥责，乾隆借此机会宣布了他的民族政策：

“回民持诵经典，自唐宋以来早已流传中国，现在相沿旧本，在回民俱属家喻户晓，并无谤毁悖逆之语，则是回民之各奉其教，即与此时之僧道喇嘛无异，焉能尽罪其人而火其书乎。……如此矜张办事，殊非大臣实心任事之道。实属可鄙可笑。……若回教民人，各省多有。毋论西北省份，居住者固多，即江省一带，零星散处，其饮食作息，俱与平民相等，不过不食狗豕肉耳。如以传习经卷，与邪教悖逆之书一例查办，则安分守法之回民，转致无所措其手足。”

乾隆在处理民族问题上，是清醒的。这次稳妥地处理了一宗侥幸邀功的奴才所酿成的大案，也借机重申了政策，案内诸人一律获得省释，但仍提醒臣小划清界限：“若因有此旨，遂致因噎废食，将地方实系邪教重案，亦籍词郑重，姑息养奸，竟致不办，则是误会朕意，不度事理，将来发觉时恐不能当其罪也。”乾隆很懂得恩威并用的道理，也担心经过一番斥责奴才们会躺倒不干，说明他在处理此案的过程中，是清醒的也是慎重的。

附记：

萍乡文廷式《纯常子枝语》卷二有一则云：

“余于丙成丁亥间与志伯愚侍读检翰林院存书，残缺奇零，百不存一。卷面皆书‘某人进本’，则当时并未发还也。宋元旧集所存略多。然每卷中多有拈签朱字，或书全篇删去，或书某句至某句删去，或书某字改某字（如虏字改敌字之类）。大抵违碍字句居多。然有不甚违碍者亦颇被删改，思之不得其故。后世校书者毋辄以明人刻本为误可也。”

这是亲见“四库底本”者的记述，不独可为库本删改涂抹之证，也可使今之迷信“四库全书”者头脑清醒，不致盲目崇拜，视为宝物也。

一九八七年复校后记

避讳的故事

研究避讳学的名著，有陈垣先生的《史讳举例》。其《清讳例》一节的小引说："清之避讳，自康熙帝之汉名玄烨始，康熙以前不避也。雍乾之世，避讳至严，当时文字狱中，至以诗文笔记之对于庙讳御名，有无敬避，为顺逆凭证。"下面举出的实例，就有王锡侯的《字贯》案。乾隆不但教人们敬避本朝庙讳，还替汉武帝说话，命令四库馆臣将《北史》"文苑传"中的"颉颃汉彻"改为"汉武"，真是管得太宽了，难怪陈先生要发出"使天下知皇帝之尊，百世下犹可为厉也"的慨叹。这样随意删改的结果，是给古文献增添了无数错乱，使读者头昏脑涨，但学者利用了这一病态现象，又可以考订史实真伪，断定历史时代，正是所谓有一弊必有一利的吧。

陈垣先生又撰《旧五代史辑本发覆》，极详密地揭露了四库馆臣在用《永乐大典》辑集遗书时所作的手脚。这也是解剖麻雀的方法，就一种书中的个别状况，可以据知其他辑本以及全部《四库全书》的整体面貌。陈先生此书分忌虏第一（虏改敌，虏骑改敌骑，虏改契丹，北虏改契丹，虏主改契丹主）；忌戎第二（戎改契丹，戎王改契丹王）；忌胡第三；忌夷狄第四；忌犬戎第五；忌蕃忌酋第六；忌伪忌贼第七；忌犯阙第八；忌汉第九；杂忌第十。不必细按诸例，只看这一目录，就可以领会当日四库馆臣是如何兢兢业业，惟恐失误的了。这种科学的检定是一大功德事，它可以破今人对“御览”“御制”……一类书籍的迷信，至少可以提醒人们，在运用这些材料时要格外小心。例如《古今图书集成》自然是一部规模庞大的类书，但为什么过去在学术界的身价竟如此之低，这“钦定”的一节不能不是一种原因。

雍正十一年四月上谕：“朕览本朝人刊写书籍，凡遇胡虏夷狄等字，每作空白，或改易形声，如以夷为彝，以虏为卤之类，殊不可解。揣其意盖为本朝忌讳，避之以明其敬慎。不知此固背理犯义，不敬之甚也。”宣称以后如不加改正，就要“照大不敬律治罪”。乾隆四十二年也有过同样意思的谕旨，这本来是清醒的实事求是态度，但聪明的馆臣是不敢相信的，还是照样做手脚。我有一部康熙壬子常州岱渊堂刻的《杜诗论文》，原刻初印，但诗语中却出现多处空白，如“（羯胡）事主终无赖，词客哀时且未还”，“汉朝陵墓对南山，（胡骑）千秋尚入关”。“东（胡）反未已，臣甫愤所切”，“黄昏（胡）骑尘满城”等括弧内字都一一“敬空”，正好为雍正的谕旨作注脚。在这种神经质的避讳中，正可看出隔阂与敌意，陈先生叹息说，“四库馆之开，清之据中国百三十年矣。士大夫之心理仍若此，此其故亦耐人寻思哉。”陈先生此书撰于抗战初北平陷敌之时，自然有他的寓意，但推广开来，也可以悟出一切忌讳的本意，大抵总是隐伏着抗拒至少是不信任的因子的。这种现象存留在明清易代的书籍中的很不少，有的是裁去了书名，有的用笔改写了作者的姓氏。如我所见的一部康熙刻的《南山集偶钞》，就是将“南山集”改为“南田集”，将“桐城戴名世田有”改为“戴吝槿田直”的。笔墨荒率，一眼就可以看出涂改的痕迹，如落入清廷胥吏之手，是绝难逃出审判官的洞鉴的，但藏书者不愿焚毁，秘密收藏，只加些小小改动，换得自欺欺人的安慰。书中还将“弘”字一律改为“宏”字，可见这正是乾隆中事。这一类带有明显文字狱阴影的幸存书本，是能格外引起读者的感喟的。

我还看到过明祁承㸁作的《澹生堂集》，崇祯刻本，是祁氏家藏的遗书，书中夷虏之类字样已经被祁氏子孙用浓墨一一涂却，有些字还能依稀辨别得出来。看那涂改的字样，与陈垣先生从《旧五代史》辑本所归纳出来的几乎大致暗合，这一删改是清初时事，可见数十年中习惯俗成已经成为一种“不成文法”。

叶景葵《卷庵札记》：“阅《遂初堂集》，初印本有与石濂书两通，四十卷本删去。而与粤东当事书、与药亭书、与与霖和尚书，均系诋毁石濂，却未删去。因与石濂书牵涉清世祖之语甚多，重修者惧罹法网，故去之耳。”这是从比较中看出避忌用意所在的好例。朱彝尊的《曝书亭集》刊于康熙季年，是得到曹楝亭的帮助刻成的，所以刊书风貌与《全唐诗》颇近。刻成不久，汪景祺的《西征随笔》案起，少后印的朱集即将景祺的名字割去。这是对校了汪景祺的诗集才得到确认的。

邓之诚《清诗记事初编》王时翔条：

“（小山诗稿）集中有读《大义觉迷录》诗已划去。雍正初，曾静之狱，诛戳多人，特宥静死。颁《大义觉迷录》于学宫，令士子习之。乾隆初元，立诛静，禁止《大义觉迷录》流行，此书印于禁书后，故删此诗，忘去其目，遂留为禁书一段谈资耳。”

这种划却板片的情况，在清初人集中颇不少见。划去原文却忘记划去目录中有关条目的事固然不少，把目录删改得次序零乱，与原文对不上号的事也是有的。邓先生又在论史申义诗集时说：

“诗中划去查嗣庭钱名世之名，而虞山翁山不改。读史六首，咏吴三桂事，于永历不无恋恋，亦并存之。知雍正时忌讳，与乾隆禁书不同。”

这还是先刻集后剜改的例子，至于刻集于文字狱发生之后的，往往先已将原稿删改过，然后墨板，于是什么痕迹都看不见了。如查嗣瑮的《查浦诗抄》刊于雍正中，十二卷书中找不出查嗣庭的名字，也没有一点值得注意的时事故实，可以知道编集时的胆战心惊、栗栗危惧。又如李果是李煦的门客，关系甚深，可是他刻于乾隆中的《咏归亭诗抄》里却无一句涉及曹寅李煦，使考订《红楼梦》和曹李事迹的学者大感失望。不像禁书的被禁于出版之后，它们都是被阉割扼杀于出世之前的。谈禁书时人们很少注意及此，其实这要比有形的文字狱更为可怕，简直无从估计它的后果的严重。这不能不使我们想起《红楼梦》旧抄本的“红楼旨义”：

“此书不敢干涉朝廷，凡有不得不用朝政者，只略用一笔带去。……作者本意原为记述当日闺友闺情，并非怨世骂时之书矣。虽一时有涉于世态，然亦不，得不叙者，但非其本旨耳。”

曹雪芹是在戴着枷锁跳舞。这一则凡例就是自卫的声明。他的多次批阅增删原稿，正在乾隆中文字狱搞得如火如荼的当口，就是在这样的环境与气氛的重压下，他才改去了“大明角灯”之类危险的字面，又删去了“耶律雄奴”这样的情节。忘记了曹雪芹是在怎样的政治环境下进行创作，是不能真正理解《红楼梦》的。至于八十回以后的“迷失”，恐怕多半也由于作者不敢拿出来传抄。在那动不动就要抄家籍没的时候，细写贾府的抄家败落过程，就是反映了当时最使人触目惊心的现实政治，曹雪芹不可能没有顾虑。他不能不预防这些充满了“碍语”的章节落在乾隆和他的奴才们手里的严重后果。这样看来，使杰作《红楼梦》终于成了断尾巴蜻蜓的只能是当时盛行的文字狱黑潮。

在已经有了创作自由与双百方针的今天，回头重新看看这些古老的故事，好像真的是“三代以上”的陈迹了。然而不然，痼疾不是一朝一夕所能痊愈，余悸也并非如禅家的顿悟一样可以一下子消除。作为一点余兴，还可以举出一二近事来看看。

齐鲁书社出版的《梦苕庵清代文学论集》编定于1982年，出版于1983年，其中一篇《近百年词坛点将录》是评论近代词人的。体例是先举出水浒传石碣中的一位头领绰号与姓名，然后指出那相应的近代词人来，下面是有关的评论。但其中的三位却写作“地贼星鼓上蚤时迁　黄□；地狗星金毛犬段景柱　赵□□；地耗星白日鼠白胜　梁□□”。他们都是“军中走报机密步军头领”，但有关的评论没有了。这颇有些特别，少加思索，就发现这里因避讳而略去的其实就是黄浚、赵尊岳与梁鸿志，都是抗战以后投敌的活跃人物，其中黄梁两名后来都因汉奸罪而被处决。这样就可以明白避讳的缘故了。

另一件是陈寅恪的遗诗。

1980 年初版的《寒柳堂集》的“寅恪先生诗存”中有一首“丙申六十七岁初度，晓莹置酒为寿，赋此酬谢”，其腹联二句为“平生所学供埋骨，晚岁为诗欠口头”。编者下有小注云：“按诗中脱一字，以□代之”。同一首诗见于同一作者、同一出版社，同于 1980 年出版的《柳如是别传》的“缘起”中，这两句则作“平生所学惟余骨，晚岁为诗笑乱头”。并无脱字。直到 1982 年 2 月，《寒柳堂集》重印，这原脱的一字忽然不声不响地走回来了，作“晚岁为诗欠斫头”。

这虽然不过是近人、近作，却出现了如此离奇的幻景。《别传》中的诗不知道是寅恪先生的定稿还是别人代为润改，总之是大不高明，什么叫“惟余骨”，难道是说“平生所学”只剩下了几根条条杠杠么？“笑乱头”更是不成话，也许是暗用东坡诗“花应羞上老人头”，可是情境却不合，只能是拙劣的篡改。好的是经过了两年时光，终于恢复了原貌，同时也说明我们的确是多少有了一点进步。

清代的禁书

清代禁书政策的酝酿诞生，实际上怕是始于乾隆三十九年两广总督李侍尧查缴屈大均诗文的奏折。乾隆皇帝从这里得到启发，才下决心逐步实施、全面推广的。四库全书馆已经成立，访求遗书的工作也已开始，但李侍尧却悟出了工作中有一个很大的漏洞，他说："从前臣等止就其书籍之是否堪备采择，行司照常办理，竟未计及明末稗官私载，或有违碍字句，潜匿流传，即可乘此查缴。"这一陈述正好与圣意相合，立即得到了详细的指示，那要点是："传集绅耆，明切开导，谕以此番仰蒙皇上如天之仁，特免收藏之罪。即有前存忌讳书本，不妨及早缴官，并无干碍。倘再匿留不献，则是有心违犯，自取罪戾。"那开始也还在威胁之中含着劝诱，如对于屈大均的诗文，就止须销毁，并不追究藏书的屈氏子孙，乾隆在上谕中又进一步说明：

"朕屡经传谕，凡有字义触碍，乃前人偏见，与近时无涉。其中如有诋毁本朝字句，必应削板焚篇，杜遏邪说，勿使贻惑后世。然亦不过毁其书而止，并无苛求。朕办事光明正大，断不肯因访求遗籍罪及收藏之人。"

这是开始收缴违碍书籍时的情形。不过成绩一时并不理想，特别是江浙一带地方官办理不力，三十九年十一月又有谕旨，指出："此等笔墨诋毁之事，大率江浙两省居多。其江西闽粤湖广抑或不免，因指名交各督抚留心查办。乃高晋、萨载、三宝皆覆奏称，查无违碍之书。今李侍尧等既从粤省查出屈大均诗文，不应江浙等省转无明末国初存留触碍书籍，岂高晋等办事不及李侍尧等之实力乎。抑江浙各藏书之家尚不能深喻朕意乎？"

这个压力很不小，江浙各省的地方官加紧卖力奉行了，许多藏书家也不得不将家藏书籍上缴四库馆，但我猜藏书家们在缴书之前，是曾经仔细拣选过的，送去的大抵是古书，而极少明清易代之际的作品，这些书也大抵平安地通过了，被收入四库全书，只是在重抄的时候，做了手脚，进行了删改抽换。但献书人大抵平安无事，而且各蒙赏给御制《图书集成》之类的奖品。所献之书也奉旨一律发还，但查出词义违碍的不在此例。据汪启淑《水曹清暇录》载，自乾隆三十七年开始征访以来，三年中共访得书13781种，而以浙江进呈者为最多，共4588种。可见经过一番斥责督促后，是收到了明显的效果的。

在纂修四库全书的过程中，又发生了以下事件：

乾隆四十一年，诏应毁书籍内有止须删改字句，不必因一二卷遂废全部。这就开了抽毁的例，也为抽换删改种种手法铺平了道路。

乾隆四十三年，查办了徐述夔《一柱楼诗案》。为徐作传的沈德潜也获得革去官衔、谥典，撤去乡贤祠牌位，扑毁祭葬碑文的处分。

同年十一月，又重申查缴违碍书籍的禁令，这次定了二年的时限，限满后仍有隐匿存留，从重治罪。显然与开始时的宽松态度大不同了。

乾隆四十四年十一月，令各省郡邑志书内如有登载应销毁各书名目及悖妄著书人诗文者，一概俱行铲削。禁网所及已经注意到了地方志，今天旧刻方志流传的稀少，与这次清理是不无关系的。

乾隆四十五年，令于野史诗之外，更注意于演戏曲本。这次网撒得更大，已经伸向俗文学领域，小说也随之受到严格审查。

乾隆四十七年，发现四库馆进呈原任检讨毛奇凯所撰《诗说》内，有字句违碍，总纂官没有签改，交部议处。

乾隆五十年，下令改正谷应泰《明史纪事本末》中吴三桂击走李自成事，指出击走李自成的是清军而非吴三桂。

乾隆五十二年，重校三阁四库全书，又发现阎若璩《尚书古文疏证》内引有李清、钱谦益诸说，未经删削，应将承办各员惩处。后纪昀奏，除认罪删改，陆续赔写外，并请将文渊阁所贮明季国初史部，集部及子部之小说、杂记诸书，自认通行校看，凡有违碍，即行修改。并知令文溯、文津二阁详校官画一办理，赔写抽换。从此修四库全书就开了抽换、改写的方便之门，除了经部之外，其余史、子、集三部无一幸免，遍遭蹂躏了。这就是鲁迅先生所说“满清”对中国著作的暗杀。

乾隆五十三年，令违禁诸书恐尚有留存之本，著各督抚严饬所属，悉心查缴，解京销毁。同年查办禁书最为起劲的浙江刊布了禁书总目，其中包括了乾隆四十七年四库馆奏进本；军机处奏应全毁书抽毁书；专案查办钱谦益等应毁书；浙江历年奏毁书；外省移咨应毁书五大类。这时的浙江巡抚觉罗琅有一通奏折，就是对乾隆谕旨的覆奏。说明自乾隆三十九年奉旨查办以后，中经两次展限，先后奏缴禁书二十四次。书538种，13862部。以后即未再缴，“浙江为人文渊薮，民间书籍繁多，实难保再无存留，乃近年以来，并无查缴，或系各属因限期已满，奉行不力；而藏书之家，亦因查禁稍懈，匿不呈出。均未可定。……臣现已通行各属，剀切出示晓谕，并督同司道府实力查办。酌委妥员，于各处书坊，不动声色，分头购觅……断不敢视为具文，日久生懈，亦不敢稍涉矜张，致滋扰累。……”即使如此，也还留下了有不少漏网之鱼，使后来的图书馆、藏书家得以编出一部部禁书目来。如果乾隆的兴大狱，搜禁书，也算得上一种“文化革命”，但比起二百年后那一场史无前例的“革命”来，可真是相形见绌，天差地远了。乾隆不敢也不能发动群众，依靠的只是一群奴才，即使是得力的奴才，也到底办不成如此伟大的“事业”。乾隆也长于抄家，但却不能不局限在被他抓住把柄的对象身上，没有普遍推行的气魄。这都是他的“局限性”。不过他到底是“前辈”，曾经做出过“光辉的榜样”的，因此今天无论如何也不该忘记这位“先行者”。

陈垣有《四库撤出书原委》一文，引用乾隆五十二年四月初二日档，说明撤出各书后填补空函办法，是很有价值也很有趣的掌故，是揭露四库全书删改抽补手法的原始记录。查出问题的书有李清撰《诸史同异录》，要点是“因书内妄称世祖章皇帝有与明崇祯相同四事，悖诞不经”。奉旨应毁，并将李清所撰其他著作三种一并销毁。又有吴其贞的《书画记》，“因书内所载春宵秘戏图，语多猥亵，奏明应毁”。另一种是周亮工的《读画录》，因诗内有“人皆汉魏上，花亦义熙余”，语涉违碍，奏请销毁。同时并将周亮工其他著作二种同时销毁。书既销毁，就必须补足空函，那办法是：

“查得四库全书每分六千余匣，均只于匣面按次标刻第几函字样，其书则各自分部，不相联属，并无通身流水卷数，是以屡次奉旨添书撤书，皆可通融办理。此次所毁李清书四种《南北史合注》一种，系在史部别史类中，《诸史同异录》及《不知姓名录》二种，系在子部类书类中，此二种备抄之书尚多，均可按其时代，另检别种约计卷数多寡依次补入，不见抽换之迹。”还有一种《南唐书合订》，无可抽补，就用衬纸之法，塞满空函。

周亮工是著名文士，馆臣在《四库提要》中常常引用他的意见，这就带来了颇大的困难，改撰提要，挖改原书，为了一字一句，要花很大的弥缝功夫，留下了破绽，为读书心细如发的陈垣先生一一指出，使真相大白于今日，成为纪昀等玩弄不光彩手法的铁证。凡此种种，都证明着一件事实，

《四库全书》是经过大手术的一部大丛书，其可信赖性也即科学性是大可怀疑的。使用时必须时加小心，最好的方法是能找到未经做过手脚的古本原本，如果能够得到的话。多年来就有影印《四库全书》的动议，但因以上原因学术界是并不赞成的。如果真能影印出来，自然是一部新古董，也有它的文献价值，不过其实用性是大可怀疑的。

传世禁书目录较早的刻本是姚觐元的咫进斋本，已经是光绪中出版的了。但在很久以前就在读书人中流传着种种抄本目录，所收禁书也多少不同，有的是传抄的当时官方簿册，可见在很早以前，即乾隆禁书后不久就已出现了著录。他们大抵是留心掌故的有心人，对这场大灾难抱着深切痛恨的感情。抄存禁书目，这在当日无异于暗藏着变天账，其危险并不在收藏禁书之下。但到底还是流传下来了。姚觐元就据以付刊。他在跋尾中说：

“方今圣人在上，稽古右文，百无忌讳。各行省书局宏开，博采旁搜，典籍人备。士生宽大之朝，或亦妄识禁忌，因就其所得，详著于篇。于以见国家功令，所以维持风教者在是，而为目录之学者，于艺文掌故，亦有所考焉。”

这是一通涂上厚厚一层保护色的官话，如果细看是可以看出那言外之意和惴惴之心的。这就不能说他纯粹是为了艺文掌故，也就并非完全是学术性的了。姚觐元作跋时是光绪八年，已经到了清末，统治者这时已经没有余力管这些闲账，社会上各种不同思想一时蜂起，其主流则是排满的民族思想。果然，再过三十来年，就又有了《国粹学报》的排印本，是作为民族革命的匕首投枪而出现的。以后又有商务印书馆和大东书局本，一直到海宁陈乃乾扩编的索引式的《禁书目录》出，才转而成为书坊和藏书家不可少的参考书，起着商业性质的作用了。随之而来的是禁书在旧书市场上的大涨价，使买书人叫苦不迭，不过也因此而使深藏密锁了几百年的禁本重新露面，使孙殿起得以辑成一册《清代禁书知见录》，宣布了乾隆禁书政策的破产，同时还有一册《外编》，所收都是明明有可禁之由然而逃却了法网的“遗珠”，更进一步证明了当日雷厉风行的禁书运动的粗疏、马虎和奴才们的偷懒和无能。

禁书目中有一小部分在书名下附有审查意见，读起来是很有趣的。从中可以悟出被禁的缘由和审查标准。所用词句虽然有千篇一律之嫌，但也不时出现有趣的妙文。总计起来，用得最多的官话是“词涉乖谬”“语有偏驳”“殊为谬妄”“俱有违碍诬妄语”“语极狂悖”“语有干碍”……。从口气的宽严可以推测原书内容，也可以看出考官的面色。此外，金堡、钱谦益、屈大均、吕留良等人姓字是不能提的，更不必说是加以推崇了。岳飞的事是不能说的，宋高宗同样也该回避。给明郑贤辑《古今人物论》的评语是：

“内顾充《宋高宗论》，柯维骐、王世贞《李纲论》，屠隆《宗泽论》，张静峰《张浚论》《秦桧论》《郾城大捷诏》，陈敬《书生叩马论》，俱有偏谬语，应请抽毁。”

这就是说，南宋和战问题不能谈，抗战派与投降派一律不许议论。明于慎行撰《读史漫录》，其中“金兵将薄汴”

一条，“自古国家成败”一条，“高宗初立”一条，“高宗主和”一条……“俱有偏谬之语，应请抽毁”。许诰撰《霞城集》，因“《闻道关门》四首当系指俺答入边事，而措语偏谬，应请抽毁”。此外，岳墓诗和岳王绘象歌，武昌府重修岳忠武祠碑记这些文字也不许有。可见一切涉及民族矛盾的内容都是不能容许的。至于诗文中有“意寓感愤”的，也都在抽毁之列。绞索已经套住了人们的思想感情，不仅限于客观存在的历史事实了。

对于南明史，禁忌就特别多。《了凡网鉴补》因“其记载明来唐桂诸王，多用其年号，且中多触悖语句，应清销毁”。《国书》因“内称福王为赧帝，又称唐王为隆武帝，均极悖谬，应请销毁”。《比玉楼诗集》中有“福王为天子南渡”的话，明人沈氏所作《思贻堂集》，内称崇祯为先帝，都被看作大逆不道。明张铨《国史纪闻》卷九有叛降朝鲜一段，是揭了清朝先世的老底，当然应予禁毁；《开疆奏疏》“皆逆贼吴三桂自四川入黔滇时所上奏疏，未便存留”。这都是销毁史料的例子，标准是是否对清朝的统治有害：

凡是文字狱中人物的著作，不问内容，一律全毁；凡在书中提到钱谦益、周亮工等人姓氏或有其序跋评语的，也一律销毁。沈德潜的《国朝诗别裁集》，初刻于乾隆二十四年，因卷首选有钱谦益诗，几乎惹出大祸。后来由翰林院诸臣动手删定重刻，铲去了钱诗，换上了慎郡王诗，并在书名上加上“钦定”二字，才重新准予发行。全书也由三十六卷缩成三十二卷。沈归愚的诗选到今天仍为不少人奉为标准读物，多次重印，但知道最初问世时的故事的怕不多了。乾隆皇帝的余泽，到今天也并没有消失，人们还在“钦定”范本的指导下思索，欣赏着温柔敦厚的诗教，这是不能不使人发出苦笑的。

禁本小记

清朝的禁书，过去有一个时期曾经是图书馆和藏书家极力搜求的对象。为此，当时旧书店出版的目录上就特别标出哪些是禁书，不言而喻，价钱也特别来得贵，往往不是一般读书人所能到手。这里说的是抗战前后的情形。一直到解放之初，旧书的身价一落千丈，大秤论斤，好像只有塞进还魂纸炉的资格时，人们才再也没有了心思来讲究什么禁书。近来翻阅几种禁书目录，发现其中有些熟悉的名目，都是过去曾经遇到或偶尔买得的。历劫之余，书架上居然还剩下了几种，于是就取出来一一翻阅，对照当时查办禁毁书籍人员所加的按语，留意那犯忌的处所，好像也多少能看出“圣意”与审查官员的心思。这些又大抵是明清易代时人的著作，自然也保存着一些值得珍重的史料。诗文也各有特色，显示着一代文风诗风的面目，这些都是在文献价值以外值得着眼的地方。又因为到底少见了，作为板本书也有加以纪录的必要。因作《禁书小记》。

《南山集偶钞》

《南山集偶钞》，“桐城戴名世田有　受业尤云鹗编次”。康熙壬午刻本。半页十行，行廿一字。前有方苞序，宿松朱书序，辛巳人日受业尤云鹗跋，又目录。全书计收书十首，序四十二首，记二十一首，传二十五首，论三首，说四首，杂著五首。白口，左右双边。板心中记篇名及写作年份，每篇页数各为起讫。每类前各起大题。其中有一处书名已为后人用墨笔改为“南函集”，作者名字也涂改为“戴吝槿由直”，应是南山集狱后事。

南山集案是康熙后期有名的文字大狱。官书及野记都称之为《南山集》狱，其实指的就是这本“偶钞”，是尤云鹗就平日所藏钞本百余篇付刊的，仅当全集五分之一。刻成十年而狱起，官方据此论罪，并非另有《南山集》一书。

戴名世是康熙四十八年一甲二名进士，与方苞齐名，都是兼做古文和八股文的名家。康熙五十年，副都御史赵申乔揭发书中违悖之处，指的就是“偶钞”卷首的一篇《与余生书》。余是介绍曾为永历中宦者的犁支和尚叙述滇黔间事给名世的人。原书说：

“而吾乡方学士（按指方孝标）有《滇黔纪闻》一篇，余六七年前尝见之。……学士考据颇为确核。”这就触犯了清廷的大忌，康熙在御批中说：“案内方姓人，俱系恶乱之辈，方光琛投顺吴三桂，曾为伪相。方孝标亦曾为吴三桂大吏，伊等族人，不可留本处也。”又说：“方登峄之父（方兆及）

曾为吴逆伪学士，吴三桂之叛，系伊从中怂恿；伪朱三太子一案，亦有其名。今又犯法妄行，方氏族人，若仍留在本处，则为乱阶矣。将伊等或入八旗，或即正法，始为允当。”可见在康熙看来，此案因有作《滇黔纪闻》的方孝标卷入，又有族孙方苞为《南山集偶钞》作序，与三藩事件联系起来，就觉得格外严重了。其实戴名世在《与余生书》中还有许多有关明史的议论，也是清廷不能容忍的。戴名世说：

“昔者宋之亡也，区区海岛一隅，仅如弹丸黑子，不裔时而又已灭亡，而史犹得以备书其事。今以弘光之帝南京，隆武之帝闽越，永历之帝两粤、帝滇黔，地方数千里，首尾十七八年，揆以春秋之义，岂遽不如昭烈之在蜀，帝昺之在崖州，而其事渐以灭没。近日方宽文字之禁，而天下所以避忌讳者万端，其或菰芦山泽之间，有仅仅志其梗概，所谓存十一于千百，而其书未出，又无好事者为之掇拾流传，不久而已荡为清风，化为冷灰。至于老将退卒，故家旧臣，遗民父老，相继澌尽，而文献无征，凋残零落，使一时成败得失与夫孤忠效死、乱贼误国，流离播迁之情状，无以示于后世，岂不可叹也哉！”

戴名世在这里为南明争正统，倡议修南明史，想发动明的遗民遗臣收集史料，纂辑成书，总结一代得失成败的教训，即使是书呆子的白日梦，在清统治者看来到底是危险而不能容忍的。更何况戴名世又错误估计了形势，天真地说什么清朝的文字之禁已经放宽，更是不折不扣的梦话，其必然碰到统治者的刀尖上，是毫不奇怪的。戴名世又表示，他“于明史有深痛”，有纂修明朝全史的雄心，在收集史料的问题上也对清廷的修史进行了指摘。

“前日翰林院购遗书于各州郡，书稍稍集。但自神宗晚节，事涉边疆者，民间汰去不以上，而史官所指名以购者，其外颇更有潜德幽光、稗官碑志，纪载出于史馆之所不及知者，皆不得以上，则亦无以成一代之全史，甚矣，其难也。”

这里所触及的正是极为敏感的，为清朝千方百计回避、讳饰的历史。在民间倒是清醒的人多，并不天真地遵命将藏书献出，可见大家都明白，万历以后明与后金的关系是碰不得的禁区。而戴名世却直截了当地点出了，虽然在官文书中不曾明确指出，无疑这一节也是他致死的重要原因。

关于文集的刊刻，戴名世在给好友刘大山（岩）的信中曾有说及：“今年冬，有金陵门人欲锓仆古文于板。仆古文多愤时嫉俗之作，不敢示世人，恐以言语获罪，而门人遂以彼所藏抄本百篇，雕刻行世。”可见作者本人也不是没有警惕的。刘岩在戴名世案内也受到牵连，据康熙五十一年刑部衙门奏：“编修刘岩，虽不曾作序，然不将书出首，亦应革职，金妻流三千里。”后来得到宽大处理，减去死罪，但流放充发是不免的。刘岩的文集《匪莪堂文集》是清光绪中才刻行的。诗集名《大山诗集》，五卷，康熙后期刻本，不入禁网，但诗中怨望之处是很不少的。如《读苇间集》，是纪念故友姜宸英作，就有“呵壁无从诉此冤，悲填胸臆愤张髯”之句。《哭家西谷侍御》诗说：“我罹文字祸，不敢歌大招”，更是对自己的身陷南山集狱表示了抗议，而且公然说出“文字祸”来，这在当时是极为罕见的。幸运的是没有被发觉，罪上加罪。只此一例，也可见当日文网虽密，到底还不曾剔除净尽，不能说不是失败了。

戴名世和刘继庄（献庭）、王昆绳（源）都是好朋友，在《送刘继庄还洞庭序》一文中称赞刘“不从事于科举”是“真能读书者”。说刘“尤留心于史事，购求天下之书，凡金匮石室之藏以及稗官碑志，野老逸民之所记载共数千卷，将欲归老洞庭”。认为刘是修撰前朝史事的同志。戴名世对明代史料的关心无时无地不有所表现。《天籁集序》是为康熙刻白朴的词集所撰的序文，已不见于原书，想来也是由于避忌而抽去的。序中说：

“顷余有志于先朝文献，欲勒为一书。所至辄访求遗编，颇略具。而今侨寓秦淮之上，闻秦淮一二遗民所著书甚富。当其存时，冀世有传之者而不得，深惧零落，往往悲涕不能自休。死而付其子孙。余诣其家，殷勤访谒，欲得而为雕刻流传之。乃其子孙拒之甚坚，惟恐其书卷之流布而姓名之彰者。呜呼，祖父死不数年而其子孙视之不啻如仇雠，其终必至于磨灭。……”

从这里透露的情况可以看出，在政治压力下，人们是怎样的战战兢兢，深藏密锁，不愿将有关明清易代史事的著作付之刊刻。戴名世痛骂这些不肖的子孙，不考虑现实政治条件，固然不免偏激，但从另一个侧面也揭露了文字狱的罡风，不但斩杀了大量已刊的著作，更扼杀了也许更多的文稿，使之胎死腹中，其践踏文苑的凶残业绩，更是应该予以充分的估计的。

戴名世还为弘光遗臣王养正立传，盛赞其抗清死难，虽然遇到“大清兵”字样提行以示尊敬，但立场却鲜明地站在烈皇帝、安宗皇帝（弘光）一边。在《吴江两节妇传》结末的赞语中，又借机大骂投顺的二臣：

“吾尝读顺治实录，知大兵之初入关也，淄川人孙之獬即上表归诚，且言其家妇女俱已效国装。之獬在明时，官列于九卿，而江淮之间，一介之士，里巷之氓，以不肯效国装死者，头颅僵仆，相望于道而不悔也。……”

今天人们都熟知清初因薙发而丧生惨痛故事，却不大知道因通令换衣冠也曾造成惨重的牺牲。戴名世在另一篇著名的《画网巾先生传》中就记下了薙发令下后发生的悲壮故事。文章开始就说：“顺治二年，既定江东南，而明唐王即皇帝位于福州，其泉国公郑芝龙阴受大清督师洪承畴旨，弃关撤守备，七闽皆没。而新令薙发更衣冠，不从者死。于是士民以违令死者不可胜数。”可见剃发与换装是连在一起的。在叙事过程中，对洪承畴、郑芝龙的批评倾向更是显然。他几乎不放弃任何机会来发抒故国之思，在另一篇《郭烈妇传》的赞中也说：“嗟乎，海岱之间，自明时多公卿贵人，冠盖相望。及易代之际，左公萝石而外，卖国叛故主者多矣。而女子之以节烈著者，颇时时不绝也，岂不异哉。”借封建主义男尊女卑的大帽子，痛斥卖国投敌的公卿贵人，正是戴名世思想的一条主线。

南山集案最后的处理是：“戴名世从宽免凌迟，着即处斩，方登峄、方云旅、方世樵，俱从宽免死，并伊妻子充发黑龙江。此案内干连人犯，俱从宽免治罪，著入旗。”只杀掉一名主犯，比起乾隆朝的文字狱来还要算是宽大的。入了旗的方苞，后来赦免了，还写进了“满汉名臣传”，成为桐城派古文的开山人物，则更非少年时与之齐名的好友戴名世所能料及的了。

案戴名世尚有《忧患集偶抄》一种，亦列入禁书目，刊刻体式与《南山集偶抄》全同。后附《孑遗录》一卷，康熙四十年宝翰楼刻本。《南山集》则未见原刊著录，只于清末用活字排印《南山全集》十六卷，题“戴潜虚田有”撰；又有光绪十六年木活字本，亦十六卷，改题“桐城宋潜虚撰”。

峤雅

清初刻本。“明福洞邝露湛若撰”。半叶八行，行十五字。每半叶双套边，刊刻甚精。板心下有“海雪堂”三字。卷首大题下有小印云，“字字离骚屈宋心”及“族来孙邝瑞重镌”一行。前有皖雾灵山人阮自华大字隶书序，小象，自赞，“石巢诗话”一则。后附“文部”，尾叶题“峤雅卷之二终”，似此书为二卷，但千顷堂书目称八卷，大概是连同诗类分体别起大题一并计算的。

邝露，广东南海人。明诸生。隆武时召为中书舍人，唐王败死，赴桂林。永历中入翰林。后奉使还广州。清兵攻城，城破抱所宝琴赴水死。看他的生平经历，诗集中自然多的是感事伤时之作，不必审查就可断定应予禁毁了。但军机处奏进的禁书目中却有详细的案语说明：

“查峤雅，明邝露撰。中多空白，以文义核之，皆指斥之词。露虽于大兵入粤时抱琴死节，然在明末受业于阮大铖之门，最相契厚，为其狎客亦最久。诗中所称石巢先生，即大铖也。其死与明末逆案诸人之死相似，仅足自盖其愆，未便因此而存其诗，应请销毁。再此书卷首剜去卷数，似非完本，应行令该督抚再查。”

这里所指的就是同一刻本，卷中空白，也一一俱在，卷首小印所引诗，见王渔洋“论诗绝句”，“九疑泪竹娥皇庙，字字离骚屈宋心。”据此，刻书当在顺康之际了。审查案语中借阮大铖大作文章，把邝露打入逆案，作为应予销毁的理由，倒是别出心裁的论法。其实诗集中处处都是违碍词句，原不必拉上阮大铖定罪的。七古“花田饮陶十一白郎”诗后附注云：

“是年燕都已陷，吾粤游舸不减昔时。南都初建，志士多绝裾之游；而尸素巨公，燕巢飞幕之上。黄才伯云，‘越女不知摇落早，涉江犹唱采芙蓉’，信然。”

“赵夫人歌”小序中“迎驾邕宜”“西迓乘舆”等都指的是永历帝，都照例抬头。诗中起首处有“自矜娇艳无双质，嫁与将军北射□。□骑冯陵风雨急，金陵铁锁何嗟及”。两个空白字都是“胡”字。诗末附记说：“永历二年闰三月十五日，东粤始复冠裳……”又有咏张家玉侍郎的《二臣咏》，诗后小注更详细记述了张抗清前后业绩，死节始末。邝露始终是奉南明正朔的，称明军为“王师”，与“清军”相对应，而感事伤时的词句更是随时流露。在禁书中间，可以算是十分标准的一种了。

阮大铖的“诗话”中对邝露评价极高，说“湛若诸律，以曹刘鲍庾之才，降就沈宋之法。如驱八骏，折旋于蚁封之上，故韵流于苏李，而酝酿深于辋川、襄阳。超百粤而孤出，陵三唐而特奏”。可说推许备至。《峤雅》中与大铖投赠之作不少，也并未删去。阮的《咏怀堂诗》前有“岭南门人邝露序”。略云“饮明堂在邹之醇，割西园南皮之腴，弹厌六代而砥柱乎柴桑。其协律之什，伯玉翕焉禅纯，摩诘圣焉禅智，三唐无其匹也，况下此者哉。”而结以“诵其诗，知其人，庶几可以论世”。邝露不但高度评价阮大铖的诗，同时也肯定了他的为人，此序撰于崇祯十年前后，正在阮髯因珰案下台隐居读书之时。此序意在为阮髯翻案制造舆论，是显然可见的。这就使鲍以文在《赤雅》前序中不能不说，《赤雅》书前“旧有怀宁两阮序引，削而不录，惧为先生辱也。先生少尝师事大铖，崇祯间为阮序《咏怀堂诗》，称门人某百拜。（按，此不确，以文可能没有看到阮集刻本）洎阮罗织东林，乃贻书绝交，侃侃千言，可与侯氏壮悔堂集中一书并传。予友陈君同舟，曾于金陵市上见之，惜乎不获附此书以行也”。鲍以文的这些话代表着读书界的一般意见，与军机处的审查意见的出发点几乎是一致的，不同的是一个想为之辩护，一个则是借此作为销毁的理由而已。

经钮堂文稿杂著

康熙刻本。曹炎藏书，后归稽瑞楼、旧山楼，二百年来未出霙山。开卷为杂著两种，（一）“半茧园十叟图诗”，前有二泉居士（叶奕苞）序，凡十图，对页各有题咏。（二）“醉乡从事图传”，前亦有二泉居士序，也是左图右文。其后为“金石小笺”二卷，属“昆山叶奕苞九来著”。又“文稿”。最后为附集，计收陈其年《半茧园赋》，姜宸英《小有堂记》，施闰章《春及轩记》，葛芝《下学斋记》，归庄《偃然堂记》，彭士望《归云阁记》，徐开任《半茧园记》，李良军《三友园记》，顾苓《扪虱庵记》，魏禧《经钼堂记》。

叶九来是清初著名藏书家，叶文庄菉竹堂的后人。这一册书和后面所附清初著名文士的文字，都是昆山一郡极好的地方史志资料。刊刻精雅，体式不一，看来是刻于不同时期而汇为一集的。九来还有诗稿八卷，杂诗及诗余五种，也是康熙刻本。未见。但就这一册杂著文稿看，内容多半是考订金石旧史之作，看不出有什么违碍之处，不知何以竟得到“荒诞悖逆，语多狂吠”的评语而列入禁书。文稿中有一篇《赠白生璧双序》，倒是为吴梅村《琵琶行》诗作笺的好资料，其中提到了崇祯遗事，不无兴亡之感，也许就是碰到清朝痛处的所在，但无论如何也找不出“狂吠”的痕迹，也许只有天生特别嗅觉的人才能辨析得出吧。

“白生之先吴人也。徙家南通州，凡五世。祖父挟琵琶游塞上，生独好游江南，亦挟琵琶以行。先是太仓吴学士遇白彧如于王太常之南园，闻琵琶称善，彧如为学士进新曲，乃明崇祯帝十七年间事。叙述乱离，嚎嘈凄切，至于泣下。……学士赋六百二言，亦曰‘琵琶行’以赠之，而彧如名益重。戊戌夏访予蚕园，请奏所谓新曲者，一再弹，满座怆然。予不忍其终曲，朗诵学士琵琶行以乱之，而或如亟称生之技更善，或如者生之叔也。盖生之祖在湄，从塞上将士授数十曲，皆山坡羊小令。生独得清商杂调于旧才人，曾侍玉熙宫宴者，故其技益进。”

文章后半论南北伎乐好尚的变迁，更是有意义的记录，而感慨牢骚也就从这里出来了。

“予因有感于江南盛时，金陵吴趋余杭之里，门第相望，鼓钟不绝。所奏伎乐皆尚吾邑魏良辅所定之昆腔。若琵琶者，以为北方之乐，屏而不御。故生之祖父技虽胜，仅从塞上游，势使然也。然十余年来，生与或如以其技游于南，南之人忽好之，识者以为天地之气于是变矣。自北而南，因足信也。无何而向之门第相望者，迁为戎营，夷为牧圉，而鼓钟不复作焉。呜呼，高岸成谷，深谷为陵，吾生三十年中，盛衰递见，何止白生祖孙父子间乎？”

戊戌是顺治十五年，上推十余年正是甲申乙酉之顷。作者这里的感慨是明显的。也许这就是触犯禁忌的要害吧。不过同样作了“琵琶行”的吴伟业的运气则要好得多，《梅村集》中说及明清易代史事的地方更多，故宫禾黍之感也在在流露，但全集只抽去了钱谦益的一篇序，终于保存下来了。“军机处奏准抽毁书目”中对《梅村诗文集》有以下的说明：

“此种系国子监祭酒吴伟业撰。伟业诗才俊逸，卓然成家，曾蒙皇上御览褒咏。外省只以其与钱谦益并称江左三大家，因而牵连并毁，实无干碍，应请勿庸销毁。惟卷首有钱谦益序一首，书一首，仍应抽毁。”

同时顾有孝选的《江左三家诗钞》，也只抽去钱龚二家作品，梅村诗钞三卷特许存留。这些处理办法都是得到皇帝批准的。是不是曾经御览赏识就可以从宽审理呢？也未必尽然。看来这中间总还有些不大好直白说出的原因。

国史纪闻　嘉靖以来注略

《国史纪闻》十二卷，天启刻本。九行十九字。题“巡按江西监察御史沁水臣张铨辑，男锦衣卫指挥同知臣张道浚订，门人巡按山西监察御史江宁臣徐扬先校”。前有万历四十八年张铨序，天启四年徐扬先序。

禁书目著录，附注说，“其卷九内有叛降朝鲜一段，应请禁毁。”查原书，这是天顺三年己卯（1459）的记事：

“建州夷酋董山叛，降朝鲜。

董山潜结朝鲜，受伪制，为中枢密使辽东。巡抚程信调得其制书，疏请乘其未发，先诘之，可伐其谋。上遣给事中往朝鲜，锦衣译者往建州。两酋初不肯承，出制书示之，皆惊服谢罪。”

这是早期的东事纪录，也是《国史纪闻》全书中仅见的记述。原书记明历朝史事，起元至正十二年朱元璋起兵濠州，迄正德十六年。书中所记边事，大抵都是西北诸边攻守的史实，虽然奴虏字样常常出现，但到底于满洲无关。只有这一条记下了建州先世的史迹，不但称之为“夷酋”，而且揭露了叛降的事实。这自然不能不成为避忌销毁的口实。其实张铨本人就是亲身参预了东事的，最后死在辽东。徐序说："方忠烈（张铨）之感慨东事，新置大帅也，抗疏非之。未几，一一如所云。举朝神其识。神祖命往监军事。忠烈不以台资谢，单骑受代。今上初年，臣已忝同台，尺一才通而辽溃之报旋至，忠烈之惨旋闻。"张铨万历四十六年官御史，曾上疏论辽东战守形势，募兵选将诸事。四十八年张铨又上疏奏谏，

"国家之乱，皆起于民穷财尽，履亩加赋。七厘未已而九厘，穷民何以堪此。大内积金如瓦砾，而发帑之请，叫阍不报，加派之议，朝奏夕可。岂财为皇上之财，而民非皇上之民邪？"（《五朝注略》卷十二）在当时的台谏中可以算是敢说话的。

张铨随即被命巡按辽东。天启元年三月："奴酋率众渡浑河，首犯沈阳。按臣张铨先下令迁降夷于城外，贺士贤不从。将士凭濠而守。贼驱土填堑，我兵连发炮热，装药即喷。贼遂蜂拥过濠。城内降夷应之。……沈阳遂陷。"后来清兵直薄辽阳城下，"李永芳遣人请降，（袁）应泰许之，命竖受降旗于城上。……应泰张铨与分守何廷魁，三人坐城东楼；铨谓应泰曰：'坐公尸居游魂，致我无成事而死。'应泰曰：'公无阃外责，尚可退守河西，泰不才，当死于此。'铨下城，应泰举火自焚。……铨为贼执送李永芳。永芳曰'跪我，我官汝'。铨斥曰'反贼耳，何官！'永芳令驱之城外斩之。数日间，金、复、海、盖州卫，悉传檄而陷贼。"

以上是从《五朝注略》中辑出的有关张铨的事迹。这《五朝注略》也是清代的禁书，禁书目题作《嘉靖隆庆万历

天启四朝注略》，漏掉了“泰昌注略卷十二”，可见疏略。禁书目小注云：“查四朝注略系明许重熙撰，内第七卷以至十四卷，诋斥之词甚多，应请销毁。”说得正是事实，这书不像《国史纪闻》，七卷以下几乎没有一叶没有有关辽事的记载。我所见的一本是山阴祁理孙的藏书，崇祯刻。半页十行，行二十字，白口单边，题“太学生臣许重熙编次，右春坊臣许士柔参订”。卷首版心下有“秣陵高文所刻”一行。前有“旧史臣董其昌序”，崇祯六年吏部候选监生臣许重熙《嘉靖以来注略》序。

在崇祯初年就已编刻了直至天启末的当代史，可见明人纂修私史的积极。董其昌在序中说：

“臣间尝睹嘉靖朝有若大政、编年、识余、闻见诸录，万历朝有若笔麈、邸抄，泰昌天启朝有若日录、从信、纪政……皆可为纪述之光。”可见当时私史之多，不过到今天除了《嘉靖大政类编》等一二种外，都极少传本了。董其昌又说：

“臣其昌谓史之难，难在近事。”“故末世以史为讳，讳于近也。”这确是深知此中甘苦的话，他又称赞此书“可以破讳近之疑，可以镜治朝之概”。也不是泛泛的溢美之词。

以上两书都是山阴祁氏的遗藏。《国史纪闻》前有“家在鉴湖之滨”朱文长印又“竹中小隐”白文方印。通体蓝笔点阅。应是祁彪佳居父承㸁丧时所读书，与所点阅《两朝从信录》为同时读物。彪佳有手稿《万历大政类编》，其原始素材就是取于《从信录》等书的。这部《五朝注略》则是祁理孙的手批阅本，卷首有墨书两行云：“藏书楼午后课，乙未四月二十日开卷，布衣臣祁李孙记。”乙未是顺治十二年，作为明的遗民，在天翻地覆之后，仍闭门读书，究心前朝史事，而且特别留心卷中有关辽事的记载，用朱圈一一于书眉注出，这些后来就都辑录在稿本《东事始末》中。祁理孙的注意所在正好与查办禁书诸臣是不谋而合的，虽然他们站在截然相反的政治立场上。

检阅各种禁书，不能不推这《注略》是名副其实、质量极高的样品。现在只少举数例：

“奴儿哈赤杀其弟速儿哈赤，并其兵，复侵兀喇诸酋。”（万历四十年十一月）

“奴酋僭号后金皇帝，改元天命。”（万历四十七年五月）

“奴酋发伪榜招降，诟侮无状。”（万历四十八年三月）

“辽抚袁崇焕奏逆奴求款情真。”（天启七年二月）

“六月，奴寇宁远。诸将凭城御之，炮伤奴兄召力兔。奴兵解围退去。经抚阎鸣泰袁崇焕，各奏厂臣先事绸缪之功，总兵赵率教奏称，仰仗魏忠贤妙算……有旨，厂臣密谋妙算，屡建奇功，奴胆已寒，灭之有日。”（同年六月）

当辽东兵事紧急之时，正是魏忠贤等气焰熏天之日。欺上瞒下，敷衍塞责，终于弄得不可收拾。经过上下的一齐努力，总算使明朝弄到亡国。这一切在七册《注略》中是班班可考的。祁理孙在十多年以后，还念念不忘想总结败亡的经验教训，那愿望是真诚也是可哀的。就在他闭门读书之际，发生了大狱，弟弟斑孙遣戍辽左，祁氏也因此破家。虽然史家都不视此案为文字狱，但实质上正是同一类型而发生较早的一起大案。因此这两种晚明的当代史著作就在禁书之外又有了独特的文献意义了。

秋水集

集十卷。勾吴严绳孙撰。康熙雨青草堂刻本。半页九行，行十九字。版心下有“佚亭”二字。卷一之八诗，卷九、十诗。前有叶方霭序，吴绮词序。当尚有朱彝尊序，未刻入，见《曝书亭集》卷三十七。

江宁布政使刻“奏缴咨禁书目”中有督部堂萨饬知无锡金匮二县查缴禁书三种。严绳孙撰二种，此《秋水集》外尚有《明史列传》。另一种是绳孙子严泓所撰的《青梧集》。

严绳孙是纳兰性德的好朋友，自然也和权相明珠有着密切的关系。《秋水集》中不但收有和纳兰唱和的诗，也有和张见阳、秦松龄、姜宸英、顾贞观、徐乾学等往还的诗篇，他们都是一个政治集团中人。后来明珠罢相，政局一变。绳孙此集之列为禁书，看来当与当时政治斗争有关。至于集中诸诗，除了偶有牢愁之句外，实在也看不出有什么忌讳之处。卷六收应制及侍从引见诸作，都极尽恭谨，“平滇恭进诗”前小序更是提行抬头，卑辞颂圣，可以算是恭顺的典型。翻书时遇见这种地方，总免不了感到满身的不愉快，好像看到在电影中描写旧时代某些大人物出场，甚至只是在说话中偶然提到，人们都要立正致敬的光景。《秋水集》中有这些应制颂圣的诗篇，却终于逃不脱禁网，实在是可笑又可悲的。

严绳孙的诗写得不坏，自然感怀身世的作品要来得更有特色，但如果追求起来，也是可以作为“怨望”的实据的。如《某园》一诗：

“十年桑海倍煎心，草色名园不可寻。欹柱倚风移旧绣，断垣经雨见遗簪。山僧礼数支门急，江燕惊猜避客深。惟有青山如昔日，不能重上上头吟。”

这里所咏不知是谁家园林，总之是不便明指。诗是游苏州时所作，如拟为海宁陈之遴的拙政园应该也是可以的。同时又有“灵岩呈继大师”一诗，是写给继起弘储的，腹联云：“兴亡满眼今何夕，去住无心我未僧。”说得尤为显露，表示了与逃禅的遗民同样的心情。“秋日杂感”一组诗中，也处处有着兴亡之感。“近说东南多战垒，车书回首几时同”，“总是兴亡千古地，莫教潮汐送闲愁”，“试看明月三分夜，犹有箫声杂鼓鼙”，“侧足横流群盗在，乾坤何处有吾庐”。“杭州杂感”四首，有“纷华何处说先朝”这样的句子，又说“指点凤凰山上路，不堪萧瑟起边愁”，说“乱离时节懒经过”，应该都是绳孙少年时的作品，在入京以前。“君看沧海横流日，几个轻舟在五湖。”（“自题小画”）可以代表作者这一时期的怀抱志趣，与入都以后浮沉政海的心情是大不相同的。卷六“集朱竹垞同年寓斋送留仙前辈”一诗，当作于康熙二十三年松龄因顺王乡试事下狱放归之顷：

“此夕亦良宴，胡然歌路难。故人先我去，霜月是愁端。别酒那可尽，世情真倦看。十年徵逐意，留梦到长安。”

这就直白地述说了对十年中间京师宦海生涯的厌倦，可以作为绳孙后期诗作的代表。果然，卷七开卷就是“春日蒙恩予假南归”诗，其中如“吴牛避热先愁喘，宋鹢冲风且退飞”，“去来我亦无心者，何必从人定是非”，都是同一心情的抒写。其第三首云：

“抟飞端不到青雯，高足都看几要津。遮莫吾今先丧我，由来臣少不如人。官同王琰贫来久，世识嵇康懒是真。文酒故交云雨散，梦魂相望落花春。”

明珠、纳兰身边的人物风流云散了，绳孙经过了十年风浪，终于悟出自己并非政治斗争中合格的竞争者，但也还不免流露出一种哀怨。绳孙南归后又有粤东之行，留下了不少诗篇，有“酬梁药亭次余南归诗韵见送之作，并简别陈元孝屈翁山吴山带诸子”诗，其“驽骀北望宁无恋，乌鹊南来已倦飞”句就还不能忘情于京师，正是所谓名心未尽。不过这诗是写给陈恭尹和屈大均的，按照禁书条例，只要书中出现这些人的名字，就有了同样禁毁的命运，也许这就是《秋水集》列为禁书的理由之一吧。

查·陆·范

三百二十年前的康熙初叶曾经掀起过一件著名的大狱——“庄氏史案”。一部私家刻行的明史著作被告密者挟嫌向皇帝告发了，接下去就是查抄、捉人、杀头。被处极刑的一共有七十多个。出版家、列名参校者，刻工印工订工送板人，买书人和卖书人，连同他们的亲属朋友，一个也逃不掉。这是一个严厉的信号，不久，规模庞大的文字狱就开始了。关于此案，当时没有人敢记下始末经过，只能在有关的文字中多少提到一鳞片爪。直到清代后期才有人出来搜集故事，辑录遗文。例如傅以礼所辑的《庄氏史案本末》就是其中之一，而且已由上海古籍书店据抄本印行了。不过出版者并没有指出编辑者的姓名，也没有说明作序的已翁就是周星誉。

刻一部书，请许多名人来列名参校，这是晚明直至清初的流行风气。原意不过是借此壮大声势，提高身价。这和今天许多刊物的请名流作顾问的用意差不多。认真参加了编辑校定工作的是极少的，多半只是挂个名。这样因列名参校而被杀的就格外显得冤枉，如著名的文士吴炎、潘柽章等就是。

不过同时列名参校的却有三位逃过了这场灾难。他们又都是有极高声望的学者、文士，查继佐、陆圻和范骧。怎么会幸免了的呢，是因为事先检举了的缘故。这是许多记事一致肯定的说法，不过只是一句话，没有细节的说明。只有当时当事人才能知道其中的底里。这样的著作今存的有两种，其一是陆圻的女儿陆莘行的《老父云游始末》，已经傅以礼抄入《庄氏史案本末》；另外一种则是范骧的儿子范韩所撰的《私史纪事》。多年前偶然得到了这书的稿本，是一本毛订的册子，卷首属"七十有二范韩魏公谨述"。有"范韩之印""魏公""寄情处"等三方印记，书名原是"史祸纪事本末"，后来作者用朱笔改过了。卷中有朱墨笔改定甚多，最后是作者的手启：

"壬午（康熙四十一年，一七〇二）冬十二月，太史毛大可先生顾余荒斋，细讯南浔史事，余一一详言之。先生年高，不能记忆。后为友人作叙，见其前后遗忘，年月失次，殊为可惜。今年春王正月，吴庆伯先生命令子过索史难始末，余恐当代名人，不知其中覼缕，徒为好事者粉饰其词，敬直书之以质诸高明长者，恳鉴而分明辨别之，七十有二老人范韩拜启。"

看这手启可以知道史狱发生后四十多年来，人们口耳相传，已经产生了许多异说与议论，这是史狱惨酷的直接后果的附产物，在被害者身边所产生的影响，一直扩散开去，从江南直到全国的知识界。在凛于清廷的淫威之余，必然会在内部产生种种微妙的矛盾。死难者被人们看作为国殉难的义士，偷生者自然难免不受到种种揣测。查、陆、范三人并未过目原书，怎能在案发之前忽然发现了危险，抢先自首，而在严刑酷法之下竟自幸得宽免，这是不能不引起人们的疑惑的。受不住舆论的压力和内心的谴责，终于弃家出走的陆丽京（圻）的遭际，就足以说明这种矛盾的严重性。黄宗羲在《思旧录》里有一段记事：

陆圻，字丽京。鲲庭兄也。为文长于俪体，乱时避至东浙，馆于吾家。言“当此兵戈载道，无不闭门听难，而宾客满座，盗贼不犯者，惟朱湛侯与黄氏两家耳。”庚寅同宿吴子虎家，夜半推余醒，问旧事，击节起舞。余有怀旧诗，“桑间隐迹怀孙爽，药笼偷生忆陆圻。浙西人物真难得，屈指从云某在斯。”史祸之后，丽京以此诗奉还云，“自贬三等，不宜当此，请照月旦。”其后不知所终。人有见之黄鹤楼者，云已黄冠为道士矣。

这里记下的正是陆圻矛盾、痛苦的内心活动。范韩记：

（庄）廷钺续刻伊兄钺之《纪事本末》，参阅姓氏二十一人。首列查伊璜先生，次即余父，又次陆丽京先生。……壬寅（康熙元年）冬史祸发，奉旨二十一人皆凌迟，期亲斩。男十三以下，妻女并没入为奴，法无赦。曷以得邀皇恩幸免也，以检举在先故也。刻书，刊参评，常事也。曷以知其有祸而检举焉？得故人周栎园先生语余父曰："偶见庄氏书，载闯逆入宫，有禅表，下注龚鼎孳手笔。"且言"合肥（龚）慕大范老子久，以未获一识为恨事，望速检举，日后好相见也。但为首查某，为人反复，勿使知可耳。"

原来发觉庄史存在问题的是周亮工，而问题所在只不过是开罪了龚芝麓。检举也只是为了留下后来与龚见面的余地，根本没有看出更严重的毛病。可见当时一般人对庄史的认识也不过如此。

查伊璜因为是参校的第一名，所以已先提部候审，陆、范也在壬寅冬题解北发。《纪事》记从杭州乘船北上情事甚详。这稿本后来曾经陆圻弟堦的曾孙宗楷读过，在好几处加了眉批。如《纪事》记范韩入都后"二月初旬，晤丽京父执之弟梯霞于前门，相见失色。拉余至静处，聆其言，语语秘密，心悸气动，似一刻不能存住京师者。谆切相告，'范陆二姓，至我两人而斩。急速逃避海滨，觅一村妇，延两姓嗣续，勿愚，徒留京师，待缚尔，噬脐无及也'。余答曰：'汝弟兄也，或可以不相顾而自为谋；余人子也，义与父同生死。誓叩九重，图申救于万一。'梯霞含笑而别。"

在这一节的书眉，有墨笔批：

史祸作时，梯霞公单骑入都，竭力营救。寒门子姓，同籍生全。即查范两宗，亦获同舟之助。迨丽京公发南质讯，梯霞公束身自缚，亲投宪辕，监禁在狱。恩纶既沛，省释同归。魏公造作无影之词，玷污孝友，亦天理所不容矣。宗楷笔。

是不是“无影之词”，很难断定了。但这节对话，好像又不是可以造得出来的。在专制的淫威之下，受难者的心理状态在这里表现得典型而生动，正是难得的记录。“纪事”记北行舟车行旅种种情状，也是十分难得的，是钦犯押解的实录。记后来陆、范押解南归，有一节说：

次早，余父乘西骡，余与二仆，驿骑随行。（天主堂汤若望先生，有旧，差官姓致殷勤，为余不惜重价雇西骡，为南归之用。）黄沙白草，冷月酸风，或三站，或二站，西骡安稳异常。……而陆老人有二仆一弟，卷其行李资斧，遁去不顾。只身鞍马，雨雪之日，难堪细述。且囊橐无金，解官辈惟利是视，有何道义，不无窘辱耳。此皆弟仆为之也，其又何尤。

在这里，又有书眉批语：“丽京公被逮时，有张仆在逃一事。然左右有人，不至十分狼狈。至一弟云云，更为可骇。梯霞公原非同行，此外已系南狱。此等纪载，含血喷人，适以自污其口矣。宗楷笔。”

这一节与后面记周亮工与查伊璜的凶终隙末，都可以看出士绅阶层之间的矛盾，因史狱或通南一类事件的刺激，更趋复杂、激化，是值得加以注意的。

查伊璜的免祸经过，在《纪事》中没有记录，传说是得到了两广水陆提督吴六奇的援救。而查吴的遇合又是很有点传奇性的。有不少人曾记入笔记，是流传较广为人们所熟知的故事。

至于庄史成为“秽书”的主要原因，范韩也有较为详细的说明分析，为他书所不详。

> 客曰，庄氏刻史书，罹灭族之辜，知而为之，抑不知而为之乎？……余曰，庄钺之弟廷钺，婢出也。钺知弟轻佻，不克绳祖业。自谋为不朽之事。乃购朱氏史稿，寿之梨枣。沽身后名。朱氏稿至宗朝，绝无忌犯，其一代良史也。不意庄钺刻至大半，双目失明，继以疯疾死。廷钺拥兄数十万之资，骄侈无状。日与年少相游戏，置此书高阁矣。下路书船，往来门下甚伙，无知好事之辈怂恿刻完此书，与坊间水客兑换书籍，将来其利不穷。廷钺于是延名流严云起等十余人，续成是书。夫所谓名流者，取媚于主人，道古今而誉盛德，入耳而不烦。且博弈，斗叶子，朝夕欢呼饮酒。或酣醉无聊，不平有动于心，迅笔直挥；或怨恨思慕，胸中触发所至，落纸如愿，罔知所忌，肆其狂言。廷钺蒙昧无知，是非莫辨，计字每千酬金三十两，竟成是书。其为荒谬草率可知矣。壬寅冬，史难发，奉旨，谕承审大人及督抚，问书内赞扬故明、毁谤本朝，是何情由，着严刑夹讯。呼太祖为某子，是何情由，着严刑夹讯。呼尚王耿王为尚贼耿贼，

是何情由，着严刑夹讯。呼本朝为后金，是何情由，着严刑夹讯。共八条，其四条，年久，余忘之矣。庄廷钺、严云起等以兹召祸，盖自取之，此其尤大彰明较著者也。

这里所记的正面“罪案”大抵是确实的。明清易代之际风起云涌的私史著作，也大都具有这些特点。查伊璜自己就撰成了一百零二卷《罪惟录》，原名《明书》，经过庄氏史狱，始改今名。据考证，他是从史狱放还以后埋首数年最后成书的。不像陆丽京那样一走了之，却冒着大风险，继续闭门完成了这部巨著，他真的是对着干的。这部稿本的得以保存下来，最后印入“四部丛刊”三编，也不能说不是一个奇迹。

书买得后曾匆匆看过一下，觉得所说的故事过于阴冷了，遂掩卷不愿再观。三十年后取出重读，却有一种新的印象，深感历史遗存负载之沉重。自五四以来，多少仁人志士曾向封建主义猛烈开火，轰轰烈烈地闹过一阵子，不幸半途而废了，终于还是反得不彻底，留下的病根时时发作，有时还变本加厉，闹出连前辈英雄想不到或不敢想的花样来。最近看到一种意见，说是五四运动全面打倒了历史传统，彻底否定了中国文化。负面作用大大超过了正面价值。不禁产生一种疑问，难道我们反封建的工作真是做过了头了么？这真是怎么说才好呢？

一九八五年十一月十七日

“光棍”的诗集

叶名沣是晚清一位不甚知名的藏书家。他的《敦夙好斋诗续编》是胡心耘用木活字排印的，流传很少，书中有很多游海王村的诗，都是有价值的有关琉璃厂的史料。例如这一首：

“曾仿渔洋绘载书，十年前事渺愁予。补亡未许酬三箧，积富今难说五车，暇日消遥东郭履，归来啸傲长卿庐。海王村畔怀游侣，大似黄公旧酒垆。”诗后原有小注：

“谓徐星伯、刘燕庭、梅伯言诸丈，与名沣同有购书之癖，琉璃厂辽金时地名海王村。”

这正是介于李文藻《琉璃厂书肆记》与缪荃苏《续记》之间的厂肆史料。名澧字润臣，是叶志诜的儿子，叶名琛的弟弟。平生只留下了两部诗集和一本谈易经的小书，另外就是《桥西杂记》，身后由赵之谦收拾，潘祖荫付刻。他的藏书好像都留在杭州，身后陆续散出。直到二十多年前还偶有发现。他好像并不重视宋元旧刻，只留心搜罗精善稀少的清代刻本，眼光颇高，从一些遗藏中可以看出。我曾得到过几种，虽然只不过是乾嘉以后的刻本，但都是可读并有文献价值的。这里想加以介绍的张绣虎的集子就是其中之一。

《白云集》十七卷，乾隆刻本。题“钱唐张贲绣虎氏稿”。前有乾隆壬申陈撰序，顺治庚子（十七年）钱谦益旧序。目录前钤有“汉阳叶名沣润臣甫印”白文小方印。书由元孙大绅校刻，刻得并不精，可见张家后人家境是窘迫的，但到底将这部遗稿刻出来了，又幸而逃过了禁网，也没有什么人称说。《贩书偶记》著录，归入“雍正至乾隆”时期，那是看了陈撰的刻书序的缘故。其实这是应该列入清初的。

张绣虎这名字很熟。看文集，知道他是被发遣到尚阳堡去的流人。又查孟心史的《丛刊》，果然发现了他的事迹。在《科场案》的“顺天闱”一案里，张绣虎的名字列于案犯的最末一名，原拟的处分是“应立绞”，不过皇帝发了善心，谕旨说：“但多犯一时处死，于心不忍，俱从宽免死，各责四十板，流徙尚阳堡。”不过在这之前，早已将考官和中式举人等七人正法了。这就是有名的丁酉（顺治十四年）科场大狱。

科场案不过是考官受贿、举子登科的常见老套，心史先生指出：“至清代乃兴科场大案，草菅人命，甚至弟兄叔侄，连坐而同科，罪有甚于大逆。无非重加其罔民之力，束缚而驰骤之。”则是与过去不同的。用这方法挑起汉族士子之间的矛盾，加深人们对科举的陷溺，达到“天下英雄入我彀中”的目的，乃是这一政策的重要核心。心史先生的看法是尖锐、深刻的。

张绣虎的罪名是“挟诈”，《东华录》里没有记，别见于

《丁酉北闱大狱记略》:

“苕溪贡生张汉,素戆骙,以别有隐恨,剪发刻揭,投送科道衙门四纸。嘉善蒋文卓亦写揭,匿名遍传。又有杭州贡生张绣虎,原系光棍,拐妓逋寓京师,惯为拿讹扎诈之枭,从中鼓煽恐吓,藉张蒋二人为囮,诈得张、李二房考银一千二百两。”

这虽然是野记,但也并不一定是谣言。那么贡生怎么会变成光棍的呢?这在同书里也有很好的说明。

“乃贡士为四海九州拔尤而进之首善以观光者,故非父兄为高官,则家内称殷实;非游缙绅以博名称,则挟诗文,结坛社,以相恐吓。屯聚群嚣,人人自以为探囊高魁,唾手折桂。盖关节路径,尽人而然,恬不为怪。”

张绣虎是杭州巨族张氏的后裔,从明代嘉隆以后,历世做大官,正是所谓簪缨世家。这些世家子弟的出路不外在家享乐与进京赴考,把这两者结合在一起的就是上面所说的那种情形,其尤恶劣者就变成了光棍。在当时这是一种普遍的现象。文士之有才能的大抵都留下一部诗文,一些“佳话”,后世的读者只看到他们文酒风流的一面而不知其真实底细,往往造成许多误会。这时就需要读一些敢说真话、记事实的文字,对破疑解惑是很有好处的。

《白云集》一开卷就编入了五篇《策略》和《广人才》《核军实》《均役赋》等论文,正如陈撰序中所说,都是有关世教,厉风俗,“陈理指事,胸储而筴画”的文字。从晚明以来,读书人论政的风气大盛,至今还留下不少选家编定的总集，皇皇巨制，读起来使人气闷，原因是空话多。但张绣虎则不同，他很揭出了一些晚明社会的弊端，提出过一些救时的方法，虽然不免好作豪言壮语，其实还要算是个清醒的明白人。例如对八股文，他就多次表示了不满。

“萃天下之精神智虑，而毕力于科目者，盖二百四十余年矣。习俗至深，虽有豪杰之士，十九俯首而习章句。”又说：“自今制科取士之法，幸稍异其体制，而变通于八股之外。”这些话今天看来平常，在当时则是判断一个人胡涂与否的重要标准。他对“祖宗成法”传统观念的态度是，应该重实而不重名，反对像王安石那样的“以周官治宋而宋乱”的复古倾向。他说：“夫衣食者，生人之大命也。今语人曰：‘而衣必方领而食必木豆也，非是则饥寒以死也？’则必拂然去之，无肯昵就明矣。天下有其名甚美而其实不适于用者。是亦方领而木豆也。”同时又指出“乃上求而下莫之应，上以实意求而下以虚文应。是天子愈变法而卒不收变法之效”。简练地钩出了崇祯一朝的政治实际。他把这些看法系统地总结在一篇七千五百字的长文《拟上怀宗皇帝书》，他明明知道：“臣之言者，皆陛下左右贵近之所忌，而在廷诸臣之所不乐闻也，必共起而杀臣。……而言苟利于国家，臣之死荣于生。”这样一篇文字，终于未能递上。李长祥说：

“岁甲申，先生怀书欲上。会鼎湖已成，为之痛哭。……今读之，三百年盛衰之由以及丧亡之故，无不毕具。岂非一代大文。”

这个评论是公正的。这是晚明士大夫阶层中的清醒者对朱明一代做出的政治总结。没有空话，一切从具体事实出发，是地主阶级的忠臣孽子可能做出最好总结。但这却出于被公认为一名光棍的作者之手，这一事实本身就说明了一个时代的悲剧。弥漫于《白云集》全书的，差不多就是这类知识分子的痛苦的控诉与哀号。

张绣虎的交游，也就是所谓“声气”是很广的。卷二收《上史公（可法）言江防书》《与钱大宗伯（牧斋）论修史书》（两通），都是长篇。此外往还通讯的还有龚鼎孳、周亮工、顾与治、阎尔梅、方以智、李长祥、吴兆骞等人。龚鼎孳的好客是有名的，从张绣虎给他的一封信里，可以看到当日许多结客的故事，都是有趣的资料，可以使我们明白一位贰臣达官与遗民和大知识分子之间的关系。“上大司寇龚公书”是在关外戍所所寄，目的是想求龚加以援手，自然理应大颂功德，可是他偏偏要议论对方结客的得失，并时时发出怨言，甚至要挟，处处流露出光棍的脾气。他说：“先生扬历士宦，于今三十年，尝以济世活人为心，则今之官正先生得志行道之日也。宜乎薄海上民，逮于犴狴缧绁、赭衣黥面之徒，喁喁望泽曰，‘龚公其活我乎’。……独是先生生平好结客，东南名士被先生礼遇者数十人，其稍有名誉为时所称，待先生举火者，数千百家……先生相生平所结之客，死后可传者几人？东南名士，互相推引，以虚誉相高，其学问无可称述。……一旦不戒，奄然婴寒疾以死……然则彼黄土间鳞鳞藉藉，秽杂粪草之中者，皆是物也。”这简直是当面指斥龚的徒重声气，不能识人，骂倒一群显出自己。仿佛不答应他的请求，那就难免如传言所说："或曰，先生结客多泛交，爱博而情不专也。或曰，先生好友不如己者，其生平所与倡和皆远出先生之下，则先生乐与之交。先生好士如叶公好龙，然好夫似龙而非龙者也，非能好真龙也。"这正是典型的师爷笔法，甘言与恐吓并用，不过效果并不好，他终于未能借彗星地震之变带来的大赦机会，入关生还，也许龚鼎孳当日读了这封信，哭笑不得，只好置之不理的吧。

可以与此信并观的是《与阎孝廉书》，阎尔梅也是有高名的明遗民，与张绣虎、丁野鹤同得龚鼎孳援救脱罪，但在张绣虎眼中，简直是个披着狂放外衣的无耻之徒。

"足下亡命二十年，人皆谓足下死矣，而足下名满天下，山林草泽之士，无不知沛县阎先生者。当今鲁仲连其人也。足下即不死，饥寒困顿，晦匿姓名，以终天年，是足下虽不死亦千古也。……已而大司寇公招仆饮酒，足下巍然居上座，叙故旧，款洽如平时……足下饮酒必醉，醉必达晨，歌呼怒骂，座上人人厌避，门外童仆男女鼾鼾卧，而足下兴益豪，歌呼怒骂益甚，司寇公礼益恭，所以敬事足下益至。自是旬日必三四聚以为常。是司寇公之好贤，得足下之狂益见，足下善于成司寇公之名，岂为过哉。"关于阎尔梅的故事，山阳鲁一同曾辑有《寅宾录》，好像也不曾见到此信。想得个好士的好名声，也真不是容易的事，这些名士原是不好伺候的。张绣虎接着说：

"足下自此飘然远引以终其身足矣。乃仆出都门，足下流连司寇公所不肯去。值司寇公乞假归葬其亲，足下从司寇公渡河，历中州，至金斗，周旋会葬之客，既毕事，复从司寇公渡淮，道山左，至京师。絮絮陈乞不休，呜呼过矣。足下即不自爱，何乃至是！……先生岂以日暮途短，为子孙饥馁计耶?”

戴枫仲《游崇善寺记》中也有关于阎尔梅在龚鼎孳席上情状的记事，和这里所说差不多，可见这确是当时的实况。王渔洋也很看不起阎，说他不懂七古音节，世人不过只为其气岸所夺而已。不见这些旧记，我们就难以知道事实真相，以为遗民都高雅得了不得，其实是大错了。

《白云集》中还有不少有关辽东的记事，如《长白山记》《宁公台记》《东京记》《宁古台新城记》《康打歼记》等，都是地志中的好资料。自十一卷以下是诗部，其中一小半是入狱、发遣的纪行诗，描写戍所生活的诗。悲哀凄苦，也可以说是记流人生活的诗史。流人吴汉槎在北京西曹同系时即有诗相赠，在戍所又有倡和的诗文，为他写了《吴汉槎诗序》，今本《秋笳集》里不收。序中有这样一段话：

“已而余蒙难下司贬，吴生亦被诬，明年遇于讲室，出所为诗纵读之，日夕联床，极论古今诗体格。……海昌陈相国从而和之，令幼子子长日听绪论，以为取法。是时公侯卿士，颇多从壁上观也。”陈相国是陈之遴，后来也是遣戍辽左的。《白云集》卷十五有《辛亥（康熙十年）元日在徙所作》一诗，有“万里初来才作客，五旬昨过又逢春”句，可以知道初戍的时间和作者生年，张绣虎大抵生于天启元年。

汪景祺遗诗

——跋《读书堂诗集》稿本

偶于书肆架上抽得旧写本二册。黑格，板心题《读书堂诗集》，上下卷，不著作者姓氏。前有朱彝尊（康熙辛巳）、毛奇龄、章藻功、张大受四序；又吴廷桢、王誉昌题词。以书手风气及纸墨断之，写成殆在康熙中，为清写待刻稿本。归来遍检《曝书亭》《西河》《匠门书屋》诸集，皆不收《读书堂诗集序》，甚可怪异。偶忆故宫博物院《掌故丛编》曾刊《读书堂西征随笔》，为钱塘汪景祺撰，疑此诗集或亦汪作。乃发箧摊书，并细绎原集，排比证定，终得确知此即汪景祺集也。为之大快。其间琐琐，可资谈助。因为跋之。

按：汪景祺，原名日祺，字无己，号星堂。浙江钱塘人，户部侍郎霦之次子。礼部主事见祺之弟（见祺字无亢，康熙己丑进士），康熙五十三年举人。雍正二年游陕西，以书干抚远大将军年羹尧。年得罪，抄没。浙江巡抚福敏、杭州将军鄂弥达搜年家，得汪所撰《西征随笔》上之。其原奏略云："臣等公同搜查年羹尧内室并书房，橱柜内书信并无一纸。随将伊家人夹讯。据供，年羹尧于九月十二日将一应书札尽行烧毁等语。及问年羹尧，供词无异。臣等再加细搜粗重家伙，于乱纸中得抄写书二本，书面标题《读书堂西征随笔》，内有自序，系汪景祺姓名。臣等细观，其中所言，甚属悖逆，不胜惊骇。连日密访其人，至十月十六日始知汪景祺即钱塘县举人汪日祺。……”此景祺即日祺见于官书之明证也。雍正朱批云："若非尔等细心搜查，几致逆犯漏网。其妄撰妖辞二本，暂留中摘款发审。尔等凡经目睹之人，当密之，勿得泄露。"（《雍正朱批谕旨》）是福敏等搜得《随笔》，深获雍正奖誉，然亦戒之勿得轻泄，是《随笔》所言，必有大违碍处，使雍正为之痛心疾首也。原书被封锢于懋勤殿箱中，二百年后重显于世，雍正题册首云："悖谬狂乱，至于此极。惜见此之晚，留以待他日，弗使此种得漏网也。"切齿之声，似至今犹清晰可闻。

萧奭《永宪录》记"汪景祺伏诛"云："景祺康熙癸巳举人，雍正二年至胡期恒任所打抽丰。因得交年羹尧。……律以大逆不道立决枭示。妻子发黑龙江披甲人为奴。期亲兄弟叔侄革职，发宁古塔披甲人为奴。编修汪德荣、汪受祺与焉。……景祺之妻，巨室女也（一云，大学士徐本妹）。遣发时，家人设危跳，欲其清波自尽，乃盘躃匍匐而渡，见者伤之。……"如记年羹尧九十二大罪，其三为："汪景祺《西征随笔》，见者发指。羹尧亦云曾经看过。视为泛常，不行参奏，大逆之罪三。"又秀水沈叔埏集云："会丁未，浙人以汪党之狱，诏停会试。"（《书椒园臬使所作族兄沈泰叔传后》）丁未为雍正五年，查者查嗣庭也。是为此案始末及后果一二。其在当时，固一极尽残酷之大狱。不徒身遭大辟，罪及妻孥，旁及亲党。即浙江一省亦牵连而停会试，影响可谓深巨。知此，始可恍然于朱、张诸集之削去序文，而景祺相与倡酬极密之查德尹（嗣瑮，嗣庭之弟）《查浦诗抄》中绝无一字及无已，其故亦从可知矣。

原书不题撰人姓氏，然有数证，确可知其即景祺之作。《放歌行》有句云："岁在壬子十二月，汪生忽到人间来。"知作者自道姓汪，又生于康熙十一年壬子腊月，下推至雍正二年，正五十三。《西征随笔》前序云："余今年五十又三矣。"序撰于雍正二年，恰合。又《随笔·诙谐之语》条云："癸未八月，余出都门。宗人份字武曹，士鋐字文升，瀠字荇洲，绎字玉轮，棪字安公，醵分相饯。家无亢兄庚戌生，玉轮兄辛亥生，安公兄与余俱壬子生而月份少长于余。玉轮指余曰，无已壬子生，安公似小一岁"。此条道作者身世甚悉，亦可为显证。

此集诗之有纪年者，始于康熙三十六年丁丑除夕，迄于四十年辛巳七夕，前后所收凡六至八年中作。又无已先曾刻集八卷，见集中呈竹垞诗。章藻功序亦言："卒读全编，合观六卷。"大受序更云："刻所著诗七卷成。"凡此，殆皆旧刻三十岁以前诗。忆《北平图书馆善本乙目》中曾著雍正刻汪日祺《读书堂诗集》，疑即前刻之本。又集中有哭朱文盎诗（竹垞子），又存康照庚辰湖上陪竹垞、西河两先生游宴诗甚富，按之《曝书亭集》，一一俱合。《曝书亭集》卷二十，有一题云：《八日汪上舍日祺招同诸公夜泛五首》，其"日祺"二字，少后印者往往铲去，是皆印于雍正三年以后之本。又竹垞曾向汪氏假宋元史籍，赠谢诗云"临当分手寺门别，重为借书倾一瓻"，亦不见竹垞集中，殆亦因避忌而削去者。韩菼《有怀堂集》有《读书堂四世合稿序》，初集、前、后、正集诸序尚存，其后更有一文，全部铲去，目中尚存读书堂三字，或亦无已著作之序，今惜不可知矣。文网之密、避忌之苦如此。

此二卷诗中相与往还朋辈有尤侗、骆时亮、吴山抡、王露湑、胡元方、顾圣求、徐虹亭、钱治人、庄书田、查德尹、吴尺凫、许不弃、顾侠君等，皆一时名彦。其胡元方即守藩秦中名期恒者，《西征随笔》首列“与胡别驾遵王字”即其人也。与无已为旧友，此集中多存往还酬倡之什。胡名列年党第一，然竟未论死。江都程梦星《蠹余集》前有期恒序，撰于乾隆丁卯，时已七十七岁老人矣，别号“复翁”，殆以纪念幸脱年狱也。丁卯上距年狱之起，已二十二年，期恒流寓扬州，与程午桥、马嶰谷、半查兄弟等花月同游，把酒赋诗，不可谓非厚幸。梦星有《寿复斋》诗，略云：“先生才望震宇内，亦复多忌遭迍邅。忠能格主乃见白，诏许请老归田园。放情邱壑事游燕，时借诗酒全其天。”云云，可见期恒晚节一斑，惜其何以脱难终不能详。

无已诗颇不恶，有奇气。置于清初诗人中，亦当是一作手，章藻功序称其“出语必惊，愤激穷愁”，与《随笔》自序所谓“自问生平，都无是处，忆少年豪迈不羁，谓悠悠斯世，无一可与友者，骂坐之灌将军，放狂之祢处士，一言不合，不难挺刃而斗。……世人皆欲杀，其信然矣”者，皆可为汪诗注脚。有《舟次虞山过牧斋先生故居》四绝，中有故实，因摘录三首，以见一斑：

> 影堂深树雨萧萧，苔闭重门久寂寥。管领眼前新俎豆，不堪回首望南朝。
>
> 廷野争传谢傅名，出山可是为苍生？疏桐叶落空阶月，疑是尚书旧履声。
>
> 燕许文章屈宋才，岂无麦秀黍离哀。余生且缓须臾死，为录成仁事实来。

末首有小注云："先生有《成仁录》，载死事诸臣甚详。"其于牧斋亦不无微词，此亦清初人泛常议论，无已之得罪则殊不因民族意识也。《随笔·周锺项煜之死》条云："闯贼于三月十九日破京师，煜于四月十八日至金陵，福王称伪号……"是不独仇视自成，且视南都小朝廷为伪朝，是固奉大清为正统者。《随笔》中多记吏治、考选故事，虽多刻露之语，然初意亦不过为新朝画策耳，然竟以此遭显戮，殆非始料所及矣。其最触目者，当为下列一诗："皇帝挥毫不值钱，献诗杜诏赐绫笺。千家诗句从头写，云淡风轻近午天。"此等语安得令皇帝见之而不发怒乎！

孙殿起尝撰《清代禁书知见目录》，所著凡千百种，皆禁网所及，或存或毁之册。为板本目录学之绝业。此戋戋二册书，不徒得漏清帝之网，且为孙君所不及见，岂不大可珍重耶？遂不惮缕缕记之如此。

癸卯岁暮

谈禁书

不记得是谁曾经说过，“雪夜闭门读禁书”，算是人生一乐。我想这是说得不错的。要选一个下雪天，还得是晚上，外加关门上锁。这样的典型环境实在刻画得好，没有切身体会，怕是万万想不出的。

因此读禁书也就被赋予了一重浓重的神秘色彩，寥寥七字，包含的内容实在丰富得很。

溯本穷源，发明了禁书的手段并严格付诸实施的还是不能不首推秦始皇帝。这以后就有很长一段时间继起无人。虽然提起“图籍之厄”，烧书的事确曾不断发生，但那大都是战乱之间不问青红皂白一把火通通烧光，与嬴政的有目的、有纲领、有明确规定而且著之律令的焚书还是不能同日而语。禁书与文字狱发生关系，较早也较著名的是宋代苏轼的“乌台诗狱”，清代的张秋水有《眉山诗案广证》，就是专论此案的。张鉴的《冬青馆集》里收有许多有关南明史事的论文，他生于嘉、道之间，正当清代中叶文字狱盛行之后，他的特别关心宋代诗人苏东坡的命运，应该不是没有缘故的。

清代的乾隆皇帝，确是遥遥继承了秦始皇的传统，并后来居上的。论手段、论规模，也都远远超过了他的前辈。单是“禁毁书目”就先后修了几次，成书若干册。“禁书”成为一种通行的术语，也就从这时开始。不过有清一代，人们明明知道这一客观存在，但口中、笔下却谁也不敢提。一直到了清末民初，旧书店的商人才公然堂皇地把禁书字样标在书目上，同时售价也就相应飞快地提高，终于在有些图书馆的目录上也逐渐露面，作为审定“善本”的一种根据了。

为了习惯与方便，这里谈到禁书，也姑且以此为限断。

“禁书”虽然已经成为宝贝，但我居然也先后得到过若干种。这就使我悟出，禁书者，不论是有着无上威权的封建统治头子还是别的什么聪明人，也不论他们用尽了怎样的心机，到头来也终于是无效的。书是禁不绝的，因为有无数正直、公平的读者的保护。

唐末的词人韦庄，写过一篇著名的长诗《秦妇吟》，诗中涉及黄巢起义军攻入长安时的一些情况，有“内库烧为锦绣灰，天街踏尽公卿骨”这样的句子。韦庄自己后来觉得不大好，“公卿”们看了自然不舒服，新朝的头目也不会喜欢的，因此就自行“抽毁”，从《浣花集》中删去，还给家属留下了禁令。这以后一千多年中人们都无法看到这篇著名的作品。不料终于从敦煌的石洞里发现了那抄本，而且有三卷之多。韦庄用心良苦的安排终于还是无效。那原因就是很有一些读者喜欢它，作品还是被传抄、保存下来了。

韦庄后来虽然贵为蜀相，他到底只是一个个人，与能动用国家机器，在全国范围内搜查禁毁的皇帝是不能相比的。

不过皇帝又怎样呢？事实证明，成绩也并不理想。不过两百年，清代禁毁的一些作品，也还是陆续出现了，并没有禁得一干二净。那原因也并不两样，也是得到了人民保护的结果。

近三十年前，我看到过从浙江绍兴梅市流出的一些山阴祁氏澹生堂的藏书。这是一批由祁氏子孙深藏密锁了三百多年的先世著述。大半是抄本与稿本。其中绝大部分是符合禁毁的条件的。经过清初的残酷镇压，祁氏遭到了家破人亡的惨祸，但还是冒着杀头、灭族的风险保存下了这些著作。事实本身就是极为悲壮的。

这批书中有一部祁承㸁的《澹生堂集》，是崇祯刻本，在禁书目中是有著录的。仔细一看，凡是集中“奴”“虏”“酋”……等字，都已用浓墨仔细地涂去了。同时我还看到一部清初抄本的《澹生堂诗文钞》，是祁氏子孙选抄待刻的稿本。原书中那些涂掉的地方，都经过细密的修改。这些工作，想来都是在“雪夜闭门”的情况下进行的吧？

后来在苏州又得到过一部刻于崇祯甲申（也就是典型的弘光刻本）的钱栴撰《城守筹略》，则是南明政府官员为了抵御“北虏”南下而提出的作战方略。奇怪的是这样的书，禁书目中也并未收入。可见清初统治者花了如许气力搜索、审查，工作也还是粗疏得很。原书卷一第一页的书名和作者名字都被什么人撕去了，撕得很马虎，卷一以下都还好好地保留着书名和撰人。这就不能不使人揣测，藏书者要应付即将到来的大搜查，他所藏的这种违碍书又很多，在惶急中只能这样马虎地处理一下的吧？那时代可能就在钱栴被捕杀头的前后。

我还有一部清初刻的《新乐府》，是吴炎、潘柽樟（潘耒的哥哥）的作品。这两位都是在庄史之狱中被杀头的。书前的作者姓氏也同样被撕去了。这样的残迹，好像意在提醒后来的读者，书册曾经历过怎样的命运，才终于保存下来，好像直到今天也还能隐隐嗅到血腥气，以文献论，是非常可贵的。

提到庄氏史狱，就不能不联想到偶然得到的一册稿本，《私史纪事》（这是经过修改的，那原题是《史祸纪事本末》）。这可是一册很有价值的稿本。作者是范骧，与陆丽京等三人都受到“庄史”的牵连。他们大概都曾为此书写过序或曾列名参校。案发以后一起被逮，被押解到北京刑部听审，后来总算放还了。这书详细回忆记录了起解途中，下狱审讯……以及如何打点营救，被释还家的全过程。浙江离开北京有一千多里，天气又是严冬，范骧等都是六七十岁的老人，他们的身份是逆案的“钦犯”，在押解兵丁的驱赶下赶路，后来到了刑部狱中，前后半年光景，过的是怎样非人的生活，都有十分动人的描绘。不只是文字狱的珍贵史料，作为社会风俗史，这也是难得的原始纪录。尤其使我吃惊的是，这本回忆录记下了三位老人在遇祸以后，彼此间曾经发生过的一些猜疑和互相责难。在书册的上端，有陆丽京的后人属名“宗楷”的墨笔批注，都是驳斥范骧、为丽京辩诬的。他们被释放归以后，不用说，家都已破了，陆丽京的结末是离家出走，不知所终。看来与这种纠葛是不无关系的。封建统治者的残酷迫害，在明遗民内部散布的矛盾……，这一切都是不能不引起人们深深的思索的。

《读书堂诗集》，原刻的黑格纸，精抄，无疑是康熙中的清写稿本，不题撰人也没有分卷，后面还有许多空白页，可证尚未编定。这是钱塘汪无己的诗集，无意中得之市肆，也是一种当然必禁而不见于禁书目的异书。无己名日祺，后改名景祺，是钱塘汪东山（霦）的儿子。此集所收都是少年时的作品，后来他投入年（羹尧）幕，因《西征随笔》一书获罪，“律以大逆不道立决枭示”。《西征随笔》的原件后来在故宫里发现，曾经有过新印本。作者是有才华的，笔记中有些纪事的篇章，其实是很好的短篇小说，此外也有一些揭露官场丑行的纪事，我读过以后始终未能发现获得如此大罪的根由。其实汪景祺最大的过错是成为年羹尧的亲信。当时议政大臣所定年羹尧的“大逆罪”的第三条就是“汪景祺《西征随笔》，见者发指。羹尧亦云曾经看过，视为泛常，不行参奏”。后来查嗣庭文字狱发，雍正在“上谕”中还念念不忘于景祺，“去年正法之汪景祺，文稿中有‘历代年号论’，指‘正’字有‘一止’之象。”雍正作为一个“伟大”的“作家”，完全可以和他的继承人乾隆之为一个“伟大”的“诗人”媲美。他写起“上谕”来，往往下笔万言，反复声说，终于使臣民陷入五里雾中不得不承认皇帝的“权威”而后已。他运用种种奇怪的逻辑，惊人的捏造，将他所选中的对象一个个罗织入文网之中，又一个个杀掉，还要罪及妻孥亲属朋友和简直毫不相干的人。雍正是清代文字狱事业的奠基者，他提供了整套的纲领、理论和实践范例。可惜他的统治只延续了十三年，剩下的工作不得不由乾隆来最后完成。

据《永宪录》记，汪景祺“伏诛”以后，妻子照例要“发黑龙江披甲人为奴”。“景祺之妻，巨室女也。遣发时，家人设危跳，欲其清波自尽。乃盘蹁匍匐而渡。见者伤之。”简单的几句话，写尽了一场阴森的闹剧的阴冷凄凉的结末。

汪景祺的《读书堂诗集》不过是少作，并无可观，全书充斥着封建文士无聊生活的描绘，但书前却有七八通诗序，作者都是当时的名家。除了朱彝尊、韩菼，现在已经记不起还有谁了。我曾经查过这些作者的文集，发现没有一篇序是保留下来的。这是难怪的。朱竹垞的《曝书亭集》卷二十，还保留了与景祺在西湖“夜泛”的五首诗。这是因为朱集刊成在景祺获罪之先。但后印的本子，“日祺”两字就已经削去了。出于同样的原因，朱集卷二十三“喜春宫再建”诗，在康熙五十一年再废太子以后，重印时也削去了。一个作者的文集，由于政治情况的变化，不同时期的印本就会有不同的面貌。这就是藏书家重视初印本的理由之一，也是判断重印时期的重要根据，也算是板本目录之学的一点小小的知识。

上面随意想到的几个例子，几乎无一不是清初文网的漏网之鱼，这就说明，尽管皇帝雷厉风行，作为头等政治任务来抓，效果还是很不理想的。当时各省的封疆大吏和中枢的文化官员实在值得同情，他们担着身家性命的干系，一字字地读着汗牛充栋的书本，又实在捉摸不透皇帝老倌的定案标准，他们的为难是可以想见的。手边有四册《无闷堂集》，闽张远超然撰，康熙刻本。四库未收、禁书目也没有著录，照我看也是一条漏网之鱼。只要看卷中有许多地方都开了天窗，就可以知道了。文集卷七有一篇《徐烈妇小传》，照例这样题目的文章我是不大看的，但因为篇中挖去了将近一行而引起好奇，终于发现这实在是一篇很有意义的文字。传末“野史氏曰”以下的一节是：

“甲寅之变，生灵涂炭。身污名辱，终于不免者，不独女子也。女子为尤惨。楚蜀两粤，不可胜数。以予所目击耳闻者，独浙闽江右。其死于锋镝、盗贼、饥饿、损伤、老弱废疾者不具论。其姿容少好，骡车马背辇之而北者，亦不具论。惟其弃载而鬻之者，维扬、金陵，市肆填塞。（以下挖去十五字）累累若若，若羊豕然，不可数计。市之者值不过数金，丑好老少，从暗中摸索。”

甲寅是康熙十三年（1674）。这里所说的是三藩之变，干出种种惨绝人寰的兽行的正是平定三藩的清军。其在浙闽江右一带作战的则是讨伐耿精忠的部队。扬州、南京的人肉市场，竟与奴隶社会无异。不见旧记，是无从想象的。那挖去的几句也不知道说的究竟是怎样的事物。但仅此一节，难道就不该劈板禁毁、追究作者吗？可惜的是乾隆一伙竟自轻轻地放过了。

乾隆肚皮里的标准，捉摸起来是困难的，但只要翻翻“文字狱档”，就可以约略知道那大概。不是连测字先生的方法都已采用了么？又还有什么标准可言？其实这也正是一种标准。运用之妙，也未必全出自“圣心独断”，大小臣工的努力也是万万不可忽视的。

皇帝也自有他的聪明，早已发现这样蛮干下去不是事了，必须转变作风，采取新的积极措施。这就是《四库全书》产生的背景。聚集群书，暗暗改削，写成“正本”，颁示天下。既得“稽古右文”之美名，又收统一思想之实效。确是一条好计。但这也并非乾隆自己的发明创造，列祖列宗早已有见及此并付之实施了。入关以后首先为崇祯帝治丧；康熙下江南专程去孝陵致祭，他写的“治隆唐宋”的“御碑”，到今天也还完好无恙。已死的明臣给以美谥，尚存的就用“博学鸿词”的办法招徕。这原是一整套政策的两个侧面。不懂这一手，是不能理解禁书的全部奥妙的。

禁书是一种历史现象，非常丑恶的历史现象。人类社会本来是没有这种事物的，但后来出现了，在某些时候还颇行时。我相信，它终究是要消灭的。前些时曾经就此进行过一些讨论。我自己是赞成读书无禁区的主张的。当然，一时实行起来并不那么容易。只要具有健康、正常的头脑的人，我想都应该赞成并努力创造条件把禁区彻底打破，并最终消灭这一丑恶历史痕迹的吧。那种一听见要取消禁区就不舒服，惟恐这种宝贝事物断种、失传的精神状态是奇怪的，不正常的。

“神农”尝百草，在他心目中本来就没有禁区。后来发现了毒药，他也只是向人们提出警告，同时写入本草，研究利用。他设了“禁区”然后又用科学的方法打开了“禁区”。假使一开始“神农”就是满眼“毒草”，不敢触动，科学的本草学、药物学是不可能出现的。

三十多年以前，在中国的许多地方，马列主义曾是“禁区”里的“禁书”。多少人如饥似渴地“雪夜闭门”读之，后来终于诞生了新中国。“禁”的后果往往却是相反的宣传，这是反动派所不及料的。这些事过去了还不算太久，大概我们总多少还有些印象吧。

一九七九年十一月二十八日

后记

历史上以文字杀人较早的一例，一般都认为应数杨恽之狱。杨恽是司马迁的外孙，家世贵盛，汉宣帝时曾做过不小的官，后因事为人举发，免为庶人。但他不肯闭门思过，装出可怜的样子，反而大治产业，交结宾客，“以财自娱”。这就引来了友人西河太守孙会宗的劝戒。杨恽在答书中说明了自己的态度，进行了辩解。文章写得实在很好，后被收入《文选》中。书中说到家居生活，有下面一段话：

“臣之得罪，已三年矣。田家作苦，岁时伏腊，烹羊炮羔，斗酒自劳。家本秦也，能为秦声；妇赵女也，雅善鼓琴。奴婢歌者数人。酒后耳热，仰天抚缶，而呼呜呜。其诗曰：‘田彼南山，芜秽不治，种一顷豆，落而为萁。人生行乐耳，须富贵何时。’是日也，拂衣而喜，奋袖低昂。顿足起舞。诚淫荒无度，不知其不可也。”

他虽然口中说这种生活态度是“不可”的，但又事先声明，“人情所不能止者，圣人弗禁。”不料竟因此而惹来了皇帝的不快，被装上了大逆不道的罪名腰斩了。这实在是一桩大冤案，如果没有特别的眼光，是不可能发现书中的“大逆”气味的。张晏为汉书作注，对此曾有所分析：

“山高在阳，人君之象也；芜秽不治，朝廷荒乱也。一顷百亩，以喻百官也；言豆者真直之物，零落在野，喻己见放弃也。其曲而不直，言朝臣皆谄谀也。”张晏的话不知有无定罪案卷的根据，更可能是他自己的发明。这种锻炼方法，简直与猜谜测字没有分别，这就为后来的诗狱开了一个先例，一下子使我们想起宋代苏轼的乌台诗案来。时间虽然经过了一千年，手法却还是那一套，别无任何改进提高。如舒亶所上札子攻击苏轼时就说：

“盖陛下发钱以本业平民，则曰‘赢得儿童语音好，一年强半在城中’；陛下明法以课试群吏，则曰‘读书万卷不读律，致君尧舜知无求’；陛下兴水利，则曰‘东海若知明主意，应教斥卤变桑田’；陛下谨盐禁，则曰‘岂是闻韶解忘味，尔来三月食无盐’。其他触物即事，应口所言，无不以讥谤为主。”

在严酷诛求之下，苏轼不得不交代所作诗文篇目及往来投赠友人的名单，并说：“其余委是忘记。轼有此罪愆，甘伏朝典”。这是九百年前的认罪书样本，读来十分面善，正如不久前曾风行一时的一种文体，用“罪该万死”作结的一种“交代八股”。那结果必然如苏轼“赠孙莘老”诗所说：

“嗟予与子久离群，耳冷心灰百不闻。若对青山谈世事，当须举白便浮君。”

苏轼后来交代创作意图说：“是时约孙觉并坐客，如有言及时事者，罚一大盏。虽不指言时事是非，轼意言时事多不便，更不可说也，说亦不尽也。”

鸦雀无声的局面就是这样形成的。文字狱的效果也在这里表现出来了。

上面所举的两例，加上嵇康的因“非汤武而薄周孔”被杀一案都是带有政治性的文字狱，和后来一些因笑骂了皇帝本人而被迫害的不同。暴君总是怀疑人们说他的怪话、坏话，如传说中明太祖朱元璋忌讳人家说和尚说光头，曾因此而杀人。又因监察御史张尚礼作“宫怨”诗，有“梦中正得君王宠，却被黄鹂叫一声”之句，认为“能摹写宫阃心事”，命下蚕室死。明初的高启据说也是因为一首“宫女图”诗而被腰斩的。这些都属于“诽谤”罪，与政治思想并无关系，虽然在定罪时往往要拉扯一些“大不敬”“大逆不道”的词句装点门面，但人们都明白，这些人死得是冤枉的。这情形一直到清初的文字狱还是如此。为了改变这种缺乏说服力的不利状况，感到孤独而心虚的统治者就要千方百计制造舆论，以传统的礼教为依据，把种种罪名都拉扯到“离经叛道”上来，用以激起更多人的愤慨，扇起众怒，这样站在统治者身旁的人数就将大大增加，而暴行也就理所当然地化为“正义行动”。“举国共诛，人人共讨”的声势因而形成。清朝皇帝中想出了这方法而执行得最起劲的是雍正，乾隆也并不弱。虽然实际效果并不理想，因为中国民族的思想中间缺少宗教迷信狂热，对皇帝的权威也并不热心，一般只是采取“敬鬼神而远之”的态度。对《大义觉迷录》这样的宣传品兴趣也并不高。像欧洲神圣裁判那样的恶浪还是没有卷起，不能不说是一种失败。

但是清代的文字狱论其规模之大与持续之久都是空前的。手段之毒辣、诛杀之凶残更是远远超出了前代。鲁迅先生曾经推荐过《清代文字狱档》，还提出了几种清代的政书，如《东华录》《御批通鉴辑览》《上谕八旗》《雍正朱批谕旨》，认为“倘有有心人加以收集，一一钩稽，将其中的关于驾御汉人，批评文化，利用文艺之处，分别排比，辑成一书，我想，我们不但可以看见那策略的博大和恶辣，并且还能够明白我们怎样受异族主子的驯扰，以及遗留至今的奴性的由来的罢”。

得读先生的这些教诲已经五十多年，对先生所提出的任务却从来没有想到过去实施，因为这实在太艰巨了，不是个人的力量所能及。但在平日读书时也时常记起，遇见有关文字狱的文献，也较为留心。随时记下一些灵感，就是这里的一束笔记。虽然杂乱无章缺乏系统，但从中也能多少看出一些严重的事实。即如先生提到的“奴性的由来”一节，就是值得深刻省察的宿病根。几千年来人们的信条是，只有孔子之是非而没有我之是非，这就在思想上受了阉割，从而丧失了独立思考的习惯与能力。只要听见一声吆喝，就会如中风魔，不顾一切地冲上前去。其后果之严重是可想而知的。这个，我们是已经有过惨痛的经验了，那就是二十年前发生的全国大动乱。那是从批判《海瑞罢官》开始的，试拿来和清朝的文字狱比较一下，其荒谬与离奇又哪里是雍正和乾隆想象得到的。头脑清醒站出来抗议的人也不是没有，但都被立即打翻在地不许作声。于是一场昏天黑地的大动乱开始了，同时又出现了无数形形色色的文字狱，其内容之丰富离奇，受害者命运之悲惨，也绝非几卷“文字狱档”所能相提并论。但寻踪觅迹，却都能从往事中发现它的踪迹。难道真的是历史循环，轮回不爽么？恐怕还是没有找到病根、记取教训。这本小册子如能提醒人们多少记起往事，并从中得到启示，引起思索，有助于挖掉痼疾的根源，那就是值得高兴与庆幸的了。

一九八六年十二月二十二日

妆台杂记

《妆台杂记》，读书记，1997 年 3 月中国社会科学出版社初版，列为“学术随笔文丛”之一。

据初版本编入。

出版前言

在中国学术文化发展的历史长河中，历代都不乏硕学鸿儒，他们常常在精心编撰鸿篇巨制的同时，往往又举重若轻地写一些随想录或笔记式的短篇。鸿篇巨制固然能成为传之后世的不朽名作，随想录式的短篇同样会成为“千秋绝调”。学术文章不以长短论高下，古今皆然。明代学人袁中道曾谓：“不知率尔无意之作，更是神情所寄。往往可传者，托不必传者以传。以不必传者，易于取姿炙人口而快人目。班马作史，妙得此法。今东坡之可爱者，多其小文小说。其高文大册，人固不深爱也，使尽去之，而独存其高文大册，岂复有坡公哉?”可见，“高文大册”与“小文小说”，各有其价值和特色，其卓异者，皆谓中华学术之瑰宝。

我国当代的著名学者，大多继承了古代学术的优良传统，于潜心研究撰写大部头专著的同时，也常有思想闪光与真知的发现，或在探研学术问题的深邃思考中，形成稍纵即逝的真理颗粒；或在对各种书籍的“序”“跋”中，阐发个人对学术问题的独见；或在博览群书时，考释出对某人、某事、某书的真谛……这无疑都是学术研究中的宝贵结晶。对此，学者们也常率尔命笔，以随思录的形式形诸文字。倘能将这些文字汇集成册，当能促进学术研究与学术交流，给众多学人与广大读者以启迪。

近年来，在图书出版界出现了“散文热”，但多属文艺性散文，而学术随笔尚不多见。中国社会科学出版社向以出版高层次学术著作为特色，根据我社的宗旨，特组编了《学术随笔文丛》（以下简称《文丛》），以繁荣图书出版。

《文丛》的特点，着意在“学术”与“随笔”上，即文章的内容须是学术性的，但并非长篇学术论文，而是短小精悍的随笔形式，且具有思想性、知识性与可读性；文风要清新、简练、洒脱、活泼，富有文采，但又非一般文艺性散文。它既区别于现时出版的学术论集，又不同于文艺散文创作。

《文丛》的内容，力求丰富多彩，涵盖面广，包括学术短论与考辨；读书札记及学术论著的“序”“跋”“评”；治学心得体会；学术人物的回忆与怀念；学术争论的回顾与思考；师友往来书信；学坛掌故轶闻……。

《文丛》的篇幅，每本大致在15—20万字之间，以免篇幅过大。这样既促作者慎重选文，以保证该书的质量和特色，同时也便于读者阅读并减轻购书时的负担。

《文丛》各集所收文稿，以散见于报刊上发表过，既有价值而读者又难寻觅，以及未曾发表过的文稿为主。对已结集出版过的文章，尽可能不选。此乃针对时下某些结集出版过的同类读物，同一作者相同的文章，刚编入此书，旋又编入彼书，读者对此已深为不满，《文丛》将尽量避免这种重复出版的现象。

《文丛》第一辑，首先组编了我国人文社会科学各领域有影响的老一辈著名学者的学术随笔，以后还将扩大遴选中青年优秀学者的书稿。无论是老一辈学者，还是中青年学者，《文丛》都将坚持高层次、高质量，以使《文丛》的出版对学术发展和文化积累有所裨益。

中国社会科学出版社

1996 年 10 月

序

十五年前，我在一家报纸上写了一个专栏，取名为《妆台杂记》，写有一篇序文。编者看了，觉得不大好，替我另换了一个题目。这序文当然只好作废。原稿尚在，现在就抄在这里。

我曾有过一只不坏的书桌，可惜十一二年前卖掉了。为什么连书桌都卖掉了呢？那是因为当时肚子实在有点饿得慌了的缘故。这是鲁迅先生曾经使用过的语言。在《病后杂谈之余》里先生讲过，“因为肚子饿得慌了”，才把一本明抄本《立斋闲录》和几种别的书“去卖给以藏书家和学者出名的傅某”。这傅某就是傅增湘，别名“藏园主人”。

我最早读先生此文，还在少不更事的时候，很不理解为什么要等到肚子饿得慌了才去卖书，而书又不是立即可以换钱的。跑了三四趟而终于不成之后，即使没有饿死也必然饿昏倒地了。……当然这都是极可笑的幼稚念头。

这疑团，后来是逐渐打破了，终于达到了颇为深刻的理解。十一二年前吧，回想起来，日子确是过得不太宽绰，肚皮饿得发慌的经验也确实有过。没有法子，只能转出卖杂物的念头。书我还有不少，可惜只是秤斤的“废纸”；就连这“废纸”，也都被贴起了封条，不能擅动。环顾室内，可以挪动而能立即换钱的，只剩下了一只书桌。按照我当时对形势的估计，书桌也实在是一种无用的“奢侈品”，虽然不免有些舍不得，到底疗饥要紧，还是忍痛卖掉了。

那时候，即使是出卖自有的杂物，也不是很容易的。首先，要将一只桌子搬出家门，运出弄堂，就很困难。不但要快而且还要逃过许多只监视的眼睛，拍卖行肯不肯接受一些也没有把握，还得托熟人去说情。价格是随便的，任凭给几文就是。最有趣的是，卖掉书桌以后，我又曾自动将一大块玻璃台面送到拍卖行去给他们“配套”，分文不取。这种“老实”的作风，今天想起来自己也觉得奇怪。

这以后，有时要坐下来写字就有了困难。应该说明的是，即使在当时，“拳不离手，曲不离口”，字还是每天要写的。例如，“思想汇报”每天就得交出一份。没有办法，只好暂时借用妻的梳妆台。这只梳妆台倒是颇为讲究的。小巧，精致，木料也是上等的，还镶着一面大镜子。为什么不拿来卖掉呢？那道理也很简单。因为在当时这正是典型的“封、资、修”的标本，拍卖行、旧货店都不要的。也许劈柴店可以接受，但我没有去打听过。

据说古代的大作家有对镜执笔写下了不朽人物形象的经验，不过这方法我学不来。对自己的面孔，看来看去也看不出有什么“英雄气概”。按照当时文艺批评家的意见，“镜子”说是不妥当的，反映现实不能依靠“镜子”。可见在写字的地方放一面大镜子并不是一个好办法。不过应该说明的是，那面镜子的质量也是头等的，决非什么“哈哈镜”之类的货色。即使如此，我还是把它卸下来了。

这以后，我就一直坐在这梳妆台前写字，没有觉得有什么不方便，自然也并不觉得飘飘然。唯一的缺点是太小，放不下几叠书。客人来访，有时也会觉得奇怪，不像正规的书桌。我也并不说破，一直安心地使用着。

《妆台杂记》这题目是完全写实的。虽然初看要觉得有点“香艳”或带有“脂粉气”。曲牌里有什么“傍妆台”；龚定庵的诗里也喜欢说什么“赠与妆台满镜霞”“甘隶妆台伺眼波”，不过这一切和我全不相干。

现在又想用它来作书名，可是心里总不免踌躇。取书名是一件困难事，想来想去都找不到合适的，不是陈腐就是俗滥。正在为难之际，一位常来坐坐的年轻朋友指点说，这书名就挺好，比苦心焦虑想出的另外一些都好得远。真是一声棒喝。年纪一年年大起来了，就在为新书题名这种事上，也免不了患得患失。在年轻朋友面前实在不能不惭愧。

杂记所收有较长的篇什，也有短小的题记，还有与旁人论难的文字。我没有受过系统的训练，读书并无系统，也不懂做卡片的方法。凡有论述，多半只能求之于记忆，因之不能周备，往往陷于荒窘。我平常喜欢读书跋和提要，觉得不只可以获得知识也能体味书中的情趣，自己也想学着写，断断续续，成稿无多。至于论辩之文，最好的办法当然是鲁迅先生的办法，附载对手的文章，使读者可以得到更全面的了解。但为“版权所有”所限，不能照办了。这是要向读者致歉的。

1996 年 6 月 26 日

—

陈圆圆

我最爱读的鲁迅杂文中间，有一篇是“阿金”。回忆在那“史无前例”的日子里，手里什么书都没有了，却意外地还“藏”着一本《且介亭杂文》，破破烂烂的，倒是初版本。记得这是先生逝世后一年左右，我跑到上海四马路的开明书店买来的。这本书前后读了不知道有多少遍了，可是每次一上手，总还是兴味盎然。而且每次总要读一遍“阿金”。后来又忍不住向“硕果仅存”的一两位朋友去推荐。他们不置可否，只是给我一个鬼脸。我想，他们大概都是读过的，不但读过，也许同样读了不只一两遍了。

“阿金”里有一段文字，我一直极佩服，而且这佩服的历史也有了三十年以上了。鲁迅先生说：

> 我一向不相信昭君出塞会安汉，木兰从军就可以保隋；也不信妲己亡殷，西施沼吴，杨妃乱唐的那些古老话。我以为在男权社会里，女人是决不会有这种大力量的，兴亡的责任，都应该男的负。但向来的男性的作者，大抵将败亡的大罪，推在女性身上，这真是一钱不值的

没有出息的男人。

鲁迅先生接下去说，不料阿金的出现却动摇了他的“宿信”，使他“连对于人事也从新疑惑起来了”。这是别一个问题。我在这里想说的，只不过是曾经由前面那一节话引出的一些奇怪想法。

我曾想，中国历代的诗人、文士，大抵都是很喜欢对历史人物发表各种意见的。这当然不只是诗人才如此。可惜一般老百姓有的只是口头意见，不曾录音，也自然没有文集流传下来，因此只能由文士们逞强。诗文集中有“史论”和“怀古”这样的门类。遇见历史上的名人，人们大抵总是不肯放过的。最近我翻过一些诗集，发现几乎每本都多少有一两首钓台诗，说明着他们对严子陵的意见。而早在明代前期，就已有人搜罗了这样的诗文，汇编了一部《钓台集》了。严子陵是“隐士”，人们对他的兴趣尚且如此浓烈，更何况西子、王嫱这些赫赫的绝代美人。譬如，在明清之际有关西施的《苎萝志》（还不止一种）就早已编印了，而且有厚厚的四大本。当然也有漏略，关于王昭君的专书就至今还没有人来动手编辑，我想这工作还是值得做的。我们现在要开王昭君讨论会，规模搞得大些也许可以邀请一百来位专家作者吧。可是好好编一本《青冢集》（姑妄名之），就等于邀请了两千年来不同时代不同观点的人物来开大型座谈会，七嘴八舌，议论纷纷，成绩将更为可观。

照我想，这样的名单是可以开出一长串来的。

三十多年前住在昆明，无聊得很，也许是偶然记起了鲁迅先生的话吧，忽然想起三百年前一位有名的女人——陈圆圆。她的最终归宿就在昆明。同时起劲地寻访起她的遗迹来，最后还写了一篇杂记。说来可怜，当时手边几乎没有什么参考书，想借也借不到。我知道有人编过一本《畹芬录》的小册子，却是隔了十来年之后才在昆明市上搜到一本。后来又看到了一册《陈圆圆事辑》，“临桂况周颐夔笙辑”。于 1931 年由李根源在苏州刊成，后面附有李氏的“续辑”一卷。这书收集的资料并不算怎样完备，不过一些有关系的文件，是大致都在的。一晃又是多少年，最近看到《李自成》的作者、小说家姚雪垠的《论〈圆圆曲〉》（《文学遗产》季刊 1980 年第 1 期），立即拜读了。作者下了很大的功夫，对围绕着陈圆圆活动的种种人物、展开的历史事件进行了探索，对历史的真实与评断说出了自己的看法。一位小说家肯下这样的功夫做研究，首先就是可贵的。因为这是创作的基础与出发点。记得也是鲁迅先生曾经说过的，像这样花了极大气力写成的历史小说，虽然会被人讥为“教授小说”，其实倒是很难组织之作。先生是深知、也说出了此中甘苦的。

除此以外，在我看来，姚文还提出了以下一些问题：历史小说的创作原则；“野史”与小说的分野：史诗与“政治传奇抒情诗”的区别；诗人吴梅村的评价等等。更为重要的是对大顺农民起义军及其主要领导人的看法，以及由此而来的创作思想、方法问题。这许多，也确是非常重要的问题。

姚文的“结论”说，歌妓陈圆圆是被皇亲田宏遇从苏州买下，带到北京的。不久，田死。吴三桂“闻陈圆圆艳名，派人随吴襄到京，从田府将她买去，送往宁远。她到了宁远后，心情抑郁，又过不惯关外生活，不久病死。”“大顺军进入北京时她已在宁远早死。关于她被李自成或刘宗敏所得，以及刘宗敏为索她拷掠吴襄，全是胡说。”

这个“结论”与吴梅村的《圆圆曲》《鹿樵纪闻》及清初的许多记载是全然不同的，不失为崭新的研究成果。研究者的方法是一方面分析批判了旧说的许多矛盾、错误之处；又从正面举出了“有较多参考价值”的史料，加以推论而成。姚文举出的正面史料是钱𫍯的《甲申传信录》，引据的重要章节是：

> 闯入京师，伪权将军刘宗敏处田宏遇第，闻寿（按：同为田宏遇买来的著名姑苏歌妓）从优人潜遁，而沅（按：即圆圆）先为襄市去，乃枭优人七人而系襄索沅。襄具言遣送宁远，已死。宗敏坚疑不信，故掠襄。

陈圆圆不但早已到了宁远，而且随即死掉。这是在刘宗敏逼索之下，吴三桂的父亲吴襄的招供。“结论”中的主要判断都是据此推论而来的。但最重要的基本内容，刘宗敏的逼索陈沅，则被作者断为“误传”而舍弃了。既然刘宗敏不曾为了陈沅而逼问吴襄，那么吴襄的招供也是“莫须有”的“误传”无疑了，怎么又可以据以作出结论呢？

这里就提出了一个问题。怎样实事求是地看待和使用野史，对史料的取舍应该采取一种怎样的态度，当然，也不只是在“野史”上才存在着这样的问题。

有一部题为《庭闻录》的书，作者刘健的父亲在吴三桂开藩云南时曾任云南府同知，吃过很大的苦头，有许多见闻。这书是康熙五十八年刘健“追忆趋庭所闻”的笔录。是时代较早见闻较切的有关吴藩的重要史料。光绪中武进庄士敏又据以增删改定为《滇事总录》二卷。这里据《事辑》转录涉及陈沅的几节：

陈沅之事，言者多殊。陆次云《陈沅传》以夺沅者为李自成，不知其为宗敏也。传文虽详，考究未确。其点缀处尤多已甚之词。

崇祯辛巳年，田宏遇进香普陀，道经苏州，购沅以归。三桂奉命出镇，宏遇饯之，出沅佐觞。三桂悦之，以为请。宏遇许俟终年。后果送至襄宅，襄不敢受，仍归田氏，而客以报，三桂时有入卫之命，疾驰赴京，欲乘便取沅。中途闻刘宗敏踞宏遇宅，挟沅日事酣宴，遂大怒，出关乞师。

吴妓陈沅顾寿，并名噪一时。田宏遇以重价市寿，而沅名更高，不易得。会其婿以细故得罪，欲求好，无以通媚。百计购沅以献。宏遇善之如初。未几，宏遇卒。襄入都。三桂使人持千金随襄市沅。既得，襄遣送宁远。京师陷，刘宗敏踞宏遇宅。闻沅、寿名索之。寿从优人私逸，而沅先为三桂购去。宗敏于是斩优人七，而系襄索沅。襄具言送宁远已久。宗敏不信，拷掠备至。

关于《甲申传信录》，姚文说：“此书在清代经过长期手抄流传，错字和后人整段加入的地方都有。”可见并不是保持了原貌的旧本。我们试就《甲申传信录》和《庭闻录》所记陈沅被送到宁远的传说对比，可以看出两书大体上是一致的，甚至字句都颇少差异，可证同出一源。惟一的不同是陈沅到宁远后，《传信录》说“已死”；《庭闻录》则说“已久”。这可不是一般的字句微异，因为姚文的主要结论，就建筑在“已死”两字上面。还有一种理解，这是吴襄应付刘宗敏逼问的胡乱推托之词，那么不论“已久”还是“已死”，自然都不关重要了。

野史读起来有时也真令人头痛。异说纷纭，破绽时有，令人为难。造成这种局面的原因也是多种多样的。例如关于陈圆圆的记载，前人是早就发现了这种复杂错乱的情况的了。《事辑》在引录《庭闻录》的原文时就说：“二说彼此微异。至谓三桂入卫之时，方欲取沅，与谓沅在宁远者皆非也。惟吴梅村《圆圆曲》为得其真。当日梅村诗出，三桂大惭，厚赂求毁板，梅村不许。三桂虽横，卒无如何也。”

值得考虑的是，一旦出现了这种错综复杂的情况，是否就能从中得出结论，连主要的基本事实都不可信了呢？当然不应该如此。我们不妨回忆一下十年动乱中间广为传播、并为“四人帮”所严密追查的小道新闻。有些确是经过辗转流传，渲染夸张，言人人殊的。不过后来事实证明，尽管传说的种种细节都经不起细密的考证，但那重要事实却大抵是“基本属实”的。我们也绝不会因一些细节的出入从而否定“四人帮”人神共愤的如山罪案。在判断三百年前的吴陈事件时，我觉得也理应使用此法。

人们认为吴梅村的《圆圆曲》是最可信据的诗史，自然也有他们的理由。梅村此诗和《杂感》诗第十八首、《鹿樵纪闻》中的有关记载，基本上是一致的。可以证明诗歌的创作有一定的史实根据，自然是得之传闻。以吴梅村当日的身份，没有可能自由运用国家的档案。他只能像谈迁那样在民间做些调查研究。何况像这样牵涉有名歌妓的政治“丑闻”，正史是不记的。正统派的史家也不屑记，吴三桂的同伙就更不肯记，畏惧吴的权势者也必然要多方回避。清初有关记载的稀少，是完全可以理解的。不过，有清一代，我们也不曾看见有谁站出来否认过这个传说。

吴梅村一生写了许多以明清易代之际史事人物为题材的长诗，他写了许多重大的历史事件、战役，写了杨机部、吴昌时、陈之遴……；出现在他的诗中的还有公主、老妓、歌僮……各色人物，很久以来就有不少人对吴诗作过笺注，证明诗篇都有史实依据，颇少捕风捉影的悠谬之说，因此称之为诗史，梅村也以此自许。不能想象，他在吴三桂身上会栽赃诬陷，他是想敲“平西王”一笔竹杠么？却又坚决拒绝了吴三桂的“厚赂”。如果陈圆圆果然早已死于宁远，声势炙手可热的吴平西是不会听任吴梅村“诬蔑”，而甘于缄默的。

吴梅村的诗只写到“斜谷”“散关”为止，没有涉及圆圆在云南的故事。不过陈其年《妇人集》说：“李自成之乱，（圆圆）为贼帅刘宗敏所掠，我兵入燕京，圆圆归某王（按指吴平西）为次妃。”陈圆圆的同乡、曾经亲自看见她演剧的邹枢（贯衡）也说，“陈圆，女优也。少聪慧，色娟秀，……后为田皇亲以二千金酬其母，挈去京师。闻又属之某王，宠冠后宫，入滇南终焉。”清代前期昆明著名诗人王思训（康鼎四十二年，吴次尾的孙子吴铭道游云南，曾与思训过从。思训为吴的《滇海集》《京雒尘集》撰序。）有《野园歌》，原诗注云：“吴三桂筑野园滇城北，以处陈圆圆。穷极土木，毁滇人庐墓无算，以拓其地。缙绅家有名花奇石，必穿屋破壁致之，虽数百里外不恤也”。《野园歌》中就有“浮云渺忽春城限，乐游谁拟姑苏台。夷光未去走麋鹿，红墙碧树鸟栖哀。（原注：滇破城，圆圆犹在。）……亡魂徒结分香恨（原注；吴死衡阳，念圆圆不置），月冷荒台觅燕钗”这样的句子。

王思训还写过一首《圆圆歌》：

> 东海真珠溷泥滓，多情宜为将军死。将军留剑不轻施，怒惜红颜投袂起。燕山定后丽人归，千队万骑西南飞。玉女城连巫峡水，迷离妖梦春风围。春风正奏霓裳曲，锦洞天荒新草绿。风高南渡雁无声，望断香魂悲小玉。

出于清代前期昆明诗人之手的这些诗篇至少可以说明一个事实，陈圆圆后来是随吴三桂到了云南的。如果她早已死于宁远，吴三桂为什么还要为她起造庭园宫馆呢？乾隆刻仪封张裕榖《滇中消日集》有《滇中秋兴》诗，作于乾隆四十三年，诗注说："（昆明）悯忠寺侧尚存圆圆妆楼，半就倾欹。"道光刻乌程范锴《苕溪渔隐诗稿》卷一有《安阜园杂事诗》，也有同样的记事。凡此，都可以说明，清代前期中期，许多人都知道，圆圆曾经到过云南。

姚文用了很大力量辩驳存在于许多纪事中的矛盾、错误。其中一些重要的问题，是前人已经发现并作过分析判断的。《事辑》收有被大顺农民军俘虏的明朝内监王永章的《甲申日记》，保存了吴三桂给吴襄的五封家书，又记："四月初九日，闯下伪诏亲征三桂。十二日起程。太子定王、代王、秦王、汉王、吴陈氏、吴氏、吴氏、吴李氏、伪后嫔妃皆从行。吴陈氏即圆圆，两吴氏皆三桂妹也。念五日战于一片石，闯大败，退入关。太子与圆圆遂皆至三桂军中。"下面的分析大概是况周颐所作：

> 按延陵复得圆圆，钮云，驻师绛州，将渡河时，陆云得之京师。据王氏日记，闯败于一片石，圆圆遂至三桂军中，其说独异。吴梅村《圆圆曲》云："若非壮士全师胜，争得蛾眉匹马还。"又云："蜡炬迎来在战场"，由钮之说，驻师绛州，追闯未及，无所为战胜；由陆之说，京师觅得，非战场迎来。延陵之师，唯一片石一战，

可云全胜。永章身陷贼中，见闻较确，其说固有可信之道。“若非壮士”二句，勃勃有英气，似乎乃公马上得之。梅村诗工于体物，傥由寻觅而得，词意必不如是。其“遍索绿珠”二句，言圆圆被掠，下即紧接“若非壮士”二句，可见当日珠还，未尝甚费周折。其言“箫鼓秦川”在“蜡炬迎来”后，可见迎圆圆一时一事，向秦川又一时一事。再下“画楼”“妆镜”云云，则是延陵追闯，圆圆随军，道途供张之盛也。昔贤长篇名作，通篇有层次，即数句亦有层次。虽极抑扬跌宕之致，而条理不紊，事迹可寻，所以为诗史也。

况周颐是站在地主阶级的立场上的，问题讲得也不免有些琐细，但他的分析是清晰的，对吴梅村诗的解剖也是细致的，对读者颇有帮助。如果不能证明王永章的日记是伪作，那么这里的分析将难以推翻。

姚文也对《圆圆曲》做过一些分析。“按照这一节诗（指“前身合是采莲人”以下三十句）看，陈圆圆的出身并非妓女，而是良家少女。诗中先说她‘前身合是采莲人，门前一片横塘水’，后边又说‘教就新声倾座客’，这是说陈圆圆原是良家少女，被买到田府以后才教会歌唱。后边又有‘教曲妓师怜尚在，浣纱女伴忆同行’。前一句的‘教曲妓师’是指在北京‘教就新声’的师傅，后一句的‘浣纱女伴’是指苏州家乡的女伴，不是妓女。……”下面还有许多引证，主要是说，吴诗说“陈圆圆是良家姑娘，完全与事实不符。”这逻辑是非常奇怪的。世界上恐怕没有天生的妓女(除了明朝某些生下就被指定是“淫贱材儿”的政治敌手的后裔),只有卖入娼门的良家少女。为什么指出陈沅在堕落风尘之前的民间少女身份,就完全与事实不符了呢?“传来消息满江乡,乌桕红经十度霜。教曲妓师怜尚在,浣纱女伴忆同行。旧巢共是衔泥燕,飞上枝头变凤凰。长向尊前悲老大,有人夫婿擅侯王。”这一节诗是一个小的完整段落,是描写经过十年左右的岁月之后,圆圆家乡姑苏的女伴(女妓)和妓师得知圆圆在这段日子中的经历、后来终于成为平西王次妃的消息以后的反应。女伴、妓师,都是姑苏的旧侣。羡慕圆圆的“好运”而在“尊前”悲叹自己年长色衰的凄凉身世的更绝不是良家;幸存的也只能是当年教过圆圆习曲的姑苏妓师。这是明明白白的。中国传统的古诗写法,绝不可能在整个抒写江乡的章节里突然插入一个在北京“教就新声”的师傅。这种不谐和的跳跃手法,是不可能在中国古代诗人笔下出现的。

姚文在很多地方,援引明代的法令、规制以及宫廷制度等等,给予非常的信赖;同时对野史则并不尊重,采取了任意取舍的态度。两者之间,对照是鲜明的。野史固然有许多异说、破绽,但经过正确的分析辩证(不是任意草率的处理),其可信据的程度,恐怕要远远超过封建统治阶级的高文典册。这是不待说的。崇祯是著名的“励精图治”的皇帝,十七年中发了无数宣言,颁布了如毛的法令,有多少是兑现了的呢?更何况明代列祖列宗制订的那些规章制度?不知道曾经有过这样的文件、规制……是不行的；完全接受它的制约，捆住了自己的头脑、手脚就更危险。

姚文说："不但甲申春天吴三桂没有到过北京，而且在甲申前几年内也没有进京机会"。理由是明朝的总兵官不奉召不能进京，和"我们从文献上找不到这几年中，吴三桂曾经奉召进京的任何资料"，吴三桂本来只不过是八总兵之一，直到甲申二月间才被封为平西伯，成为崇祯心目中的救命稻草。在这以前皇帝召见轮不到他，史官也没有为一个小小的总兵作起居注的责任。虽然甲申前数年中东线军事紧张，但是也不是完全没有间歇。吴三桂因公因私回到北京的机会是不能完全排除的。像吴三桂这样的小军阀，不能相信他竟能恪守法制、甘居艰苦的军中，长期不到首都来"度假"。吴诗"白晰通侯最少年"一句的"通侯"二字，姚文说是隐喻平西伯，是不错的，下面又进而指实吴诗所写三桂赴田府家宴的时间必在三桂始封平西伯的甲申春。（这是非常重要的一个前提，许多结论性的判断都是从此开始的。因此姚文不能不进行这一考证。）用这样的方法论诗，恐怕最谨严的史诗也将招架不住。诗人到底还剩下了多少自由，用一个"通侯"的泛指瘦词，还要查年表、排时辰，诗人的工作也未免太枯燥也太苦了。

"尝闻倾国与倾城，翻使周郎受重名。"一节诗，姚文的解释是，"诗中的周郎指吴三桂，是说他在田宏遇宅中听陈圆圆歌唱而爱上了她，使她后来出了大名。"实在不大好懂。我看《圆圆曲》中这六句诗，确是说出了吴梅村自己的意见，这意见是不错的。也就是“兴亡的责任，都应该男的负”的意思。“重名”是反话，指的当然是吴三桂背在身上、一直背进棺材、千秋万世永远摆脱不掉的“好名声”。

姚文对吴梅村的身世评论，所据也是一些传统的意见，同时还指出了梅村和钱牧斋的区别，说“钱在政治上是一个投机分子，而他则不是。”对吴梅村死前的一诗一词也寄以同情，我想在这里作一点补充。

吴梅村自然和钱牧斋不一样，不过是不是政治上的投机分子？怕也一时不好论定。

人们说梅村诗是诗史，不是没有因由的。他的作品中的故事最多，不只是关系家国兴亡的大事，个人的遭际、感慨也都随处可见。要了解诗人的生平和心事，他的作品是十分可贵的第一手资料。梅村集中有一篇《鸳湖曲》，是为吴昌时而作的。此人在晚明政局中是一个重要人物，他是复社成员，后来又成为首辅周延儒的心腹。梅村自己也是复社的重要分子，参预党魁张西铭决策的少数核心人物之一，他们策划了周延儒的再相，希望利用周施展复社在政治上的抱负。结果失败了，周延儒和吴昌时都被杀。《鸳湖曲》隐约地写了吴昌时的故事，情绪上特别沉痛，说明梅村自己在这场政治斗争中牵涉很深。这是明朝覆亡前夕发生的事。

清初，吴梅村应诏出山，在清政府中任职，通常的说法是他被荐之后不得已而就道，其实真正的原因并不如此简单。其间委曲梅村自己也曾在诗篇中有所透露，不过言辞闪烁，不易索解而已。投降了清朝的陈之遴是梅村的儿女亲家，陈之遴在政府里攫得了很大的权势，为了培植自己的势力，和以冯铨为首的北方政治集团较量，迫切希望复社重镇的吴伟业出来参加政府。这才是梅村出山的真正动力。梅村出山以后就一直不曾得意过。谈迁在《北游录》里常常有到梅村住处谈天的记事，那正是他坐冷板凳的时期。这一次政治活动不幸又失败了，结局几乎和前一次同样悲惨。人们看到他写的“误尽平生是一官”的诗句，是会引起同情的，却不知道他的“悔恨”远较一般人所了解的还要更深切得多。其实梅村在《咏拙政园山茶花》《赠辽左故人八首》等诗中都接触到了这件公案，诗之沉痛也颇不下于《鸳湖曲》。“一官误汝高门累，半子怜渠快婿才”，就是对随陈之遴全家遣戍辽左的女儿和女婿说的。从这些事实看，吴伟业实在是一个不能忘情于政治的人。他遗嘱在墓前树碑，要求只写“诗人吴梅村之墓”数字，并非声明自己不是政治家，只是说是个失败了的政治家。

对于吴梅村，清代前期人还是比较了解的，批评、讽刺他的很不少。后来离开那个时代愈来愈远，旧事也日益模糊，难怪慢慢糊涂起来。现在介绍仁和王曾祥的一种意见，在我所见种种批评中，要算是清醒、严正的一类。

> 胜国之际，乾坤何等时乎！梅村甲申以前，无一忧危之词，见于豪牍。其出也，以陈海昌之援。既而陈以权败，遂置不任用。呜呼，天下之恶一也。陈父子（按，指祖苞、之遴）负贰于昔，而窃柄于今。他日沈阳之窜，

不待智者而可决矣。又足附乎哉！或犹以病中一词为原心之论。夫梅村惟不用也，斯沮丧无聊作此愧恨语耳。梅村而用，则阳和回斡（梅村颂海宁语——原注），梅村且有以自负矣。抑请发陵寝者为谁（按，这是陈之遴向清政府上的条陈），独无一言相正乎！于旧君故国乎何有！（《书梅村集后》二首之二，《静便斋集》卷八）

批判是严酷的，但也不能不说是深刻的。

姚文所力图论证的，归结到一点，就是陈圆圆和李自成、刘宗敏没有发生过任何关系。在大顺军进入北京之前，圆圆早已到了宁远，而且立即死掉了。因此，一切有关的传说，都只能是胡说。不只此也，“所谓吴襄因陈圆圆被拷掠，全家被抄，也是无稽之谈。各种野史所提供的追赃拷掠的名单中没有吴襄，只在谈到陈圆圆故事时提到此事。陈圆圆故事既属虚构，此事也就没有。”

这里说的可谓斩钉截铁。但在姚文曾引用过的赵士锦《甲申纪事》（中华书局据叶景葵旧藏抄本重刊）后面，附有据辽东海州卫生员张世珩探报的“塘报”一件，开头就说：“三桂差人进北京打探老总兵圣上消息，有闯贼在北京捉拿勋戚文武大臣，拷打要银，将吴总兵父吴骧□打要银，止凑银五千两，已交入。……吴老总兵已受闯贼刑法将死，吴总兵闻之，不胜发竖。……”就是一个例外。

一切记录，不论出之何人，只要提到陈圆圆被刘宗敏掠去，姚文对之都一概否定。连著名的以毕生精力研究晚明史的全祖望所记当日与圆圆同被宗敏掠去的名妓杨宛的叙述，“据杨宛叔言，与沅同见系于刘宗敏，既而沅为宗敏所携去，不知所往。”也判定为“大概是得自辗转误传，不应作为信史看待”。全祖望尚且不足信赖，其他的野史作者就更不在话下了。

即使把陈圆圆从刘宗敏身边拉开，看来形势也未必会有什么好转。杨宛不是曾被刘将军掠去过的么？还有《甲申纪闻》里所记，“是日，予在宗敏宅前，见一少妇，美而艳，数十女人随之而入，系国公家媳妇也。”（三月二十日）名妓杨宛和美艳的国公媳妇与陈圆圆之间有一条怎样的鸿沟呢？唯一的区别只是她们没有使吴三桂“冲冠一怒”而已。随便什么女人都不妨抢来，只有陈圆圆碰不得。似乎她有一种神力，能使历史发展为之停滞，倒退。

姚文还责怪“郭沫若同志在这个问题上又继续作了宣传，扩大了错误影响。”这指的是《甲申三百年祭》一文。姚文说，这是“完全上了清朝一部分谣言的当，制造那些谣言的动机既是鞭挞吴三桂，同时也诬蔑刘宗敏。诬蔑刘宗敏也就是诬蔑大顺军。”

这种推论方法非常面熟，看来作者是适可而止了，本来是还可以继续推论下去的。不过时至今日，绝大多数的中国人民都已懂得，尽量使英雄人物高大起来、纯洁下去的方法，并不是真心诚意歌颂英雄的好方法。

三百年前的大顺农民军和它的领导人物，和历史上多次发生过的农民起义一样，必然会带有他们的历史局限性，他们会做出这样那样的错事，也毫不奇怪。按照历史的真实进行艺术的反映，是会带来应有的良好效果的。比起人为的、离开了真实的画像效果要好得多。沫若同志的论文写于一九四四年。他看到了并大声提醒革命者警惕存在于李自成、刘宗敏身上的局限性和弱点，大胆地摸了他们的屁股，这样做对人民有好处，理所当然地得到了人民的喝彩。当然也有人不舒服，在当时就曾引起过一场“轩然大波”。这些往事我们还记得的。在这个问题上沫若同志是看得远、说得对的。今天我们重读此文，依旧感到它有力、有益，也就是说，还不曾过时。

《甲申三百年祭》问世迄今，已经过去了三十六年。在这段时间里，我们一直在起劲地反对并企图消灭“资本主义”。待得背上吃了狠狠的一枪，这才回过头来，发现那里站着一个“封建主义”。怎么办呢？也还只能一刀一枪地作战，没有别的办法。

过去读古人的“史论”，在结尾处常常看见类似“不禁掷笔三叹”之类的话头，觉得很可笑。现在，我可是多少理解了古人的这种心情了。

还有一些小问题，如谈迁在吴梅村处见到《绥寇纪略》，是顺治而非崇祯十一年中事；《宛署杂记》是万历中临湘沈榜撰，不是孙承泽的作品。这里不一一细说了。

1980 年 8 月 4 日

附记

明兴化李清，崇祯辛未进士。历官刑吏兵科给事中，撰《三垣笔记》。“附识”下记，“李自成陷京师，……传吴帅三桂已上表请降，止因闯党权将军刘宗敏闻三桂所娶妓陈沅色艾，……至是刘宗敏系三桂父襄，索沅不得，拷掠甚酷。三桂闻之，忿而中改。……”（嘉业堂本）

卢生甫《东湖乘》卷一，“先辈钱稚枳（应作稚农）尝至京师，为吴梅村所重，遍为延誉。值甲申之变，杂记其事，作十种。尚记其四。其一曰‘赤眉兵变’，言闯贼之乱；一曰‘大行骖乘’，言怀宗死节诸臣；一曰‘槐国衣冠’，言弘光时马阮奸邪；一曰‘女戎召祸’，言李贼破京师时，吴襄为经营督，子三桂从其舅祖大受于辽东，有爱妾圆圆者，国色也，为贼权将军所得。三桂闻之怒，遂东入本朝乞兵讨贼。钱牧斋吴梅村皆有《圆圆曲》，为道其事。”（《戊寅丛编》）

以上两条所记是同时人的见闻、纪录。说明陈吴事件在当时家喻户晓，广泛传说的状况。在展转流传中，有种种不同异说，有明显的误说，但基本事实是一致的。

《众香词》六集，康熙二十九年庚午吴绮序刻本。其第五“书集”收陈元词三首，前有小传：

> 陈元，字圆圆。初为女优，名擅吴中，与某公子有生死盟。田皇亲购得之，公子遣盗劫之江中，误载他姬以还。盗再往，已有备矣。力战易归。已而事露，祸且

不测。公子度不能争，遂以献。既至，无宠，杂配梨园中。三桂以父荫入觐，皇亲出家伎侑觞，一见陈元，问乡里，遂属意焉。酒半，则供奉者已易人矣。盖家伎有上次两班，初出供客，犹其次也。三桂频问陈元，皇亲知其意，辇送旅中。时边报益急，三桂一宿驰去。既而流贼陷京师，陈元已为贼部权将军某所得。三桂入关，首遣亲骑四出，悬重赏购归，宠之并嫡，宫中呼陈娘娘。壬子以前时，达官解饷至滇。官本吴人，娘娘召见便殿，问吴中某某无恙乎，皆平昔所交厚者。盖犹未忘情也。太仓吴梅村祭酒有《圆圆曲》纪其事。有《舞馀词》。

《众香词》，玉峰徐树敏、金阊钱岳同选辑，每集前有阅、定者八人的姓氏，都是当时著名的文士。选者在“凡例”中评论一些通行的女性作者选集“不免沿袭谬误”，标出此书的选录标准，在清初诗馀总集中算是较为严肃的一个选本，采录也比较丰富。陈元的小传所提供的史实细节，与通常的记载又自不同，可供研索。但基本事实则是大体一致的。关于圆圆入滇以后的记事，更不见于他书。圆圆还曾有词集名《舞馀词》，也是仅见的著录。所选入的三词，有《送人南还》的“转应曲”“丑奴儿令”，后者下片说：“声声羌笛吹杨柳，月映官衙，懒赋梅花，帘里人儿学唤茶。”题为《有所思》的“荷叶杯”词是：

自笑愁多欢少，痴了。底事倩传杯，酒一巡时觞九回。推不开，推不开。

这些都是颇有个性的作品，与通常的“闺词”不同。

钱唐汪景祺的《读书堂西征随笔》作为罪证被雍正罗织为年羹尧大逆五罪之一。原稿后来在懋勤殿奉旨封锢的箱子里发现，印入“掌故丛编”中。原书有作者雍正二年序，其中有“女子之祸”一条，文略云：“吴三桂饮田皇亲嘉遇家。嘉遇出歌伎侑酒，其中有陈沅者色艺冠伦。三桂醉，长跪向嘉遇乞沅。嘉遇曰：‘吾老矣，谢世后当以持赠。’李自成陷京师，三桂方镇山海关。自成遣人招之，三桂已纳款矣。时嘉遇已死，遗命家人送陈沅至三桂所，以兵戈载道，未遑也。三桂侦知陈沅为刘宗敏所得，闻之自成。自成谕宗敏以陈沅还三桂，宗敏不可。三桂遂不降，自成竟灭。女子之能祸人家国如此。五月二十八日。”

汪景祺出身于杭州世族，在雍正初发生的年羹尧案中受到牵连被杀。他所提供的李自成曾下令退还陈沅，为刘宗敏拒绝的细节，也不见于他书。

以上，是陈吴事件发生以后不久的当代人记事，可以看出这件哄传一时的新闻在社会上展转传播的一些情况。

临桂况周颐《阮庵笔记》据《武阳志摭遗》记陈玉汝与圆圆事，亦在入滇以后。又记四印斋藏圆圆画像三帧，“一明珰翠羽，一六珈象服，一缁衣练裙。名人题咏甚夥”。

1980年11月22日重校记

不是抬杠

去年读了姚雪垠同志论《圆圆曲》的文章，曾写过一篇小文，记下了自己的一些读后感。不久，又读到姚雪垠同志的新作《评〈甲申三百年祭〉》，在最后三节里，顺便回答了我所提出的一些问题。除了声明他的“论点难免有不周密和不完善之处”以外，从所列举的有关“陈圆圆传说”的九条“矛盾”看，是依旧坚持看前说的，同时也并没有提出什么新的论据。我想，这大约是不能勉强的。许多意见既然过去都已说过，也用不着再重复了。最近看到经过作者校订、补充，重新发表在《新华文摘》（1981 年第 5 期）上的《评〈甲申三百年祭〉》，果然有了新的发展。例如，他说：

> 黄裳同志在反驳我的文章中，不同意我说吴三桂在崇祯末年不可能到北京，所说的都是抬杠的话，看来很俏皮，但是他并不能就历史科学说出一句有价值的话。历史是科学，靠证据说话，不是抬杠。

这里所指责的真是义正辞严，使我不能不惊醒，检查自己。我尤其同感的是他的结论。是的，历史是科学，要靠证据说话，不应该是也不能容忍抬杠的情况出现。

当然我也想说明，在我的文字中，虽然时有“俏皮话”出现，但这并不等同于开玩笑。不只在上述那个具体问题上，在《陈圆圆》全文中，也没有任何不经过慎重思考、不负责任的话。我非常希望读者不因此而发生误解，使严肃的讨论化为一场打诨与趣谈。

我是不会做考证文章的。平常看书，也很少做笔记。遇到一个问题，只能临时求助于头脑中存留的印象。近来记忆力又大大衰退，看过的书几乎立即成了朦胧的影子。讨论历史问题时也只能采取“有啥吃啥”的方法。那就是说，手头有什么书就利用什么书。这实在是很不可取的不认真的态度。例如，讨论陈圆圆的问题，谈迁的《国榷》应该是重要的参考文献。不幸旧有的一部已被抄没，又懒于跑图书馆，因此就没有能利用此书。如果我当时设法找到了《国榷》，那么在吴三桂是否曾在崇祯末年到过北京的问题上，就用不着说什么“俏皮话”，立即有了姚雪垠同志所要求的“史料证据”。

给了我这知识的是北京大学同学朱则杰，他的文章发表在半年前出版的《文史知识》上。他指出，《国榷》卷九十九，崇祯十六年五月，就有“丁未，宴入援总兵吴三桂、刘泽清、马科等于武英殿”的记载，与《崇祯实录》的记载全同。这真是一句顶得上若干句的“史料证据”，无论“俏皮话”或别的什么话在它面前都将不起作用了。

朱则杰同志说："《国榷》一书，也是姚先生十分熟悉的，不知为什么偏偏没有注意到这条材料。"是的，对我说来，这也是不好理解的疑团。尤其不可解的是，时间过了半年，姚雪垠同志在修订、补充、重新发表他的论文时，依旧坚持说"这是不可能的"，"也同样不可能"，并再度郑重要求提出"史料证据"来。

为了改正过去的不认真，昨天总算设法借来了一本《国榷》，亲眼看到了上面引用的那条材料，这才放了心。不料，却又发现了另外的怪事。姚雪垠同志说："我认为下面的史料所云陈圆圆到了宁远，比较合乎情理。"下面引用的是《国榷》卷一百中的一节话："先是，十六年春，……襄具言遣送宁远，已死。宗敏坚疑不信，拷之酷。"这一节话在《国榷》卷一百的结尾处，从"又外戚左都督田宏遇前岁游南京"开始到"拷之酷"为止，一起不过九十余字，并无姚引的二百余字之多，也不曾说什么陈圆圆遣送宁远"已死"的话。

这实在是奇怪的事。我们现在可以利用的《国榷》，是中华书局用张宗祥的校本排印的。张氏根据的则是蒋氏衍芬草堂、丁氏八千卷楼、四明卢氏抱经楼等几个旧抄本汇校写定。应该说是比较完备的足本。姚雪垠同志所据，不知是否更好的旧抄足本，不好贸然断定。在没有得到解释之前，我始终觉得这也是一件怪事。

姚雪垠同志说，"我在《论'圆圆曲'》的文章中，考证《圆圆》写作的时间，陈圆圆故事从开始出现到传奇化的过程，以及陈圆圆故事的本身矛盾，我的论点可能不够严密，但我的治学态度是严肃的，方法是科学的。希望反驳我的文章时不要忽略我所提出的核心问题。”

“核心问题”是什么呢？姚雪垠同志没有具体指出。他又说：“不管陈圆圆是否病死宁远，或随吴进关而死于昆明，我都不相信陈圆圆同大顺军有关系，也不相信吴三桂是因为陈圆圆而投降清朝。”也许“核心”在这里，但不知道可否确实。

回忆我写那篇《陈圆圆》，最早的契机恰恰是因姚雪垠同志的治学态度与方法而引起的。我曾举出过一些例证，说明姚雪垠同志对史料的运用，不能不使人怀疑颇有实用主义的倾向。他先是有了一种见解，然后就去寻找能够证明这种见解的“史料”。包括错误百出的《甲申传信录》那样的书在内。看到“已死”两个字，就干脆而彻底地宣称陈圆圆在一切矛盾尚未展开之前就已死掉了。至于大量的有关陈圆圆的文献，好像是并不存在的。这方法自然简单而痛快，但却很难说是“严肃”与“科学”。

姚雪垠同志在引用同一条史料、同一人的声述时，有时就出现了奇怪的只取一部分而抛弃另一部分的现象。至于为什么这样做，却并不声明。现在经过驳难，总算是有了一点解释。说过杨宛陈沅曾同时见系于刘宗敏的全谢山，被指为“得自辗转传闻，不应作为信史看待”。那么《甲申传信录》是作者亲身经历、亲自调查的报告书么？作者有没有在宁远看到死去的陈沅的尸体？为什么姚雪垠同志对这书要寄以如此的信任呢?“某一塘报稿”不被注意的“简单回答”是“我目前还认为那些史料不是确凿可靠的”。没有理由，只有结论。“塘报”是三百多年前的一种情况汇报的公文形式，是一种文献实物，不同于“传闻”，也不是因三百年后的讨论预制出来的证件。为什么不可靠?也许今后我们会听到更为充分的理由。

类似的情况绝不是偶然的。甚至连并不艰深的吴梅村诗，也往往作了古怪的解释。我们决不应怀疑姚雪垠同志读诗的功力，但要注意他何以作出与众不同解释的原因。

总的情况似乎是如此的。三百多年前出现过大量的史料，其中有确凿无疑的“实录”，也有“传闻”，还有“文学创作”。姚雪垠同志就是用上述的种种方法，和这些白纸黑字的“史料”抬杠。几条“矛盾”，很少不是定为“不合情理”而引申出来的推论。这算不算是就历史科学说出了有价值的话呢?

照我简单的头脑看来，研究历史问题，结论应该从大量充分的史料的马克思主义分析批判中获得，而不应该是先验的。有利、不利的史料都应受到重视，只有经过分析、研究才能决定取舍。“不相信”“不认为”这一类充满主观色彩的词句出现在严肃的论文中是不合适的。判断一个人的治学态度与方法的唯一标准也只能是实践而不是宣言。

姚雪垠同志正面阐述的许多治史应取的态度与方法，看来都是非常正确、无可非议的。奇怪的是他在实践中又往往忘记了它们。

例如，姚雪垠同志曾在讨论李岩的问题时强调说明：“过分强调个人的作用”是不行的。不过在谈到刘宗敏与陈圆圆的关系时，就把陈圆圆这个有名的女人看成是比硝镪水还要可怕的东西，无论如何也不能沾惹，不惜想尽一切办法为刘将军辩诬。但据野史所记，曾为刘宗敏所掠的还有名妓杨宛和美艳的国公家媳妇等一大批别的女人，姚雪垠同志就都置而不论了。这就是说，名气小或无名的女人，可以放心大胆地掠取，但陈圆圆则不行。从这里我们不是可以看出，在姚雪垠同志看来，女人中间是分着等级的。有的能旋转乾坤，有的就只能与草木同腐；有的“艳名”昭著，有的没没无闻；有的不妨随意玩弄，有的就该“敬而远之”。总之，不只她们的“个人作用”天差地远；在同样受到污辱、迫害时，她们应得的同情也是有等差的。这是一种怎样的历史观呢？这和姚雪垠同志声明坚持的不相信吴三桂降清是为了陈圆圆的观点怎样合拍得起来呢？

历史论文与历史小说是两种不同的东西，但同样要受到作者历史观的制约。在论文中为刘宗敏洗刷辩诬，目的也是为了创作小说的方便。刘宗敏是大顺农民军中的一位重要将领，是一个英雄。在历史记载中如有强加于他的诬蔑不实之词，是必须推倒的。但他终究不是一位毫无缺点错误的“高大全”的“英雄”，也是事实。无论大顺军的迅速失败的主要原因何在，作为一位军中主将，进城以后，如此对待妇女总不能说是不必重视的“小节”。我不想推论姚雪垠同志的作品曾否受到“三突出”那一套创作方法的影响和这种影响有多深。但从他为刘宗敏“辩诬”的热情与手法看，提出这个问题不是完全没有依据的。至于这种创作“方法”与“理论”的得失，实践早已提供了结论，用不着多说了。姚雪垠同志曾义愤填膺地说，许多“谣言”的动机，“既是鞭挞吴三桂，同时也诬蔑刘宗敏。诬蔑刘宗敏也就是诬蔑大顺军。”这几句话说得非常明白，同时也表达了一种可爱的“素朴的革命感情”。凡是对刘宗敏（也就是大顺军。在这里我们又一次领会了刘宗敏“个人”在姚雪垠同志头脑中的“作用”与分量）的“诬蔑”我们就要反对，就要洗刷，应该用怎样的方法则是次要的，不必多费心思。这确是一种“可爱”的素朴的感情，可惜并不科学，也得不出理想的果实。

姚雪垠同志责怪我在《陈圆圆》一文中有些话说过了头。这是一个很好的意见，值得慎重考虑，也应该加以说明。提起《甲申三百年祭》，我总是立刻记起文章发表之后在重庆立即引起的反响。当时那些反对此文的论客大概认为国民党反动派的政权就和崇祯领导下的覆亡前夕的明朝一样吧。这和姚雪垠同志发表于1980年的文章是怎么说都牵不到一起去的。我的意思只是说，一篇重要的、有深远影响的文章出现以后，往往会受到来自不同方面的赞赏或反对。反对者也不一定都是站在同一立场上的。例如，不赞成给革命者脸上抹黑的意见就是来自截然相反的阵营中的一种反对意见，这种观点及论据直到今天依旧是有势力的。他们不赞成“灭自己的威风”，理由是怕“长他人志气”。应该说确是单纯到了可爱的程度。历史真实是无情的，难道一床锦被就能遮盖得了么？遮盖的结果往往是加快了发霉变臭的速度。

姚雪垠同志又说："关于郭沫若同志应该不应该'摸'李自成和刘宗敏的'屁股'，像'文化大革命'期间红卫兵口口声声要摸'走资派'的屁股那样，以及郭沫若同志在1944年就预见到全国解放那么快，以及解放后我国的问题发展得如此严重，这都不是对待学术问题的话，我不想与黄裳同志讨论。我只谈我对历史著作和政治宣传的基本看法。"

姚雪垠同志虽然说他不想讨论这种够不上"学术"资格的问题，但他的意思是明明白白的，"不该'摸'。"这次在重新发表前进行修订时，加上的"像'文化大革命'……那样"一句，就使意思变得更为清楚。那就是说，时代虽然隔了二十多年，郭沫若因为曾有此一"摸"就使自己化为"红卫兵"；李自成、刘宗敏因曾被"摸"过也变为"走资派"。而我因为说了一句"摸屁股"的"俏皮话"，也就变为"四人帮"论客那样的角色了。这都是清楚的。

由此可见，在姚雪垠同志看来，1944年郭沫若写《甲申三百年祭》，与"文化大革命"中红卫兵贴打倒"走资派"的大字报的性质是一样的。

我是主张应该"摸"的，理由俱如前述。也不想再多说什么废话，因为这种"辩论"确也没有什么学术气息。

我反复想过而终于没有想通的是，为什么一位作家不能对政治形势的发展作出自己的估计，而这种估计又不允许是正确的呢？难道只有算命先生才有这种权利么？

任何时候社会上属于不同政治集团的个人，是随时随地都在估计政治形势的。譬如，对于抗战能不能胜利，抗战初期有过一个“低调俱乐部”，其成员的估计就和绝大多数中国老百姓全然不同。姚雪垠同志抗战中到过重庆，辗转于后方，我看就是相信抗战必胜的一种表现。低调俱乐部的主要成员，后来不是逐渐跑到南京去了么。至于抗战胜利到来的迟早，人民和反人民力量的对比、消长……这些问题人们都是关心的，也都有自己的估计。对人民的军队，是希望她永远不脱离群众，保持优良的革命传统作风；还是盼望她腐化变质，失败崩溃，人们也都有自己鲜明的立场。我真不懂，为什么就不能允许在这些重大的政治形势估计上，有人可能作出基本正确的判断。有什么理由剥夺他们这种权利？事实上，当时中国共产党中央就已对这些重大问题作出了正确的估计。将《甲申三百年祭》一文推荐给人民，自然不是为了引导群众都来钻研晚明史，进行学术研究，而是因为文章提出了对人民斗争至关重要的历史经验。我说：“在这个问题上沫若同志是看得远、说得对的。”就是指此而言。

预见这事物，恐怕是有的吧。坚定的信念，加上科学的判断，就会形成正确的预见。在这里，信念也是科学的产物，和求神拜佛得来的迷信完全不同。一个人如果没有信念，没有对前途的估计，他还活着做什么呢？在这里，对不许人们有正确预见的这种见解，我无论如何也想不通，因而也没有办法同意。

姚雪垠同志说：“要推翻我的判断必须从整体上推倒”，又说：“希望反驳我的文章时不要忽略我所提出的核心问题。”读了这些话使我感到异常惭愧。晚明史籍浩如烟海，我只是读过其中的几本，有的不过是一点零碎、片段的知识。因此只能写下一些枝节的意见，没有动摇什么完整体系的野心，也说不清“核心问题”到底是什么。特别使我感到不安的是，我所说的往往都是姚雪垠同志不愿讨论的算不得“学术”的问题，因为在我看来，核心问题其实倒应该在这里。

最后，不能不对郭沫若同志的评价问题说几句话。因为姚雪垠同志有“黄裳同志的文章中所明确表白观点和态度，与我们今后应如何对待《甲申三百年祭》很有影响”这样的话。我在《陈圆圆》一文中提到《甲申三百年祭》，是因为姚雪垠同志在《论〈圆圆曲〉》中为刘宗敏辩护而批判了郭老对刘宗敏的看法。我明确地表示了我的观点和态度。不过我不想被指定为郭沫若的辩护人，更不想反对人们指出郭老的缺点、错误。我想不管是谁，就如被视为“偶像”的郭沫若同志，说了错话，办了错事，也要受到公正的批评，没有任何理由为之回护。郭老的治学是有缺点的，有时甚至有很大的缺点，因而导致不小的错误。如《李白与杜甫》那样的作品，就是一个最好的例证。这些近来在学术界已经形成比较一致的看法。最有力量的批判，无过于摆出颠扑不破的论据，并加以清楚有力的说明，而不在于重复大量的斥责。郭老已经逝世，这就要求我们对他的失误更审慎地作出公平的判断，因为被批评者已经没有为自己辩护的可能了。姚雪垠同志在《评〈甲申三百年祭〉》一文中对郭老的指控，粗略的估计有近三十处，而事无巨细，在每一条后面都有一段

“小结”，指出他犯了什么性质的错误。从“轻于相信……草率论断”“捕风捉影”“穿凿附会”“凭‘假使’空发议论”“全是空话”“舍本逐末”“读书粗心、即兴命笔”……到“抛弃了历史唯物主义的起码原则”“为‘以论代史’‘以论带史’开了风气”“和严肃的历史科学家们所持的态度和治学方法背道而驰”“离开实事求是，单凭主观随意的抽象假设”……看了这些“结论”，人们难免产生一种印象，郭老已经完全失去了研究历史的起码条件。姚雪垠同志在文末又说，“我们批评《甲申三百年祭》，丝毫不减低对郭老另外一些著作的高度评价”。这怎么可能呢？有着那么严重的缺点毛病的人，能写出另外一些值得“高度评价”的著作来么？真能出现这样的奇迹么？

我觉得学术争鸣最好的办法是明确地说明自己的意见，指出对方的失误，尽量避免使用尖刻的词句。自然，这样做是不容易的，但不可不努力以赴。“结论”性的话最好少说，结论由读者来做效果会更好些。在每一个问题上都要给对方“定性”，不但异常吃力，效果也是不理想的。这只是一连串尺寸不同的“帽子”，要求每顶都尺码合适几乎是不可能的。在帽子满天飞的情况下，很可能发生这样的“喜剧”，难保没有几顶飞回来落在自己头上。例如，姚雪垠同志指出郭老运用《明季北略》时引书卷数有问题，下结论道：“倒是可以证明郭沫若同志读书不细心，连卷数和题目都未看清，当然谈不上辨别史料的真伪了。”这不能说没有道理，但不也有些失之空泛、不够准确，因之也就减低了科学性么？姚雪垠同志自己就曾误将沈榜的《宛署杂记》算在孙承泽的名下，难道我们可以据此就下结论说他没有起码的历史常识么？像这样的例子，可以举出的并不只一件两件。

郭老是个有浓重诗人气质的人，表现在学术研究上格外触目，犯的错误也很不少。诗人并没有犯错误的特权，凡有谬误都应一一指出，以正视听，这是没有丝毫疑义的。不过在批评时，慎重一些，设身处地为对方想一想，也是必要的。姚雪垠同志责难郭老没有掌握足够的史料就进行研究，只靠一本《明季北略》就发议论。在今天看来，这确是有点荒唐的。不过也要想想抗战中在内地的得书之难。当然可以展转借阅，不过也并不容易也不可能求得大致的完备。从抗战中住在内地的一些学人的论著，可以看出这个普遍的缺陷。即以今天的条件论，我们研究晚明史到底掌握了现有史料的百分之几，也很难说。在这方面，谦虚一点没有坏处。对前人未能摆脱历史条件的局限，我们应该寄以同情，在指出他们的错误不足的同时，不一定表现出可笑的优越感来。我相信世间一切事物，总是后起者超越前人，将来超过过去与现在。今天我们所讨论的一些问题，在未来的青年学人看来，很可能是荒唐可笑的。如果他们不予体谅，毫不假借，他们将说出使今天的学者、作家无地自容的话，这是想想都有些可怕的。但我相信，未来的青年一代必不如此。

1981年6月23日

关于《饯梅兰芳》

1947年初，我在文汇报的副刊“浮世绘”上发表了一篇《饯梅兰芳》。这是我自己喜欢的一篇文章，曾先后收入《旧戏新谈》《黄裳论剧杂文》和《过去的足迹》。文章发表以后，开明书店叶圣陶先生等主编的《国文月刊》曾选入当代文选。我自己喜欢它因为写的时候带着浓挚的感情，虽然不免有些感伤的情调，但确是由衷之言。目的是想劝他摆脱南京方面的纠缠，洁身事外。这只要是不带偏见的读者，都能一望而知的。原文中有几句是：

> 我又想起沦陷八年，梅在上海留须隐居的故事。这正可以媲美南唐的乐官，“一曲伊州泪万行”，有多少说不出的辛酸。时至今日，梅恐怕又将有留须的必要了，为了那些外来的“殷勤”。

这是皮里阳秋么，是一个谜么？都不是的。这是一个深爱艺术家的年青观众的拳拳之心。在那种时势，话说到这个份上，也已经达到最大的限度了。

想不到四十七年以后，对这一篇小文章竟有了崭新的评价。柯灵先生在《想起梅兰芳》一文（《读书》1994 年第 6 期）中指出，这是一篇充满恶意的“请梅下台”的文章。真的是看不懂我那简单的白话文么？也未必然。就在柯文的结末，增写了两节“附记”，它不但没有能证明我“事后补述的写作动机并不合乎事实”，恰恰点出了我写此文的作意，正在于此。只是我当时不愿直白说出的话，在四十七年以后竟再度公之于世了。这倒是不能不使人感慨系之的。“附记”的第一节说：

> 本文曾请一位熟悉情况的同志过目，承来信提示，1946 年 5 月，傅作义军队攻占解放区政治军事中心张家口的下午，蒋介石即宣布召开“国民大会”，并安排了一场京剧晚会以示庆祝。我记得参加演出的名伶有梅兰芳、程砚秋、谭富英、叶盛兰、林树森……，梅演大轴《御碑亭》。散戏后，我和浦熙修跑到后台看梅先生卸装。

这就是我所说使人难忘的“外来的殷勤”，而且更将是促不及料随时可来的“殷勤”。那是什么时候，内战如火如荼，国共谈判破裂，“国民大会”召开。全国人民和进步知识界的心情是可以想象的。是否参加“国大”，就成为进步和反动政党分明的分界线，在这当口，参加国民党政府的内战“祝捷”演出，是怎样的一种政治姿态，是明若观火的。

京剧艺术家不必卷入“政党斗争”，但政治却不肯轻轻放过艺术家。这是历史，不是谁要“强使”的问题。梅也用不着把“带有严重政治性质的思想活动”透露给像我这样“素无交往的人”，这原是大吹大擂见之于报章的。要加以抨击，在《旧戏新谈》的专栏里原是大有文章可做的，然而没有，我只是写了那篇《饯梅兰芳》。说我“左得可爱”也不要紧，但至今我还弄不懂“内战和外战性质不同”的奇妙逻辑。这种逻辑在1947年的中国行得通么？当时像我这样对梅怀有惋惜心情的，怕不只一二人而已。

柯灵当时是文汇报的总编辑，为什么竟将组织梅传的重要任务交给我这个犯有开罪梅氏“前科罪案”的人呢？这也是个很难弄懂的谜。奉命组稿，的确花了很多精力，这并不是一部容易到手的稿子，其中周折也绝非柯文所说的那么简单。梅先生在《舞台生活四十年》出版前记中有所说明，事实大致如此。对梅的演出，我也并非对每出戏都同样地欣赏爱好，这是很自然的事。我写过不少评梅戏的文章，大抵喜欢的多说一些，不大喜欢的少说一些。但从未放过“冷枪”。对他早年的反串戏，我也并不认为是他的代表作，未能一律吹捧。就在《饯梅兰芳》一文中，也指出了他的一些缺点，如笑场、未曾完全恢复盛年原样的嗓音、身段等。我觉得这是剧评作者的权利也是义务。齐如山给梅写了许多信专挑梅剧的缺点，后来他们终于成为知交。固然这是梅的从善如流，虚心求教，也正是交道的正轨。我的敢于讲大师的缺失，在有些人看来，怕是不可忍受的。怎么提了一下梅与孟小冬的故事就是"即使用最新式的精密仪器，大概也检验不出丝毫的善意来"呢？梅孟的关系真的是"与梅毫无关联的题目"么？

柯文写得迷离惝恍，颇有神龙见首不见尾之妙。文章开头就推出了《饯梅兰芳》，却不指明作者；说到《舞台生活四十年》的出版，又引出一件"匪夷所思"的"怪事"，当事人又化为"有人"了。《舞台生活四十年》最早确是我介绍给平明出版社出版的，当时出版社初办，稿源不足，我和藩际垌都是特约编辑，帮忙组稿。不支薪水，与出版社商定，于所编《新时代文丛》每本提出定价1%—2%作为编辑费，这办法一直延续了一个时期。这就是我们所做的"超人的勇敢""不可思议"的事。不过必须说明，《舞台生活四十年》我并没有得到任何编辑费，而是由许源来与出版社直接处理的。倒是后来有一次（也仅是一次），在此书转归人民文学出版社印行时，许源来说是梅先生的意思，在版税中提出几百元算作我的劳动所得，我感谢梅念旧的好意，欣然接受了。觉得自己为此书花费了不少心力，取得这点报酬是心安理得的。

解放以后因工作关系，我与梅的接触多了，他一直未向我提起过《饯梅兰芳》，这也说明他对此文的态度。他的宽阔胸怀，霁月光风的襟抱着实使我钦敬。彼此的关系也不只是采访一番、吃饭几次。不过我从未在文字中记述，我写下的只是舞台上的事情。在《舞台生活四十年》开始发表的前一天，我在文汇报上写了一篇《应该有这样一部传记》，说明了我对这一连载的设想与希望。但因种种原因，远远没有达到预期的要求。今年是梅先生百岁诞辰，谊当撰文纪念，天热如火，心事芜杂，只能借这篇短短的杂文，少抒思念之情。不禁感慨无端，掷笔怃然。

1994 年 7 月 6 日

一点闲文

柯灵先生写给编辑部的信读过了。我觉得是没有答复的价值的。但它也告诉我们一件事实，《想起梅兰芳》一文的写成是因为我在一篇回忆文中没有举出文汇报四大连载的设计者的名字。柯灵是前辈又是领导，我不应有此疏忽，这是首先应该说明的。

关于《舞台生活四十年》的组稿过程，柯灵说："报社并没有给黄裳向梅兰芳组稿的任务，事实是，稿子约定之后，报馆才派他和梅文的执笔者之一许源来负责联系，以保证连载不至中断。"

事实是当我奉命访梅时，第一次就碰了个软钉子。梅以工作和演出过忙，无暇执笔的理由婉言辞谢了。我这才知道"稿子约定"之说是不确的。与我最先联系的是许姬传，后来才认识了许源来。当时梅葆玖正率团在苏州演出，我赶到苏州与姬传长谈，打消他的顾虑，并周密设计了撰稿、寄稿、整理的工作方法。后又几次访梅，才敲定了连载的约稿任务。许源来参加工作是姬传推荐的。关于文章体例，也是几经商量才定下来的。如用按语形式处理一些梅氏自述以外的珍贵历史材料，即是一例。第一次收到姬传从天津寄来的原稿，使我大吃一惊，原来他的名士气更甚于乃弟，他只是在一张白纸上草草写下了几条素材，全未形成文字。姬传兄弟都是写八大家古文的好手，对报刊文字并不熟习。为了定稿，我与源来真是花了不小的力气。后来姬传的文章越写越熟练，我们加工的劳动也逐渐减轻了。这些琐事本来不值得多说，但为了反对“肆无忌惮地改造历史”的恶劣作风，不能不加以说明。

关于梅参加南京演出的往事，并不是我对此“至今耿耿”，而是柯灵自己首先在文章的附记中借知情人之口旧事重提的。我曾说过，在四十七年以后使此事再度公之于世，倒是不能不使人感慨系之的话。攻下张家口与“国大”召开，其间的因果关系是路人皆知的。知情人虽然“叙述简略，记忆疏失”，但抓住的是事物的本质，对此实无烦琐考证的必要。

柯灵又说，《饯梅兰芳》现在已成为我的一块“心病”，这也是不确的。如是“心病”，为什么我还要将它选入散文集，并至今仍认为这是我喜欢的一篇文章呢？

上海出版公司是我很熟悉的地方，我有两部著作就是由他们出版的。我受作者之托，为《舞台生活四十年》找出版社接洽，（柯灵用的字眼是“兜揽”，无非想把我说成是“跑街”，以便和后面的“佣金”相映成趣。）到上海出版公司去洽商，也在情理之中，虽然我已完全不记得此事。我和西谛也是熟人，他从北京来沪，偶然相遇，必无不见面招呼之理。

西谛是秉性耿直，疾恶如仇的人，真如柯灵所说有那么一段“匪夷所思的怪事”的话，他是不会不向我提出的。但此后与西谛多次见面，他都从未提及此事。在《舞台生活四十年》出版以后不久，他听说我得到了一部明人韩世能的《韩氏书画记》，托刘哲民向我借抄，后来我告诉他我买到的是《郁氏书画记》，而且到北京去时带给他看。（以上见《郑振铎书简》）在他团城的办公室里，欢谈往往移晷。这不能不使我怀疑故事的真实性。可惜上海出版公司的负责人刘哲民、唐弢、师陀都已逝世，无从取证了。

其他类此者尚多，俱可付之一笑。不再覼缕，以污读者的清听了。

1994 年 8 月 17 日

纪念厉慧良

最近厉慧良先生因病猝逝于天津，不禁为之痛惜，驰骋菊坛仅存的一位大武生从此绝响了。我看他的戏不多，抗战中厉家班在重庆演出时，因为学校远在扬子江头的九龙坡，进城不便，竟无观摩的机会；解放后才零碎看过他几次戏。前两年他来沪演出，又看了一次艳阳楼，而且参加了一次为他举行的座谈会，得有见面的机会。我的“大武生”的想法也就是由那次观摩引起的。当时他的身体已经不好，艳阳楼不是唱完整出的，由他的两位弟子分演后半的高登。钩脸差不多，服装也一样，但看起来就显然差得很远，有“大武生”与小丈夫同台之感。我一向不赞成必须死守前辈矩矱，不能少有变易的欣赏观；后辈演员虽已有相当的成就，但火候、经验毕竟不及老师，不能求全责备。但看戏后的印象是如此，没有办法，只能承认观众中所说的“大武生”的确实存在了。

看戏之后我也曾与六十年前在北京吉祥看杨小楼同一戏的印象相比较，觉得确能得其遗范，虽然荡马一场，杨小楼像一只花蝴蝶似的满场飞舞的表演不见了；倾喉一啸唱出

“顺者昌来逆者亡”的声韵不见了，但气度、风貌仍宛然如昨，这是难得的。厉慧良的气派是大武生的气派，举手投足的凝重、爽脆，也是大武生的范儿，不是晚近专以扑跌翻打取胜武生的一路。这是值得珍重的经验。脱离了人物只以游离于剧情之外的“技巧”眩人耳目的办法不是值得遵循的正轨。

这里还想对武戏文唱说几句话。杨小楼是以武戏文唱著称的。但他不是不能“武唱”，其功力也绝非同时侪辈所及；其所以“文唱”者是因为扣紧了人物的缘故，而且也还有掌握演出进行节奏的命意。艳阳楼、长坂坡……都不是仅有文场而没有武打的剧目。就是武打也特别重视节奏，有各不相同的套路，精湛的技巧就在其中。这中间包含了多少功架、造型，都是京剧绝美的艺术表现。有时候看起来尺寸是迟缓的，但这有如电影中慢镜头特写的运用，是不可少的表现手段。有意思的是，最近有人为电视剧《三国演义》的武打辩护，也肩出了“武戏文唱”的盾牌，真是绝顶“聪明”的论法。

有一个很值得思索的问题。厉慧良是没有见过杨小楼的表演的，而且也没有经过丁永利这些杨派武生教师的指点，何以能有与杨小楼风格相近的表演体系而取得这样的成就呢？当然，多方求教，间接学习都是当然的，主要的原因怕是在逐步实践中悟出了表演上一些共同的规律，在不经意中积累的点滴经验，终于汇合成为一个有机的整体。人们常说的火候，是看来玄妙而确实存在的一种艺术境界。不一定必须有名师传授而能由自己的才质与刻苦获得的东西。那么，我们也不必为老成凋谢、后继无人而叹息，只要能遵循正确的艺术道路，努力奋进，是不难出现出色的继承人的。经过坚持不懈的锻炼，多在理解、体现上下功夫，相信后起者必然能脱尽小丈夫气而形成真正的大武生。这并不是一厢情愿的幻想。

读剧札记

一

王元化著《京剧与文化传统丛谈》，繁体字排印线装，乙亥（1995）岁末自印特藏本50册。作者以一册见赠，细读一过，得到不少新知，也引起许多感想。

作者首先从中国传统文化经过了怎样的渠道走进民间社会说起，提出了大传统与小传统，也就是精英文化或高层文化与生活文化、低层文化的论题，这与我们过去所说的雅文化与俗文化，今天所说的高雅文化与大众文化的提法也是相近的。

民间社会通过这个渠道承受了传统影响，而又经过筛选和转述，也就是再创造，因而与大传统有了或多或少的违离，成为影响民族文化水平和文化素质的伟大力量。这使我想起明末清初思想家刘献廷（继庄）在《广阳杂记》中所说的话。

“余观世之小人，未有不好唱歌看戏者，此性天中之诗与乐也。未有不看小说听说书者，此性天中之书与春秋也。未有不信占卜祀鬼神者，此性天中之易与礼也。圣人六经之教原本人情，而后之儒者乃不能因其势而利导之，百计禁止遏抑，务以成周之刍狗茅塞人心，是何异壅川使之不流，无怪其决裂溃败也。”三百年前的刘继庄已经看出大传统与小传统之间密切的传承关系，不能不令人佩服其见解之锐利。他又说及“今世之戏文小说”，认为这是“明王转移世界之大枢机，圣人复起，不能舍此而为治也。”就又看出文化统制的“妙用”。可惜历代的皇帝大官只懂得禁毁遏制一法，不能进而加以改造、利用，使其中所蕴含的道德观念和审美趣味给老百姓以更大的影响。后来，人们也只是心知其义而别无良策，只好袭用“以成周之刍狗茅塞人心”的老法应付。其不能取得良好效果，自是当然。所以通过京剧这一古老的民间艺术，考察其源流衍变的踪迹，就不是没有意义的事。

作者说：“我认为谈到传统伦理道德时，必须注意将其思想的根本精神或理念，与其由政治经济及社会制度所形成的派生条件严格地区别开来。”作者举出岳飞、文天祥为例，认为他们的行为是充满着忠君意识的，但从中还有另一种更崇高的精神，打动我们的正是这种体现出优良品格、善良人性的根本理念。他又以《红楼梦》中写元妃省亲与贾政对话为例，认为文章之能使人读了酸鼻，是因为它写出了忠中有悲、忠中有情这种中国式的忠的感情。

曹雪芹确是伟大的天才作家，他用白描手法写出了历史的真实，在花团锦簇的封建社会场景描绘中，奇峰突起地迸出了亲子之爱这被蹂躏到几近窒息的人间情愫。在这里，已经完全挣脱了忠的枷锁而显露出耀眼的善良人性光辉。在旧小说、旧戏中间，这种用现实主义方法完成的反封建作用，其有力是远非口号标语所可望其项背的。我曾说过，反封建离不开旧戏，其重要意义就在这里。这正是大传统借小传统传入民间时出现的引申修正与加工。

二

三国演义和三国戏中出现的英雄人物赵子龙，是以忠勇著称的。观众喜欢他当然离不开他的白马银枪的形象和几进几出曹营的神勇。三国演义是尊蜀汉为正统的，那么赵子龙所参与的也就是正义的战争了。

沈涛《交翠轩笔记》记一事："今世所传三国演义亦明人所作。然东坡集记王彭论曹刘之泽云，涂巷小儿薄劣，为其家所厌苦，辄与数钱令聚听说古话。至说三国事，闻玄德败则颦蹙有涕者，闻曹操败则喜唱快。"

这真是可珍的纪事，不只说明北宋时已有演说三国野史的说书先生，小孩出数文钱坐听，正如租小人书看，而听者的好恶倾向更是分明。说三国古话必不可少的是长坂坡故事。那么近千年前的小听众的同情必然是在赵云身上无疑。

赵云虽然没有挤进桃园结义，但他是四弟，关系非比寻常，在忠与义之间衡量，他也是个完美的英雄。可是当他杀出曹营之后却又遇到了张飞的阻拦，被怀疑为降顺了曹操。可见他是不被信任的。好不容易见了刘备，交还了安然无恙的阿斗，这时刘备却把儿子摔在地上了，理由是为你几乎损失了我一员大将！连善良的观众也看不顺眼，出来说话了："刘备摔孩子，邀买人心。"他们看出了忠义背后的漏洞。虽然只是画龙点睛的闲闲点染，却不能不说是艺术家的神来之笔，一下子就把忠义的面具戳破了。

岳飞、文天祥的行为都充满了忠君的意识，但不可误认为他们仅是忠于孱王赵构和小皇帝赵昺，在国家临近危亡之际，皇帝只是一个符号，一个起号召作用的代表性政治人物而已。岳飞、文天祥是忠于国家、民族的，这才是能打动人心的更崇高的精神。岳飞和文天祥身后都立有祠庙，即使易代之后也依然存在，这是人民的意愿，连新朝的统治者也不敢取缔。清朝取得全国政权后，就大举封赠明朝殉难诸臣；而别立二臣传，把投降过来、为王前驱的人物打入另册。这一举措是聪明的，在清朝统治者看来，封建道德的忠义是大可利用的。时移世换，还是表彰忠义，斥责投降来得合算。因为他们生怕有人学样，来拆自己的台脚。

三

作者用模仿自然和比兴之义来说明东西方艺术传统的不同。又提出在《新青年》上与胡适、周作人等对垒的张厚载所说的"假象会意，自由时空"作为京剧艺术的特征。这里可以补充的是齐如山所说的"无声不歌，无动不舞"，和俞振飞论梅兰芳表演时指出的"有规律的自由行动"，这些都是艺术家深刻的体会，深深值得京剧艺术研究者的注意。

最能说明京剧与西方艺术传统的冲撞及其后果的无过于

京剧摄制纪录片了。

对这个问题发表过尖锐意见的有齐如山。

梅兰芳曾与齐如山谈及拍《生死恨》后的感想："敢情拍电影完全照中国戏是不成的……比方慢板功夫太长，在电影里看着不合适；再则全靠全部人员同场的情形拍照，则个人的神气显不出来。"（齐如山回忆录）话虽简单，确是说到了京剧与电影两种艺术形式不可调和的差异。尤其是拍全场景时，不能突出个人的表演；而采用电影的拿手手法近镜头时，整个舞台气氛又全部被牺牲掉了。齐如山回答说：

"按西洋摄近镜头，必是哭笑气等等的这些情节。哭时满脸是泪，情景逼真。在国剧中则万要不得。因为国剧的哭，是歌式、舞式的哭，简言之曰艺术的哭，绝对不许真哭……哭的艺术的表现，在于袖子拭泪的姿势，在于脖颈曲就袖子的姿态，在于腰身曲弯形式，我想你们摄近镜头，绝对不会注意到这种地方。"齐如山又举"发怔"为例。

"国剧之发怔，眼神固然也要紧，但其美观能得好的地方，全在用手指摩腮颊，而手指之姿势最关重要，大致是用中指摩，食指靠于中指，小指微伸张，并且还需上身往后往外微闪，而头则往前微低，如此才是不明白而发怔姿势。"

齐如山没有看过电影《生死恨》，也不打算看，但却下结论说："国剧真正的要点，真正的精华，你们不会摄出来的。"这两句话看似武断，但却符合实际。《生死恨》后又出现了许多部舞台纪录片，或称艺术片，导演也苦心孤诣地做了不少努力，但终于克服不了这许多困难。我们也正是从这许多扞格处体会到京剧艺术的特征的。

提到布景，齐如山的话更是斩钉截铁：“无论什么样的布景，于国剧总是有损而无益，甚至把国剧完全毁掉。”“不懂旧剧的元素是绝对不会摄好了的。因为不懂国剧的原理，则他出一点主意，必要牵连到话剧写实的办法，稍有一点这种情形，则国剧便算是毁了。”

四

1955 年梅兰芳和俞振飞合拍了两部昆曲舞台纪录片——《断桥》和《游园惊梦》，据俞振飞后来回忆：“实践证明，银幕到底不同于舞台，它们是两种不同的艺术形式。”推源溯始，问题还是出在布景方面做了一些新的尝试，安上了立体的门窗、山石、亭榭、墙垣等配景，好心办了坏事，使演员不能不戴着枷锁跳舞了。“导演又对我们说，为了充分地保留原来的表演艺术，也为了照顾老年人的体力，表演方面一切以原有的地位和动作为基础，尽量避免改动。但是主观愿望尽管如此，无数难以解决的困难就接二连三地不断出现。……在立体布景当中，就感到处处发生障碍，需要改动表演。”又因为是先期录音，时间受到音乐的限制，无法使表演从容如意。纪录片的成绩可想而知，不可能是梅俞舞台上的原貌了。

我自己也曾为盖叫天先生编过一部舞台纪录片，动手之初也碰到这些不能不考虑的困难。结果下了决心老老实实拍舞台上的盖老。幸亏他的一些杰作都能剪裁出个人的独舞片断，用不着布景帮忙。观众虽不得欣赏全豹，但看到的是真实的舞台上的身影。我想，这也够了。

诗人唐大郎写过一首咏周信芳《刘唐下书》的诗：

> 行步登楼最耐看，小锣紧打客心寒。郓城托出刘唐美，只在襟边与扇端。

这是从诗人眼角捕捉到的舞台上的美。有气氛，有动作，有音响，真的将舞台上的宋江、刘唐写活了。宋江拉住刘唐，在匆遽、惊慌中来不及地快步登楼，只是一刹那，借助身段、锣鼓、襟扇塑造出活生生的人物，应该看作京剧中绝妙的成就。可是在拍纪录片时，导演给演员提供了一座真实的木制楼梯，于是周信芳不得不按照生活的常规，狼狈地爬了上去。绝妙的表演一下子不见了。这不是悲剧是什么。

周信芳的名作，《徐策跑城》，在纪录片中搭了一座不伦不类的城头垛口，老徐策就只能在这中间跑来跑去作身段，使人不能不有蟋蟀在罐里跳掷之感。

王元化引1933年程砚秋回国后写的《赴欧考察戏剧音乐报告》中的一句话，可以拿来作为上述种种的总结。

"中国如果采用欧洲的布景以改良戏剧，那无异饮毒酒而自杀。"

真是慨乎言之。在经历了反复尝试之后，痛定思痛，不能不承认程砚秋看得深刻而正确。讨论京剧的问题："倘使不首先把传统文化精神和艺术固有特征谈深谈透，那就无法理解京剧的虚拟性、程式化、写意型的表演体系。”王元化这段话也是慨乎言之的。路正长，课题正多，我们还有不少艰苦的工作要做。

五

高明的演员并不止步于墨守京剧中的老规矩，他们总是千方百计地想有所变革，有所发展，这是使舞台艺术永葆常青的必要条件。京剧曾产生那许多流派，无一不是从传统中蜕化生长出来的新枝。我们可以从“同光十三绝”的画卷中领略当时京剧舞台上菁英的风采，那种服装、化妆简直是难以为今天的观众接受的。我们还可以看到保存下来的明代以来的京剧脸谱，可以分明看出从简单到繁复的发展过程。至于唱腔的发展变化，则有大量老唱片可为比较研究的依据。艺术家们的开放态度，可以从梅、程身上看到，他们在接触了西方戏剧之后，立即从对比中敏感地发现了旧舞台上许多落后的东西，并大刀阔斧地加以改革，取消了检场、饮场和出将入相的守旧，把乐队从台上搬到幕后，用二道幕代替了检场的功能……这种净化舞台的努力立即获得了观众的认可。说演员多倾向于保守，是不公正的。可是碰到涉及京剧本质规定性的时候，他们是不惜全力以赴，加以保卫的。他们不惜与庸俗进化论者斗，与认为京剧落后、西洋戏剧先进的盲目崇洋者斗。他们赞成合理的改革，却反对伤筋动骨的破坏。梅兰芳提出的“移步不换形”原则是申明这种务实态度的最佳表述，既不保守也不冒进，应该引起我们的更深一步的理解。

谭鑫培的《失空斩》已经是古典也是经典了。多少年来后辈都谨遵规范，不敢越雷池一步。但不是谁都能了解老谭的创造意图，并能深入领会他的创造成果。因之就忽略了一些极重要的“过场”，不能懂也不能继承下来。只有同是优秀并用功的演员才能领解，并给予忠实的记录。周信芳在《谈谭剧》一文中对“斩溪”前赵云进帐，诸葛的应对有一段非常细致而生动的描绘，就是难得的表演艺术分析。

这只是一个小过场，通常的演法是“赵云上场，接完酒，转过下场门朝里一望，武侯一拱手，赵云亦拱手，就下场了。”可是老谭不是这样演的。别小看这短暂的既无对白又无唱段的过场，一位表演艺术家真能把角色的心理活动用简洁的身段和面部表情挖掘并表现出来：

> 赵云上念，丞相。武侯拱拱手，脸上现出含着怒的一种敷衍假笑，转身接文堂递来的庆功酒，很恭敬地给了赵云；赵云接过酒来，作祭神状，转身把杯子递给上场门文堂，作急进帐式，想要为马谡讨情。武侯用两只胳臂一拦，头部摇一摇，再苦丝丝地笑一笑，拱一拱手，用左臂一让。这意思是晓得赵云要进帐讲情，不答应他吧，赵云没有面子，答应他吧，对不住先主，诸将方面，也讲不过去。这一拦，是不许他进帐，摇摇头表示不要他讲情，笑一笑是道歉，拱拱手是请他去歇着，手一让是叫他快请吧。赵云见武侯拦着他不许进去，一团勇气

顿消，现出失望的样子，慢慢地向下场门走着。忽然想起，他这个意思，是不许我进帐说话，我何妨和他在帐外谈两句，猛回身再想说情。武侯见赵云回身，又用两只胳臂一拦，正色地半低着头，眼也不看。赵云见了这不理状态，晓得是防着自己还要替马谡讲情：一拦是不许进帐，正色是不容开口，半低着头不看，是不耐烦了，后又见武侯满脸怒气，就不敢冒昧说话，再向帐里一望，见此时将士如林，更不便有所陈请，明知没有希望的了，只好叹一口气下场……赵云去后，老谭全神贯注，脸上登时变色，瞪着眼睛左顾右盼，猛念一句升帐，看他一抖左袖（右手有扇）即转身摇头而下，然后颤着腕子，脚步踉跄，怒不可遏地走进里座。这种绝妙的处理，愧我这支笨笔，不能完全描写出来！

周信芳看老谭《失空斩》在1913年新新舞台，写此文在1928年，刊于《梨园公报》。十五年前的演出，在作者的印象中如此活现，巨细弥遗，可见老谭的表演确是达到了出神入化境地；也说明作为后学，仔细观摩，深深记忆，历久而印象如新。可惜像这样深入生动的记录，留下来的太少了。

六

有一种有趣的现象值得注意。齐如山起初是极力反对京剧的。他是用西方坐标衡量京剧并全面加以否定的第一人，还远在《新青年》诸君子之前。1913年他写成《说戏》一书，就是完全反对京剧的。后来他承认：“我在书中所写的改良国剧的话，到如今看来，都是毁坏国剧的。”历史的教训值得注意，此后延续数十年的戏改工作，走的大体上就是齐如山的“故步”。

周作人是一直反对京戏的，简直到了深恶痛绝的程度，只要有机会，就加以无情的攻击。其主要的理由是“太闹”，“锣鼓‘咚咚喤喤’，老生力竭声嘶的叫喊，把一个字的母音尽力拉长了哼叫，令人听了代为难过。”“在‘五四’以前《新青年》开始对于旧制度的攻击，余波及于旧戏，我个人虽是没有出过力，但站在旁边看钱玄同刘半农诸人的勇攻，特别对于脸谱、踩跷，以及战斗、跌打诸节，痛加攻击，其实当中恐多有过苛或无理的地方，但是那时却是很表同意，觉得十分的痛快。”

周作人晚年回忆这场论战及其评论，大体上是平实合理的。直到 1963 年，他偶然看到一册小翠花（于连泉）的《京剧花旦表演艺术》，才觉得“意见实有修正之必要了”[《花旦艺术》，《知堂集外文》（1949 年以后）]。可以说他对京剧的看法有了一个一百八十度的大转变。

周作人赞赏小翠花的表演，特别称许他在继承田桂凤和路玉珊两位前辈的表演艺术之余自己对人物的分析理解和再创造。《水浒》里的女性差不多都被写成反面人物，个个淫贱狠毒，最终总是死于刀下。但小翠花分析阎惜姣却不是这样。

我演阎惜姣这个角色，是采用花旦的表演方法，而基本上不采用泼辣旦的表演（路先生的表演也不属于“泼辣旦”）。我觉得阎惜姣是一个不满二十岁的少女，她没有接触过社会，刚成年就被卖给了宋江，所以对于人情世故，都了解得很浅薄。单从她和张文远的私通这件事来看，就可以明白这一点。由于她年轻不懂事，才会受到欺骗。她以为张文远是真心爱她，又相信他真的没有妻室，所以才逼着宋江写休书。如果她老于世故，就不会如此轻易受骗了。

对人物认真的分析，导致对人物的同情，这样演出的人物才是有血有肉、有感情的，也才能打动观众。小翠花演“活捉”的阎惜姣，不采用“毁妆”，而仍以俊扮出场，也可以说明演员对角色的爱惜。

齐如山和周作人对京剧的始厌终爱，说明观众对京剧表演艺术都有一个由浅入深的认识过程。不理解是导致不喜爱的前提。老年观众未必都是骸骨迷恋，而断言青年的不喜欢传统，只醉心于西方“先进”的表演艺术和据以改造过的现代化京剧，实在是本末倒置的看法。

七

于连泉说过一段话，接触到京剧虚拟性、程式化、写意型的表演体系，是一位表演艺术家多年积累的经验之谈：

我觉得在京剧舞台上的化妆，本来是只要在某个地方代表一下就可以了。例如老生用的髯口，就只是用颜色的不同来表示他的年龄大小，而用不着在脸上涂很多皱纹。还有穿的衣服也是这样，一穿素褶子就知道她是贫穷的，也用不着真的去穿又破又脏的衣服。而这种“代表性”的化妆，又是和京剧舞台上的虚拟动作、代表性的道具等等，有联系的。这种方法应该是整个京剧艺术的一种特色，它除了使形象“美”以外，还都是为“表演”服务的。

一切都是为了表演，艺术家可以视客观的需要而处理表演的繁简、重轻，目的只是一个，集中突出中心矛盾。于连泉提出了这个问题。

为什么在京剧舞台上的表演，有时候特别讲究细腻逼真，要比生活里细致复杂得多，交代得一清二楚；而有的时候，却又是一带而过，简而又简呢？

舞台上几个圆场就代表了万里征程，可以说是简极了。但却又有仔细描摹、极为细致的“繁缛”场面，如《四进士》中宋士杰偷拆私信，《拾玉镯》中的赶鸡和刺绣，那真是逼真到了极致。就连以写实为标的的西洋舞台艺术，也难以相比，这和中国传统绘画艺术是息息相通的。齐白石喜欢大笔点染花草，但又在枝叶上用工笔写草虫，其细致逼真几可与照相相比。这就是集中突出中心矛盾的方法。画家、演员不期而遇的达到了一致，在西方绘画、演出中几乎找不到相同的例子。于连泉详细说了赶鸡与刺绣的全过程，对动作和角色心理做了细致的、严密的分析，说明角色的每一个动作都有心理变化的依据。这就不只是技巧，还有更重要的心理分析。他说："技术本身是死的，但是一旦赋予了思想内容，就会成为活的东西。"他还警告不理解角色心理，一味卖弄技巧的演员，这只能给观众留下不真实和腻味的感觉。有人责难京剧的节奏太慢，不易为今天的观众所接受，这种责难也只有针对不懂心理分析而一味卖弄的演员才是合适的。完美的表演只能吸引观众深入剧中而不会产生拖沓之感。

八

京剧舞台上刻画人物的手段是多种多样的。

在"活捉"中，张文远听到阎惜姣的一声"奴家"，就轻浮地耸肩，并说了一大套话。有人会怀疑这些话难道阎惜姣就不曾听见，没有反应。其实这些话都是向观众说的"心理独白"，阎惜姣自然是听不见的。于连泉说：

> 这种手法，在戏曲舞台上是常见的。现在有些演出，为了使台词"合理"化，结果把这种插在对话里的角色的"心理独白"也删掉了，有时会影响舞台效果和削弱人物的刻画的。

这也可以看作力求使中国古典戏剧向西方靠拢的一例。

鲁迅先生曾经向我们推荐了浙东戏班中的"二丑"，也就是“二花脸”，“他所扮演的是保护公子的拳师，或是趋奉公子的清客”。他除了帮腔拍马之外，“大抵一面又回过脸来，向台下的看客指出他公子的缺点，摇着头装起鬼脸道：你看这家伙，这回可要倒楣哩！”

先生所说的就是舞台上的“背弓”，是和观众交流并有时代表了观众的评论的。川戏里的帮腔起的有时也是同样的作用。这可以帮助我们理解中国传统戏剧对待或处理审美主客（心与物）关系上与西方不同的立场和原则。

“哑巴身段”也是一种重要的表演手法。没有台词，没有唱段，只凭面部表情和舞蹈动作来刻画角色细致的心理变幻，这是一种高难度的表演技巧。潜台词不能含糊、罗唆，表情动作切忌凌乱繁杂，必须正确、简洁而富有动作性。因为只有通过手势和面部表情来表达角色的思想活动，并传达给观众。这是舞台上的无声的诗，是画家笔下传神的物象。如《拾玉镯》后半场即是，于先生对此有极生动细腻的解说，值得观众在场下细读。

于连泉还说过这样一句话：“京剧的传统剧目，很多戏都有这个特点，就是故事简单，人物突出，给演员留下了广阔的表演境域。”

正因为这个特点，才给演员留下了发挥创造的广阔天地，也从而可以理解、认识继承与发展的关系，于连泉把这概括为“半新半旧”，这是老先生的教导，于的理解是“演戏要适合时代潮流，就是历史戏也应该这样（这里主要指表演艺术）。用现在的语汇，就是要有群众观点。”把京剧的程式化特点理解为不容逾越的死教条是不对的。俞振飞给程式化下的定义是“有规律的自由行动”，可见在规律的制约下，行动还是自由的。梅兰芳有些用功的弟子，每戏必看，有时同一剧目重看了多次，仔细观察，用心笔记，发现梅场上的身段、地位，并不场场相同，产生了困惑，去请教老师。老师的回答也不外是这句话。没有自由行动，没有临场的发挥，就不可能创造出《断桥》中那个著名的一指一扶的身段。

于连泉有一节话说得好：“有些人认为传统的老的‘玩意儿’总是好的，认为现在的艺术，总是‘不如从前’。因此就要求我们‘向后看’，要求我们一成不变地把传统老‘玩意儿’在舞台上表演。其实这些人对于艺术和对于传统，都是不够了解的，因此这种主张也必然是不正确的。”他还指出现在看来是传统老“玩意儿”的，在几十年前就是新“玩意儿”，或许还没有创造出来，不过他又说：“但是要进行改革和创造，却又不能脱离传统，如果脱离了传统，也就根本谈不上革新创造。”这里的“传统”应该指的就是京剧的本质规定性，梅兰芳提出的“移步不换形”也是同样的意思。

九

说起台上的创造，我总不能忘记《舞台生活四十年》（第三集）里记下的杨小楼创造《霸王别姬》中身段的故事。此戏初演后冯幼伟等去看杨小楼，提出“项羽念‘力拔山兮……’是《史记》上的原文，这首歌很著名，您坐在桌子里边念好像使不上劲，您可以在这上面打打主意。”接着又记刘砚芳的回忆：

> 从第二天起，我们老爷子就认真地想，嘴里哼哼着“力拔山兮……”手里比划着。我说：“这点身段还能把您难住?”老爷子瞪了我一眼说：“你懂什么？这是一首诗。坐在里场椅，无缘无故我出不去，不出去怎么安身段？现在就是想个主意出去，这一关过了，身段好办。”老爷子吃完饭，该沏茶的时候了，掀开盖碗，里头有一点茶根，就站起来顺手一泼，我看他端着盖碗愣了愣神，就笑着说，啧，对啦，有了！原来他老人家已经想出点子来啦，就是项羽把酒一泼，趁势出来。

这一段写得神气毕现，把艺术家创造身段的过程生动地记下来了。这不是“老玩意儿”，也不是任意胡来。传统戏中多少著名的唱做念打片段，就是这样经过艺人的辛苦思索、琢磨创造积累下来的，应该刻苦学习传统，又不为传统束缚住，这才是永葆京剧艺术常青的正确道路。

王元化在论文中曾提出丁秉鐩与袁世海讨论《连环套》中一个细节处理的往事。他有一次看袁世海的《连环套》“盗钩”一折，窦尔墩扶喽罗上，归大帐子里坐，唱到“沽饮几杯精神爽”，连饮数杯后，觉出有异，神情骤变，注视杯中本来应该再唱“莫非酒内有埋藏”，藏字走鼻音，但警觉已晚，终于醉卧下去。丁说：“袁世海这一句唱法，有一个自作聪明的改革，唱到‘酒内’使个小腔，‘有埋藏’声音很小，腔没唱完就趴在桌子上了。”笔者问他：“这是什么意思？”他说：“表示那时窦尔墩胃里的蒙汗药已经发作，唱不下去了。”丁对袁说：“你这种写实的唱法，就违反国剧的表演原则了。以后这种话匣子跑针儿似的唱腔，还是不动为妙。”

关于此事，名净侯喜瑞在他的《学戏和演戏》中也有一节批评：

> 我曾见过这样唱的：到第四句末个字“藏”不是原着音送出去，而是往下“嘟噜”着，归“昂”的音，越来越弱，越来越小，用来表示窦尔墩晕了，这“藏”字只出来半个，这可能比较符合生活中真实的样子……但在舞台上，戏曲的艺术真实也这样，就不合适了。因为艺术真实总要比生活真实美一些，提高一些……所以只要把窦尔墩喝了朱光祖的蒙汗药酒后的精神演出来就成了。求真，要跟生活中真的一样，反而不真了，会惹得观众哄堂大笑。

这里侯喜瑞论生活真实和艺术真实的话是非常精辟的，也涉及京剧的本质规定性，值得引起我们的注意。有不少名演员都因误解现实主义的原意，盲目追求“真实”，造成了多多少少的损失。如有的演员，处理《玉堂春》中“那一日梳妆来照镜”时，死死追求真实，惟恐一字不能落到实处，终于落得手忙脚乱，就是可悲亦复可笑的一例。

十

三十年前，满台“帝王将相、才子佳人”的京剧遭到了无端的噩运，被赶下了舞台，代之以八个样板戏。封建时代即使碰到国丧，禁戏也不过一年半载，现在一下子增加了十倍，切断了它与土地与人民联系的根系，更无论它的花朵，八年中间，使之陷于前不见古人、后不见来者的境地。时日既迁，今日的后生几乎不知京剧为何物，遑论进一步的欣赏、爱好，京剧之陷入今日的困境，不能不推样板戏的斩草除根之“功”。

对于样板戏，我既缺少观摩的机会，也无研究的功力，日前偶然翻到孙犁的《秀露集》，第一篇“戏的梦”中就有极为精彩的记录。孙犁是在“文革”后期，奉命参加现代京剧的创作的。他被拉去看一场写白洋淀抗日斗争京剧的试演，他的印象是：

> 两个多小时，在舞台上，我既没有能见到白洋淀当年抗日的情景，也没有听到我所熟悉的京戏。
>
> 这是“京剧革命”的产物。它追求的，好像不是真实地再现历史，也不是忠实地继承京剧的传统，包括唱腔和音乐，它所追求的，是要和样板戏“形似”，即模仿“样板”。它的表现特点为：追求电影场面，采取电影手法，追求大的、五光十色的、大轰大闹、大哭大叫的群众场面。它变单纯的音乐为交响乐队，瓦釜雷鸣。

它的唱腔，高亢而凄厉，冗长而无味，缺乏真正的感情。演员完全变成了政治口号的传声筒，因此，主角完全是被动的，矫揉造作的，是非常吃力，也非常痛苦的，繁重的唱段，连续的武打，使主角声嘶力竭，假如不是青年，她会不终曲而当场晕倒。

戏剧演完，我记不住整个故事的情节，因为它的情节非常支离；也唤不起我有关抗日战争的回忆，因为它所写的抗日战争，完全不是那么回事，甚至可以说是不着边际。整个戏锣鼓喧天，枪炮齐鸣，人出人进，乱乱哄哄。不知其何以开始，也不知其何以告终。

孙犁这里写的是一出忠实模仿样板戏的拟作，具体而微，样板戏的种种特点都一一具备了。于此可见样板戏流毒之深广，到今天也还不曾消失，其流风遗韵时时可见。

现在已经到了摆脱噩梦的缠绕，重新清醒地回顾京剧的本质特性的时候了。

1996年7月3日

二

文学家与数学家

李商隐的《锦瑟》诗，一千一百年来经无数人猜详、解释，但终于没有谁能做出为大家所信服的解释。元好问叹道："一篇锦瑟解人难"；又说："望帝春心托杜鹃，佳人锦瑟怨华年。诗家尽爱西崑好，只恨无人作郑笺。"看起来，想完美地解释《锦瑟》诗，除了起商隐于九原，怕是无能为力了。不过这也不要紧。一位诗人，当他进行创作时，是一定有所依据的。或是某事，或是某情（情感也是由事引起的）。但当作品诞生以后，往往就会脱离了原来的基础而独立存在。正如曹雪芹写《红楼梦》，贾宝玉与林黛玉，都是有真实的人物作模特儿的（也可能不只是某一人，而是集合了一个以上的人物的特点）。但作品一出世，正如脱离了母腹的婴儿，有了自己的生命，不知道原来的母体也毫无妨碍了。

因此不能得到满意的解释（这往往是近于索隐或黑幕揭露之类的性质的）也不要紧。我们还是可以欣赏那作品。

不过这道理对有些人是说不通的。他们非得费尽力气，找出它的"真意"才罢。有人说这是为令狐家的青衣而作的；有人说这是追悼亡妻之作。有些像，但又不很像。

真是所谓见仁见智，众说纷纭。此外还有别的不少说法。大别之，大约有两类：有人说这是为女人而作的，有人说这是一首政治诗。

我是比较倾向于前说的，那证据是结末两句："此情可待成追忆，只是当时已惘然。"这"情"，我看只有当对方是女性时，才有可能，姑不论是妻子还是恋人。虽然自"楚骚"以来，诗中有"美人香草"的一种传统，但我无论如何不能将李义山想象成为那样的"风流人物"，一定要将自己或旁人比为妾妇和外宅，他还不至于此。

当然，这样简单的道理对"四人帮"的论客是毫无作用的。

"贤"如梁效，也没有敢在一篇大讲李商隐的无题诗的"论文"里论及《锦瑟》，可见这个截搭题委实不大好作。然而，不要紧。这个缺陷总是会有人加以弥补的。一位以研究中国文学发展著名的教授，经过"研究"，终于"创造"出"奇迹"了。他说，李商隐的《锦瑟》诗是对王叔文革新派的失败表示同情而作。不过很谦虚，仅仅称之为"个人的设想"，"学者"的风度还是不差的。

教授的理由是，《锦瑟》作于作者晚年，约在太和九年左右（这个假定教授并不曾提出任何论证）。上距王叔文等的垮台，正好五十年光景。这是唯一"有力"的理由。此外就不过是胡扯，连教授自己也说："可能有牵强附会之病"了。

这种"研究"方法真不能不使人叹为观止。

我又想起近五十年前，这位教授曾经乱点古书，出了破句。原因是把“古风”当作一律五字或七字句。这错误经鲁迅先生指出，并劝告教授，不要把标点古书看得太方便了。只是这样扳着指头断句，那就用不着文学家，只要数学家也行。时间过去了五十年，看来教授的本领并无什么长进，也还是扳指头。这回是扳了五十次，就扳出了最新“科研成果”。

那动机，则是想把李商隐拉入“法家”阵营，不能不挖空心思找出两条“硬证”，真是用心良苦。

要知道“四人帮”横行时斯文扫地的真相的么？这才是好例。切勿错误地在受尽侮辱、折磨的知识分子当中去寻找为要。

1978 年 10 月 3 日

手掌

新华社记者郭玲春写了一篇出色的通讯，告诉我们一个采访中听来的“真实的笑话”。

某单位放映外国影片，演到中途，银幕上突然出现一个大黑影，原来是放映员的手掌。大伙正纳闷，扩音器响了：“注意，领导有话，这里要挡一挡。”

我看到这里不禁失笑了。这确是头等出色的笑话，但又是真实的。我们应该相信记者的信誉。笑过之后，继以沉思。我猜不出这位领导是怎样的人物，但我相信，他八成是个好心人，只是有些那个（“迂”或“冬烘”这样的词汇，怕都不大恰切）。他忧心忡忡，把人民都当作幼儿园里的小宝宝看待，生怕一片树叶也会打破他们的头，用心不能说不是“良苦”的。不过他参不透一个简单的道理，“如果真的是资产阶级思想，用手掌是挡不住的”。他使用的方法也不免陈旧了。三十年代上海电影院门口有时会树出一块大招牌，上写四个大字“小童挡驾”（见鲁迅杂文），就是这老法。同是一“挡”，我想这位领导和电影院老板的心思是完全两样的。

手掌，对人类来说确是十分重要的。当年靠了它摆脱了人猿的命运；今天要加速实现四个现代化，也还是要靠它。手掌，我想大抵是没有阶级性的，而长着手掌的人却有。长在怎样的人的手臂上，就会做出怎样的事来。通过劳动，创造了世界；自然也会干出大大的坏事，给人民带来灾难。想到这里，我就去翻字典。在“手”部里看见了密麻麻的一大片，就说明着手掌所起的种种不同作用。

人们读小说，看画册，都是平常事。但有谁爱读字典呢？不过我却有这种经验。八年前承蒙“照顾”，住在“小房间”里“休养”的时候，就有过这经验，而且发现了读字典不但十分有趣而且大有益处。不过要有好方法。譬如，在这“手部”里就可以发现很有意思的字面，可以引起许多联想。

首先应予注意的是“抡”字。在过去的十多年里，文痞姚文元就“抡”着江青盛赞的“金棍子”，在这里那里打来打去，给人民带来了大灾难。其次，就轮到“捂”字了。这现象出现得比较迟，已在“四人帮”覆灭之后，但好像至今也还不曾绝迹。那就是有些人在这里那里“捂盖子”。最后就是这“挡”字。这是当前比较流行的现象。像那位领导的“挡一挡”，不过是想遮掉一些按照“非礼勿视”的法则应予排斥的事物，那还是起码的“小动作”。企图阻挡历史潮流前进的“英雄”也不是没有，他们就要来勇敢地“螳臂挡车”。

应该着重声明的是，这里的分析还是初步的、粗略的。抡着“金棍子”的姚文元是怎样的货色，现在已无争论了；捂盖子者就还存在许多不同情况，需要细致的分析；至于使用种种“挡”法的人，就更为复杂。从想挡住历史潮流的“英雄”到仅只希望挡住某些“不良镜头”的“好心人”，纷纭繁复，蔚为大观。但他们总的倾向则大体上是一致的，总之是未可乐观。

还有一点也是重要的。从“抡”而“捂”到“挡”，这就十分简洁而明确地画出了形势发展的轨迹。这是在人民胜利进军途中从一个侧面看到的三种不同表现姿态。从手掌看形势，洞若观火。

1978 年 12 月 20 日

好快刀

很久以前看见过一张外国漫画。画面上有两个人在比剑。一剑挥去，对手的头已离腔，但仍保留着从瞪大的双眼流露出来的敬佩神色。画面上也并没有什么对话或说明，只注了一个“shih”（?）字，那也是从离开身体的头颅的口中传出来的，表示的也同样是佩服的意思。

如果将这“shih”译成中文，也许可以译成“好快刀”吧。而这又恰好是《聊斋志异》里的一个篇名。

手头没有《聊斋志异》，内容记不真切了。但印象却极深刻。那是一个短篇，很短，只有几百字吧，但情节却很奇特，也是说被斩下来的“首级”称赞刽子手手段高明的故事的。

蒲松龄大概是有些民族意识的吧？好像过去曾经有人提出过这种看法，后来被骂退了。那理由是无原则地美化了封建时代的作者。不过我却多少有些相信的。如这《好快刀》，就好像是描写清军南下时杀戮之惨的。蒲松龄生活的时代并没有什么言论自由，他写小说也只能使用“奴隶的语言”。因此，在读他的作品时就需要想一想。这一点，我们是应该对蒲松龄曲予原谅的。

不论是蒲松龄还是那个外国漫画家都不愧是诗人。他们的想象之翼竟飞到死后的境界里去了。这在我们常人，就无论如何也想不到。就算“臣罪当诛兮，天王圣明”这样纯正的宣言，也还是杀头以前发表的。一刀下去，他就从此失去了发言的权利与可能。不过这是常人的愚见，不足道的。

在过去的时代里，杀头是一种“盛典”。监斩官，刽子手，斩犯，是演出这一“盛典”的核心人物，此外就还有成千上万的观众。鲁迅在《阿Q正传》和其他一些文章里，就曾对此做过出色的分析与描写。说到底，对这一“盛典”最有发言权的，无过于刽子手和斩犯，因为他们是实践者（监斩官也还不过是观众）。如果要对这一“盛典”进行总结，这两位的意见是值得听取的。但我想，他们的意见大抵是不会一致的吧。一个说的是“杀人的心得”，一个则是“挨刀的感受”。立场不同，论点也必然会两样，没有法子想。

更何况按照常人的愚见，人头落地之后，“感受”也无从发挥了。只有诗人才能替挨刀者设想出“好快刀”这样的呼声，实在是很了不起的。

明朝有个杨继盛，因为弹劾严嵩被杀了头，后来严嵩垮台了，杨椒山恢复了名誉。其实，老百姓心里一直是雪亮的，就在杨椒山被绑赴法场时，他们也明白谁是忠臣，谁是坏蛋。杨椒山在杀头以前作了一首诗，我还记得那开头的两句：“风吹枷锁满城香，簇簇争看员外郎。”这说的是法场上千千万万观众的心情。杨椒山后来大抵是恢复了原官，且予“吊祭”

了的。我想在杨继盛的祠堂里举行祭典之时，一定也是十分热闹的。参加典礼的大小官员中间，难保没有严嵩的余党，这也是难怪的。当日行刑的刽子手，也会草草抹去双手的血迹，赶来参加，并作出如丧考妣的样子来。这一切虽然有些不可思议，但往往是事实。

针对这种“悲剧”，鲁迅先生曾经引用过契诃夫的一句名言，“与其被混蛋所称赞，不如战死在他的手里。”确不愧为伤心悟道之言。

如果杨椒山的鬼魂真的到祠堂里来参加仪式，我想他一定不会称赞严嵩的爪牙的刀快，而且会将刽子手们一脚踢出去的。

歌德的自传叫作《诗与真实》。歌德是大诗人，自然是值得佩服的。不过在我们凡人来说，还是把诗变成真实来得切实而有益！

1979 年 1 月 8 日

如梦记

1970年的冬天，我在干校里靠边劳动。一天上午，在田里为花菜浇肥。天冷得很，可是挑粪依旧挑得满身大汗，到五点多才收工。正准备去食堂买饭时，班长来通知我不得离开宿舍外出。这是很不平常的情况，不过一走进兼作饭厅的大礼堂我就一切全明白了。主席台上端已经挂好了大会横幅。我的名字赫然写在上面，知道今天晚上要开的批判大会，我就是主角。

我把盛在餐具里的饭菜拿回宿舍，坐在小凳上慢慢地吃了。心里很平静，心想要来的终于来了，那位负责看守我的班长悄悄地对我说："没有什么，让他们干去吧。"他的声音放得很低，因为用竹帘和泥巴做成的墙一些隔音的作用也没有。我没有说话，只是笑笑。

接着演出的是照例的一出火炽的全武行大戏，这一切我也早就看熟了。不同的是今天由观众变成了主角。我这个低能的演员居然毫无困难地完成了演出的任务。

大会之后，我改变了住处。从集体宿舍搬到一所更小型的"集体宿舍"里去了。十二人一间的变成了二人一间。我被指定与一位早就坐在我的“新居”里的住客同居。这是一个四十岁上下的瘦瘦的人，胡子很长，毫无规律地从他那清癯的面颊上长出来，他的和善，同情但又清冷的双眼看着我这个新来的房客，看着我狼狈地安排床铺，接受搜身，连裤带也被解除、取去，还有剃胡须的保险刀……一切有可能用来自杀的家伙。这时我才恍然大悟，同房间的住客为什么会长了那样一脸毫无规律的胡子，我就向他一笑，他也向我笑了一笑。

这时看守又大声宣布了“纪律”。“不许……不许……不许讲话”，连生活上的简单的交谈也严加禁止。不过好像并没有说不许微笑，这时我就又向他笑了一笑。

我们并不相识。但他当然知道我是什么人，他不但参加了今晚的大会（住在这里的人，没有参加任何会议的资格，但像这样的会是一定要出席的），而且立即从广播里听到了关于我的更详细的情况。就在我们的“房间”那扇小小的后窗外面，就装着一只高音喇叭，那一天的晚间播音就是我的专题节目，对我作了面面俱到的介绍。作为“余兴”，还广播了批判我的一位朋友的新闻。这位朋友是一个出版社的负责人，据说他曾说过我一些好话，说我不像是坏人，因此在大会之后就开了他的小会，被狠狠地批斗了一通。我一面听着一面感到对这位朋友的深深的歉意，同时也想，这真是为我进行了一次全面的、热情的宣传。我平生还不曾被这样热情地“吹捧”过，而且是用了这样的声势。这样想着想着，我不由得又对新同伴笑了一笑。

在这里，我要写下对这位因“吹捧”了我而遭到无情批判的朋友的怀念与哀思。几年以后，他终于在无情的迫害之下倒下去了。他就和我住在同一条里弄里。他的死，我是不知道的，自然更不可能参加悼念仪式。我是从他的小女儿臂上的黑纱猜到这不幸的消息的。

我最初得以知道同居伙伴的名字，还是在一次看守大声呼唤他的时候。“原来是他”。当时我在心里对自己这样说。他是一位画家，我曾在报上看到过他的作品。他画过一幅《红楼梦》里的宝琴，给我留下了颇深的印象。画薛宝琴的画家怎么也住到这里来了呢？我不明白。我记起，我还没有失去自由的时候，在劳动中间曾经走过他所在的“连队”，那里就有着满满一墙批判他的“罪状”的大字报。记得我也曾粗略地看过一下，可是没有留下什么印象。不该画像薛宝琴那样的过去时代的女孩子，这一点我在当时是奉命知道的了，其他还有什么呢？没有写。我当然也明白，最重要的东西他们是不能也不敢公开写在大字报里的。正像在批斗我的大会上，从头到尾都是按照那位“理论权威”的调子，慷慨激昂地宣布了我“以伪乱真”的种种“劣迹”，只是到了大会将近结束时，一位十分“关心”我的人物才不得不公开大声警告我，必须从另外的角度考虑问题，千万不能局限于今天大会批判的内容。我真佩服他当着两千多人一句话就揭了他们自己上演的那出闹剧的底。他真的为我的天真、没有经验而担心，到今天我还忘不了他的这番“好意”。这个小头目，就在不久前在同一场合，指天誓日向两千听众宣布和他的妻子，一位同样遭到无情迫害的演员一刀两断、划清界限，因而摆脱了麻烦，终于成了一名“英雄”。他是想用自己的成功的经验给我以启示，直到今天，我是记得并感谢的。

我们的新居是用煤渣砖砌成的，上面是稻草铺成的屋顶。大约二十平方米的一个长条，当中留下一条过道，两侧隔开四个小间。有用竹条、芦席搭成的栏栅。在我们住的那一间里，放了两张床，此外就只剩下了转身蠕动的一小块空隙。我们只能坐在自己的床上。不能睡倒，也不许打瞌睡，房间里又没有什么风景，于是就只剩下了“相看两不厌”的一条路，对我的同伴，他的脸，他的须眉……我真是看得熟极了。只要一看他那苍白的脸色，高耸的颧骨，就会明白他在这里已经住得很久，后来知道，已经八个月了。天气已经很冷，海滨的冬天经常刮起七八级的大风，我们的斗室有上好的通风条件，却从来不见日影。他的床上却一直铺着一条夏天用的席子，他的身上也总是一件薄薄的棉袄。

在我们头上，悬着一只一百支光的灯泡，从黄昏起，就通宵达旦地亮着。我是在这里练就了在雪亮的灯光下熟睡的本领的。在那条狭狭的“弄堂”里，看守们一天二十四小时地来往巡逻，即使是在夜深熟睡的时候也还摆脱不掉那些眼睛。住在这里的人每天都要交代自己的“罪行”，同时还要交出一份“思想汇报”。发下了编了号码的纸张，草稿也要上交，不许销毁。每交上一张这样的事物，就有专人飞也似的送到应该送去的地方。写不出时就要听取训话，“坦白从宽，抗拒从严，顽抗到底，死路一条”这样的佳句是百听不厌的。还必须将《敦促杜聿明等投降书》背得滚瓜烂熟。我没有上过私塾，没有在老师戒方下面背诵圣经贤传的经验，这时总算弥补了这个遗憾。

每隔十天半月，后来是一个、两个月，我们才被自己的“连队”分别叫回去问话或接受批斗，那术语就是“提审”。每当这时，留在小房间里的人就焦急地盼望着同伴的归来。希望从他的脸色中得到一点消息，一点值得高兴的消息。可是每次都只能从彼此的脸上看到摇头与苦笑。我的同伴好像已经被榨干了汁水的甘蔗，再也挤不出什么东西了。一次，看守对他又进行了苦口婆心的开导，可是无效，他最后斩钉截铁地说，看来面前只有一条“死路”了。这使我很佩服。好像从此以后，我们的日子也过得有些“悠闲”起来。他不知道怎样居然请看守弄到了一本小字典，每天津津有味地读着，这可真使我羡慕之至。几经考虑，终于向他借来了这本宝书，不料还不曾翻了几页，就被“眼睛”发现了，引来了一顿严厉的训斥。因为这是明显违反纪律的行为。

每天清晨，我们要抬着尿桶到厕所去，还要打扫大食堂。这是难得的机会，可以多少知道一些外面的政治动向。大标语，大字报每天都在换花样。一会儿要挖“五一六”了，一会儿要揪出“小爬虫”了，一会儿要什么人投降，否则就叫他灭亡了。这些消息，就都是这样看来的。

冬天有太阳的日子，有时还得到特别的照顾，可以走到门口，坐在小凳子上作煤球。那是将煤屑和黄土掺了水拌匀，然后用手团成一只只有如汤圆一样的东西，陈列在地上，由太阳来晒干。这是难得的可以见见阳光的机会。

春天终于来到了。居然又到了新鲜蚕豆上市的季节。一天，从食堂里抬来了两大筐，我们就坐在那条狭弄堂里剥豆。这实在是非常有趣的劳动。碧绿、饱满的嫩蚕豆在碗里满起来的时候，也真使人高兴。不一会，两手就被豆荚的汁水染得黑黑的。虽然我们不许交谈，这时也不免有些放肆地交换着愉快的目光和微笑；抬起竹筐时，也完全没有必要地哼出了“杭育、杭育”的声音。

就在剥豆的时候，外面有人叫他出去，说是要他进城开会，吉普车就等在外面。他洗了洗手，匆匆上车去了，只剩下我一个人继续剥剩下来的豆子。他动身的时候，又向我有些憾惜地笑了一笑。

当夜他没有回来。第二天上午，看守把他的铺盖、衣物打包取去了。我不知道他的下落，自然也不能问。这就是我和这位画家同居五月，未交一言的奇怪的交往的结束。

1979 年 3 月 5 日

弭谤

这也实在是个老问题了。大约从两千多年以前开始，人们就一直为此而伤脑筋，绞脑汁，设想了种种对策，不过直到今天，好像也还没有想出神效的法子来。

其实，方法是有的，但“奇计”则是没有的。老实人探讨的是方法；而“聪明人”则追求“奇计”。无数事实证明，十分遗憾，“聪明人”对自己的估计往往并不正确。

说是“谤”，就自然带有“诬谄”之意了，这就颇夹杂了主观的成分。基本正确的批评，是不能称之为“谤”的。自然也不能排除有那么一些人，如三姑六婆之流，或还要坏上千百倍的，即我们称之为大小阴谋家的，在那里玩着种种花样。他们正在十分巧妙地利用着这种“谤”，达到不可公开的目的。这是应该加以注意的。

弭谤的“奇计”多矣。从“偶语弃市”到报纸上登广告，大街上散“冤单”，直至地上打滚，指天誓日，真是说也说不尽。人们大抵根据自己的社会地位、权势大小而采取不同的手段。但本质上则并无不同。遮掩、回避、否认、赖账，而已。

这种想骗人，其实是骗自己的“奇计”，事实证明都是无效的。不但无效，且有大害。丢面子还是小事，身败名裂、彻底垮台的也并不少见。我们不是常说，人民的眼睛是雪亮的么？怎么一碰到具体问题，就把人民当成瞎子了呢？相传布袋和尚，坐下来歇脚时，总要把袋子里的几样东西，一股脑儿倒在地上，招呼人们来“看看，看看！”其实是很有道理的。人们都觉得他可亲近，千万菩萨神道中间，只有他的名声最好。这是用不着举行民间测验就明明白白的。只有“聪明人”和“阴谋家”才在暗地里笑他发神经。

布袋和尚是从不担心什么“谤”的。不过是这几样东西，即使土碗的边有些破了，又有什么关系，不是照样可以用来吃饭么？在布袋和尚面前，大小阴谋家都将无计可施，只能恨恨而死。如果把破袋紧紧抱在胸前，或压在屁股底下，张皇失措，那就了不得。阴谋家会放出流言，说这里面藏着从什么地方偷来的宝贝；更高明的就什么也不说，只作一个眼色，“嘘！”自然会有好事者出来研究、考证，终于判定袋里藏着原子弹，也说不定的。

让老百姓看见一只破边的土碗是无害的，人们绝不会否认它还有使用价值，一棒打碎，扔进垃圾箱，老百姓是明白事理的，绝不如此暴戾。当人人的大小袋袋都毫无保留地打开之日，也就是流言歇绝之时，恐怕到那时大家的眼睛才能一致向着前方的吧。

1979 年 10 月 1 日

雄谈

我有一位熟读龚自珍诗的朋友，闲谈时常常加以称引。他有一个习惯，也可以称之为本领。无论讨论什么问题，到了最后应该表示自己意见的时候，往往并不直白地说出，却只引一句《己亥杂诗》中的成句作结，效果颇好。不但意见得到充分的表达，而且余味不尽，大有“不着一字，尽得风流”之妙。大约半年以前，我们在谈话中曾涉及某些人物及其言行的发展迹象，不免有些感慨。这位朋友没有做什么结论，只淡淡地吟出了一句“先生宦后雄谈减”，彼此相视而笑，一切就都清清楚楚，用不着再说什么废话了。

后来我曾想过许久。诗这东西确是奇妙的。“诗无达诂”大概也是真的。龚自珍是近代诗人，他的思想感情、构思方法也和今人比较接近。这就是我们喜欢他的诗，并能用来解释今天才能产生的某些思想活动的原因。

上面所引的一句诗是《己亥杂诗》第七首中的一句。不用说，和我们所借以说明的意思是并不相同的。“先生”，诗人指的是自己。他在这里进行了自我批评，并说出了要恢复当年论政论文勇气的誓言。

关键所在应该是对“雄谈”的解释。照龚自珍的意思，无疑这是正面的东西，不能理解为“豪言壮语”或“空头支票”一类的事物。龚自珍在另外一首诗里说过“万马齐喑究可哀”，也就是说的消灭了一切“雄谈”以后的可悲局面。可见雄谈还是十分需要的，要紧的是它必须切合实际，才能免于“空谈”。值得讨论的倒是“宦后”两字。

一个人“在野”的时候，大抵比较易于仗义执言，并获得听众的喝彩。这是并不难于做到的。一旦作了官，负了一定的责任，接触了现实，更多了解了实际情况与困难，必然要多少修正他过去站在“超然”地位时发出的“雄谈”，也是可以理解的。如果照日闭起眼睛来蛮干，那就肯定要出大乱子，人们并不欢迎。在这里，适当地“减”一点，也是理所当然。还有一种情况，接触了现实以后，产生了畏难情绪，不是事事都那么敢说敢干了，这也是常见的现象。我们也不好过高的不切实际地要求，自然也希望他们能像龚自珍那样，随时提醒自己，激励自己，力争恢复过去的勇气。

最糟的一种情况恐怕是将“雄谈”作为敲门砖，自己本来就缺乏为人民服务之意，倒颇有“哗众取宠之心”。一旦门被敲开，就完全忘记了过去曾经讲过些什么，干出的勾当比过去自己所斥责过的还要糟到若干倍。这就有点像鲁迅先生曾经讲过的“新月派”，一旦从嘴巴里清除了马粪，改塞上甜头，就完全换了另一副面孔。当然，时移事换，今天不再有“新月派”，即使有，也不能像过去那样的得逞了。不过记住这历史的教训，还是不无好处的。

1981 年 7 月 6 日

“算了！”

我又有一位老朋友，谈话时也经常使用一句有趣的短语“算了!”留给我的印象也同样是深刻的。不过仔细研究起来，与“是吗?”一样，“算了!”并无多么丰富的内容与涵义，这只是在一节表述得相当充分的谈话以后的“结论”，用意分明，用不着深究。

这位朋友以好脾气著称，当然，这完全不应被看作是“与世无争”，有时候他还是要“争”一下的，只是“争”的结果往往“命定”是“一败涂地”而已。这时他的脾气就要变得格外“好”，“好”得使像我这样的老朋友都觉得有些看不下去了。有时候就要不客气地加以攻击。譬如，我认为他是完全有能力作出一些成绩来的，但却只是“懒”；对现状、工作他有些地方是看不惯的，但却不作任何努力去加以改进；……这时，他大抵会采取不同的对策。开始时他总是说笑话，搪塞，我就揭穿这只不过是“强颜欢笑”，使他说不下去；这时，也只有到了这时，他才会说出自己的意见。有时简单的一言半语，有时也会激动地说上好半天，直到更没有什么可说时，停顿一下，最后就是这“算了”。

对这“算了！”我当然觉得不大能同意，但从来没有进一步攻击或劝他改正过。因为我知道，这不像“是吗？”那样的口头禅，可以设法戒绝；这是一种结论式的案语，是跟随前面的全部推论而出现的，是一种人生观的体现，不容易简单地去掉，即使勉强去掉也还是无用，于大局无补。更重要的原因则是，我知道这也是自己的毛病，要说有差别，只在没有时时挂在嘴上，同样的念头其实倒是经常出现的。因此大可不必讥笑旁人，首先倒应该自我反省。

这“算了”照我看完全有资格称为一种“哲学”。就和鲁迅指出过的“徐大总统（印世昌）哲学”，“听其自然”一样。在中国哲学思想的长河里它继承的是哪一家的“理论”呢？不大像是儒家，因为儒家主张“知其不可为而为之”，还没有那么消极。就是有所为有所不为，也还是需要坚定信念的支持的。顶住歪风，不做坏事，这也并不容易。释家的学说我不大懂，不过佛门弟子大抵都相信有一块“西方净土”，他们今生虽然主张忍让，相信命运，但至少还有一个虚幻的未来作为精神寄托，不论多么不切实际，但与两手一摊、长叹一声“算了”还是不一样的。归根结底，这种“算了”哲学恐怕还是道家的苗裔，当然是经过了两千年来修正、发展以后的老庄哲学的子孙。

《关于建国以来党的若干历史问题的决议》庄严地指出，在“文化大革命”的过程中，党和人民同“左”倾错误和林彪、江青反革命集团的斗争一直没有停止过，这是千真万确的。从被称为“二月逆流”、实质上是我们党的老一辈无产阶级革命家的英勇、坚定的斗争开始，到张志新烈士，到参加了四五运动战士们的业绩，都说明这是一连串一直没有停止过的斗争。自然，斗争的形式是多样的，在不同时期也有不同的发展变化。不知道可的确，我觉得对很多人说来，这实质上都是从“算了”的出发点发展起来的。

可以回忆一下当全国人民一下子被卷入这场运动之后的情景，绝大部分人们一开始是并不清楚的，但这最初的混沌时间并不长，人们立即遇到了大量不可理解的千奇百怪的现实。只要还有起码的思考能力，怕没有谁不感到奇怪。但这时进一步寻求答案的人就比较少了。这时许多人采取的就正是“算了”的态度，所谓“逍遥派”其实就是这样的一群。他们的头脑是比较清醒的，但他们采取了“听其自然”的态度却是错误的。林彪“四人帮”两个反革命集团能够横行十年，不能不说是这种“算了”哲学给了他们以帮助。这种情况是必然要改变的，但改变也需要一个过程，当人民发现国家民族，具体到每一个个人都面临活不下去的危险的时候，人们的思想终于摒弃了“算了”哲学，终于形成了以“天安门事件”为代表的悼念周总理，反对“四人帮”的强大抗议运动。

什么时候大多数人抛弃了“听其自然”的哲学，伟大的历史转折的出现就邻近了。

1981 年 7 月 20 日

分寸

前些时候读到一篇文章，是谈戏曲艺术与历史真实之间的关系的。作者主张艺术是艺术，不可能也无必要事事与历史实际完全一致。这意见是无可非议的，也正是二十多年前历史剧讨论中争论的焦点之一。

文章作者举出的例子是：看了《玉堂春》里苏三头上镂金错彩的鱼枷，《将相和》里蔺相如手执一册铅印的现代书籍，有人就出来纠正错误，指出这是“违反了历史真实”，以为不值得如此认真。我看到这里不禁想起一件往事。三十年前我曾在总政的越剧团里工作，随团到许多地方慰问解放军，她们带去的剧目是“梁祝”与“西厢”，每天晚上梁山伯在台上总是拿着一本新杂志，大约是《解放军文艺》吧，大家都觉得不大合适，但一时也没有办法。后来到了杭州，旧书店里破书多得很，我去买了一册《八千卷楼藏书志》的残本，问题马上解决了。我觉得这事还是做得对的。因为梁山伯手里拿着一本杂志，总有点不伦不类。

但如有“热心”的观众跳上台去，夺过书本一看，指出东晋（?）人梁山伯不可能手执一卷清末刊本，加以类推，那就未免有些煞风景，也许还更糟。

我想这可以用来说明对历史剧的一种态度。时代背景、人物思想不必说，就是典章制度、风俗习惯等细节，如有可能，力求符合历史实际是完全应该的；但有一个前提，这必须不伤害戏曲艺术的完整与独有的特色，不能违背观众的欣赏习惯。

艺术家碰上考据家，有时简直就是一场灾难。

但对随意驰骋想象、勇于“创新”的某些“艺术家”来说，多一点历史知识也是完全必要的。

这中间有一条隐约但确实存在的界限或“分寸”。我们应该努力学习掌握好这“分寸感”。

“布景”，在戏曲舞台上也不是完全不能用。持绝对否定态度的是保守，不过也千万不可随意滥用。前两天在电视里看到一个豫剧的节目，程咬金手执马鞭在窄窄的庭园小径上表演。歌、舞、蹚马都极尽夸张，当这一切在真实的环境中出现时，观众不禁怀疑程咬金是不是发了狂，随之产生了一种难以抑制的滑稽之感。

这就是“真实”（并非“历史的真实”）伤害了戏曲艺术的一个例子。

分寸不容易掌握得好。却非掌握好不可。不然一切事都不可能做好，也不只是在戏曲舞台上才是如此。

1984 年 6 月 27 日

诗之神秘

《书林》第二期发表了周煦良的《舟斋随笔》，在我看来，这是近来少见的说诗佳作。文中提到姜白石的名句："处处虚堂望眼宽，荷花荷叶过阑干。游人去后无歌鼓，白水青山生晚寒。"这是《湖上寓居杂咏》之一，当然是写西湖秋晚的景色的。这诗曾经给过我极大的冲击。我曾经有过这样的经验，不是在杭州，而是另外什么地方，可能是在西南的某处，山水雄奇，在群山环绕之中，有一大片澄静的水荡。车经此地，四周几乎没有什么行人。忽然天色变了，太阳钻入云层，似乎忽地漫天罩下了一层幕布，眼前的风景也全然换了另一种格调。山变成深深的蟹青色，水荡也变得格外地白。寂静、寂寞，以一种绝大的力量压来，压得人简直透不过气。当时我所有的正是一种"天荒地老"的感觉，好像这里就从来不曾有过生物、人类，是"开辟鸿蒙"的那种境界，这时，就忽然想起了"白水青山生晚寒"，我想，姜白石所抓住的正是这样一种境界。歌鼓，也不过是刚刚散去，但这里好像就从来没有过歌鼓、游人……

煦良同志在另一处谈到老杜的名句"香稻啄余鹦鹉粒，

碧梧栖老凤凰枝"，作了很好的分析。他指出这是一种病句，而且对后人有很不好的影响，照他举出的实例来看，那些本本主义的老杜追随者也确是做出了极蠢的蠢事。这一切都说得很好。不过，我想这不能责怪杜甫，他这两句"病句"还是了不起的佳句。这是一种经过精心设计写出来的诗，它所烘染的那种回肠荡气的效果，是无论怎样调换词序都不可能产生的。

我做不出更深更好的分析，但我觉得老杜这两句："就是好来就是好"，好像更多的分析也终于不免是多余的。

我想这中间也许还有另外的可能是更为重要的原因。有些从儿时开始就已接触到的诗句，其植根之深，爱恋之笃，都不是后来任何新说所能撼动的，真是比撼"岳家军"还要难。例如李商隐的"留得残荷听雨声"，我最早是从林妹妹那里听来的。后来看到李义山诗的影宋、校宋本、嘉靖本……都作"枯荷"，每次都引起我很大的反感。我总是想，林妹妹的家藏"古本"一定是不错的，必然胜于我所见的校宋本……这种文学欣赏上的执着，真是一点都没有法子想。

对这种情景说得最坦率、真挚的要算龚定盦。他有一组《三别好诗》，前有小序：

"余于近贤文章，有三别好焉。虽明知非文章之极，而自髫年好之，至于冠益好之。兹得春三十有一，得秋三十有二，自揆造述，绝不出三君。而心未能舍去。以三者皆于慈母帐外灯前诵之。吴诗出口授，故尤缠绵于心，吾方壮而独游，每一吟此，宛然幼小依膝下时。吾知异日空山，有过吾门而闻且高歌，且悲啼，杂然交作，如高宫大角之声者，必是三物也。各系以诗。”

这真是说得好极了。吴诗姑不论，宋大樽的《学古集》和《牧牛村舍外集》我曾翻阅过，实在不知道好在哪里。方百川的遗文未见，想来也不是龚定盦所佩服的。但定盦确是坦率声明了他喜欢这些作品的秘密，也是完全可信的。

昨天翻阅钱锺书同志的巨著《管锥编》，书中也提到了龚自珍的“三别好”和类似的意思，可见这种情形并不是没有普遍性的。

鲁迅先生在《朝花夕拾》的“小引”里也讲到过这层意思，虽然他说的不是诗，而是故乡的蔬果、菱角、罗汉豆……对这些儿时所曾吃过的东西，他说：“都曾是使我思乡的蛊惑。后来，我在久别之后尝到了，也不过如此；惟独在记忆上，还有旧来的意味留存。他们也许要哄骗我一生，使我时时反顾。”我想，人们对诗的感情，多半也属于此类。说不清楚，也很难说得清楚，因此看来好像就颇有点“神秘”了。

1980年1月4日

闲情

长夏无事，取出《管锥编》来读，在第四册里看到论陶渊明《闲情赋》的一些话，觉得很有意思。锺书先生指出，这篇赋的题意是“閑情”而非“閒情”，这就使我吃了一惊，过去我实在并没有注意到这一节，连陶渊明在赋前所写的那小“序”也没有仔细读过，一直把这篇赋当作“閒情”的老祖宗。“閒情”有了今天的特殊理解，不知道始于何时，在东晋是否就有了如此明确的涵义，也说不清楚。不论怎么说，陶渊明在序里说得明明白白，他作这篇赋，还是按照前人的办法，要“抑流宕之邪心”，企图“有助于讽谏”的。“‘閑情’之‘閑’，即‘防閑’之‘閑’。”大概是没有问题的了。

不过我也想在这里提醒一下。古今文人在“前言”或“序”里老老实实说话的固然多有，但不老实的也很不少。我们难保陶渊明在这里使用的不是障眼法。

正因为这个问题没有很好地解决，因此围绕着《闲情赋》就掀起了一场不大不小的纠纷。少后于陶潜的南朝萧统叹息道：“白璧微瑕，惟在闲情一赋”，认为陶公没有写这篇作品反而倒要好些。这就说明，萧统是老实人，他对陶渊明是信任并爱护的。他从正统的文学批评观点出发，做了上述的与人为善的评论。萧统的这些意见，说明了一个事实，“作者之宗旨非即作品之成效”。锺书先生又说：“旨欲‘讽’而效反‘劝’耳。流宕之词，穷态极妍，澹泊之宗，形绌气短，诤谏不敌摇惑。”换一句话说，陶渊明是好心办了坏事，他的创作意图和客观实际没有达到一致，因而“社会效果”不佳。

这种意见后来受到苏轼以下不少人的反对，他们说萧统是“小儿强作解事”，是腐儒、笨伯。虽然苏轼举出的理由不外什么“国风好色而不淫”，还是用正统的武器作战，但到底不能不说是一种解放、一种进步。

这至少可以提醒我们，文学作品的“社会效果”问题确是早已存在并提出来了。在今天看，《闲情赋》的社会效果也并不怎样可怕，当然这是时代发展进步以后的结论。当拥抱、接吻……在文艺作品中成为家常便饭的今天，陶渊明的那些描写算得了什么呢？但他确是伟大的作者，他写的那些“大胆”的想象是严肃的、高华的，一点没有轻佻下流的气息，比起今天的某些低劣的作品来实在要好得远。

在《闲情赋》里作者提出了“十愿”，都是围绕着他所爱的人而生发出来的。他希望化为爱人所穿衣裳的领子、带子；爱人妆台上的化妆品，发蜡，眉黛；爱人使用的席子，鞋子；甚至变成爱人的影子和夜里的烛，手中的扇，制琴用的桐材。值得注意的是，十愿没有一件是现实的、可以达到的想望。它们统统是虚幻的，不可能在人间圆成的。

近来有些作者在创作时运用了一些人们生疏的、外来的手法，引起了不少议论。如所谓“意识流”即是其中之一。我想，引起议论的“理论根据”却是不大靠得住的。生疏，是因为我们多年来闭塞聪明，既不学习自己的古典遗产，也不接触外国的新鲜事物，因而引起了大惊小怪。“难道外国的事物样样都好么?”这也问得没有道理。在我们的古典文学遗产里，可以找出许多这样的好例。如《闲情赋》，就是一千六百多年以前的作品，一点都算不得新鲜了。这与崇洋媚外没有什么关系，应该算是“数典忘祖”性质的。

我想，一切创作，怕都与意识的活动密切相关。没有了想象，哪里来的创作？人类的思想活动是千差万别、变化不居的。无论是创作家自己还是创作出来的人物，都是如此。作家在设法将这些思想活动捕捉、再现时，也使用着种种不同的手法。我想，在这方面作家应该享有试验的自由，就和科学家在实验室里享有试验的自由一样。也许其间有这样的差别，科学家失败的试验，只有关在房间里的同事知道；而作家的试验品却要交给人民判断成败。一与群众接触，“社会效果”的问题就出现了。这是有所不同的。即使如此，我觉得还是应该给作家以试验的自由、时间，并允许他们走些弯路，犯点错误。没有创新的试验，就不会有发展、进步。为了避免使文学艺术停滞、僵死，我们需要更多的勇敢与宽容。

为什么我总是怀疑陶潜在小序里说的是言不由衷的话呢？这赋虽然据称是一篇“拟作”，但情感的深挚，心理的委曲，情思的凄苦，都不是单凭作者的才华所可能写出的。换句话说，这一切都是非常非常真实的。我想这应该是陶渊明自己的亲身经验，假造不出来的。我没有本领作《陶潜恋爱事迹考》，但我相信在十卷陶集中这是作者向读者掀开他的生活帷幕或一角落仅有的一次。“陶潜诗喜说荆轲”“陶潜酷似卧龙豪”这些话早已有人说过了，但却忽略了这一侧面。而少了这一笔，我们就失去了一个完整的陶潜。

锺书先生细致地分析了《闲情赋》中的“十愿”，并从文献中引述了许多材料，说明这种“意识流”的现象，在我们的古典文学作品中已是一种相当普遍的存在。他有一句结论是很重要的，“顾无论少只一愿或多至六变，（按指明人《乐府 · 挂真儿 · 变好》中，“变一只绣鞋儿，在你金莲上套；变一领汗衫儿！与你贴肉相交……”）要皆未下转语，尚不足为陶潜继响也。”什么是“转语”呢？“事实不遂，发无聊之极思，而虚想生焉，然即虚想果遂，仍难长好常圆，世界终归阙陷，十‘愿’适成十‘悲’；更透一层，禅家所谓‘下转语’也。”《管锥编》中所引诸例，始于六朝乐府，下至清人诗词。虽然情操高下各不相同，但都是一厢情愿的白日幻梦，没有谁肯将自己从梦境里拖回现实。同时，这又使我联想到明末清初词人中流行的一种风气。他们喜欢作“咏物词”，尤其喜欢一些与女人有关的题目，如女性的身体以及用具之类。这也不能说不是一种驰骋想象之作，不过那格调之低，有时是会令人吃惊的。同类的作品还有一种《题〈青溪遗事〉》的“组词”。一组十二阙，每阙各咏一事。我想原本应是一种画册。青溪在秦淮河畔，画册所画大抵是那里妓院中的故事，画手大抵总是什么唐伯虎或仇十洲，内容有些是很不堪的。清初有名的词人如王渔洋等，在别集中大约都有这样的一组词。他们用尽了气力，发挥了想象，但制作出来的是一些情操卑劣，趣味低下的东西。

这应该是更重要的一个区别。

陶渊明说："愿在衣而为领，承华首之余芳；悲罗襟之宵离，怨秋夜之未央。"

"愿在裳而为带，束窈窕之纤身；嗟温凉之异气，或脱故而服新。"

……

"愿在莞而为席，安弱体于三秋，悲文茵之代御，方经年而见求。"

"愿在丝而为履，附素足以周旋；悲行止之有节，空委弃于床前。"

想象是大胆的，情感是真挚的，思想是细腻而真实的。一切显得那么天真，那么灵巧又那么笨拙。人们在苦恋中真的会产生这许多奇异的念头，有古今普天下读者作证。

大胆突破封建道德的樊笼，在文学创作中接近、深入恋爱的主题，这无疑是一种思想解放。在这里，陶潜是值得尊敬的前辈与先行者。比起千多年后的晚辈来，他依旧是最崇高最朴实的一个。

1981 年 7 月 11 日

《鞠部丛谈校补》书眉上有樊樊山批注，记为梅兰芳《太真外传》所作诗，诗题《绮怀》：

“六铢衣薄耐春寒，九影花娇就烛看。风里持裙人似燕，月中倚扇女乘鸾。舞余莲袜凌波湿，歌罢林檎系带乾。消得唐宫娘子凭，愿为亭北玉栏干。”又有小注云：“贵妃初入宫，宫中呼为杨娘子。”最后两句也是很好的例，可为“闲情”作注。

1982 年 12 月补记

审查

两年前的秋天在杭州，一天到葛岭去访黄河清（源），谈天时很自然地又谈到了鲁迅先生。天南地北地扯了一通，总之是越谈越感到了先生的伟大。记得我曾讲过这样的笑话。这些年来大家都经过了长长短短、各种形式的“审查”，也确有许多不愉快甚至悲惨的经验。但看起来审查并不一定是坏事。也不只是一部分人命定地要受审查，另一部分人则天生地是审查者。不，看来没有谁是能逃过社会的审查的。就如鲁迅先生，他的全部著作，早在几十年前就已公之于世了。后来连他的日记、私人通讯，包括经过自己改定的手稿，都印出来了。还给他编了好几种《年谱》。这就是说，鲁迅先生接受了多少年最全面、彻底的审查，而且是由全世界的读者进行的。审查的结果怎样呢？人们越来越感到了他的伟大。

虽然是“笑话”，但我的意思实在是很诚恳的。

这当然并不是说，鲁迅是毫无缺点的完人。我只是想说，鲁迅是经得起时间的考验的。他有很多意见，在很久以后会越来越显示其正确与深刻。他的为人实在是非常非常可爱可敬的。他当然不是“好好先生”，但也不是严肃得笑也不笑的正经人。他实在是一位可爱的、使大多数人心甘情愿地跟着他前进的人。

鲁迅在人民中间获得如此崇高的威望，不能不说是他经过、经受了人民最全面彻底审查的结果。

在纪念鲁迅诞生一百周年的日子里，我们读到了许多很好的文章与讲话，多半是正面研究，论述先生的业绩的。不过我们也不要忘记，必然也还有反面的东西存在。事实上从鲁迅诞生之日起，就一直存在着赞成或反对他的两类人了，这情形可以说一直没有改变，将来恐怕也不会完全改变，“盖棺论定”事实上是很难做到的。对一个人的评价再无争论趋于统一之日，就是他被供入“先贤祠”之时，也就是到了他不再对社会、人类发生影响的时候。这情形在鲁迅是不存在的，起码在目前是如此。

见闻寡陋，找不到什么新的材料。我记起了自称为鲁迅在《新青年》时的“同事”的胡适，在1958年台北的一次演讲，《中国文艺复兴运动》里，他曾经提到过鲁迅。胡适称鲁迅为“健将”“大将”。胡适说：我们这般人不大十分创作文学，只有鲁迅喜欢弄创作的东西，他写了许多《随感录》《杂感录》，不过最重要他是写了许多短篇小说。这种抑扬的手法，鲁迅也早已指出过，也就是西滢、实秋曾经使用过的，用“小说”压低“杂感”的老手段。胡适接下去说：“鲁迅先生的毛病喜欢人家捧他”，“他要去赶热闹，慢慢走上变质的路子”。这就慢慢清楚起来了，这就是胡适对“五四”以后新文化运动统一战线内部分化的判断。接着胡适又谈到了“左联”，还介绍听众去看许广平编印的《鲁迅书简》，说这里有几封信，特别是鲁迅写给胡风的四封信值得看。

胡适下面还有许多话，都是对鲁迅原信的引用与发挥。不过只要看看上面这一节，就可以清楚事事都主张“拿证据来”的胡博士的手段与真貌。鲁迅给胡风的这封信写于1935年9月12日，那一句的原文是“三郎的事情，我几乎可以无须思索，说出我的意见来，是：现在不必进去。”

也许人们会说，胡博士当年是在演讲，手头没有原书，只是讲他所记得的原话。但一篇文字给不同读者留下的印象是不同的，如何运用也大有分别。在胡博士的论述中，至少这许多都是可以看得分明的，也完全可以作为读者对他进行审查的根据。

我读了胡博士的演讲以后，曾经找出《鲁迅手稿全集》（书信）来查，没有查到。后来还是从1976年8月人民文学出版社出版的《鲁迅书信集》里找到的。《手稿全集》是一部好书，是鲁迅研究的重要文献，为读者提供了珍贵史料。如《两地书》的原貌，就是从这里第一次与读者相见的。而经鲁迅手定的《两地书》我认为也不可废弃，因为两者都是历史文献，是研究鲁迅的重要依据。不过何以曾收入许广平编的《鲁迅书简》中的手迹却被删却了呢？我不曾仔细校对，至少是先生寄给胡风的信是一封都没有。这与《手稿全集》《凡例》中所说“包括现在收集到的全部鲁迅手稿”怎么对得起口径来呢？不是有些信件并无手迹，仅据印本也收入了么？如致郁达夫、邱遇等信。《手稿全集》是1978年冬开始出版的，给胡适、周作人的信也都一一收入，为什么给胡风的信却删掉了，而且不加一点说明呢？而1976年8月印的《书信集》却是收了的。这中间也许有种种原因，但不正说明反而成为一种倒退了么？

对每一位重要的政治家，文学家……读者都有权要求尽可能掌握他们全部言行的文献资料。这也是为了对他们进行研究学习，也即进行“审查”的需要。而真正的马克思主义者，如鲁迅，是审查不倒的，愈审查而愈见其光辉。我们没有任何理由为之担心。

1981年9月23日

附记：

关于鲁迅致萧军信，萧军自己有回忆说明，见于黑龙江出版社刊的鲁迅书简注释专书中。

“冲冠一怒为红颜”

吴梅村是清初著名的诗人，“江左三家”之一，三百年来拥有不少读者。但一般的评价，好像都认为他的“诗格”并不太高。我想这和吴诗的风格与技巧是有关系的。当然诗歌的思想政治倾向是影响“诗格”也许更为重要的因素。不管怎样，人们还是喜欢他的诗。

将这评价并不太高、但却惹人欢喜的矛盾状况说得最好的是龚自珍。龚自珍有《三别好诗》，前有小序，说明这三者都并不是第一流的作品，但由于从小诵读，所以一直喜欢。特别是梅村诗，他举的理由是“此皆慈母帐下灯前所授”。这心情，我们是可以理解的。

还有一层道理龚自珍不曾说，或来不及细说。那就是吴诗的音乐性。试想，五六岁的孩子，即使是天才儿童，也未必能完全理解诗的内容并发生兴趣，只要朗朗上口能像儿歌似的唱也就是好诗了。我想，吴梅村的有些诗确是可以唱的。

一般的看法，吴诗以七古歌行为最好。如试抄清初以还诸家的评论，可以有好大一叠。我想可以特别指出他的换韵，转折，抑扬……的许多特点。我一直怀疑，曹雪芹是曾受到吴梅村的影响的。《红楼梦》中林黛玉的《葬花词》、宝玉的《姽婳将军歌》，那写法，与梅村的七古是有微妙的关系的。当然更推上去，可以举出明唐寅以至唐代的《春江花月夜》。其实这也正是吴诗的渊源。

梅村的《圆圆曲》是名篇。这名篇的名句是“冲冠一怒为红颜”。最近忽然想到，这一句和上面的“痛哭六军俱缟素”，其实是极为工整的一联对句。虽然这并不是律诗的写法，但对仗的工稳却毫不逊色。这是一种比较别致的写法，通常写七古的人都不大这么办。因此这也正是吴梅村的特色，可能人们认为他的诗格不高，就正因着眼于这些地方。

七言律诗从第一联开始一对到底，也是这类不常见的别致写法。鲁迅“曾经秋肃临天下，敢遣春温上笔端”一律就和龚定庵的有些诗作法一样，从这里是也可以推定鲁迅曾受到龚诗影响的。

如果从诗人安排事件、形象、色彩的方法看，这两句所造成的强烈对比，特别是道德观上的强烈映照，就更显示了石破天惊的震撼力。为皇帝服丧的士兵的白色衣甲，和陈圆圆艳丽的朱颜红唇，是鲜明的对照！士兵的悲哀与吴三桂的狂怒，又是如此不同，它们的出发点就更不同。在那样的时候，士兵与他们的统帅，想的竟是完全不同的事情。

可以想象，这两句诗在三百年前有多大的煽动力！

吴三桂没有请律师上法庭控告诗人诬陷、毁谤，也没有运用他的“薰天势焰”施加什么政治压力，更没有派出帐下偏裨去把吴梅村干掉。为什么呢？他只是想付出惊人的“稿费”，“辇重金，求去此诗”，而“先生不许”。在这一点上，吴梅村倒还有些骨气。

吴梅村手里有什么武器呢？只不过是一支毛笔而已。

吴三桂怕什么呢？那样一个大军阀、大汉奸难道真的怕一个书生么？

吴三桂深深懂得他那远远超出了“为恋爱而恋爱”的行为在全中国的老百姓面前是通不过的，说出了老百姓心里话的人也是万万碰不得的。

人生不能没有爱情，这是对的。古今无数诗人作家抒写了它，好像至今也写不尽。不过必须明白，爱情是也有种种的，有些还是挂着漂亮招牌的冒牌货。吴梅村只是指出、戳穿了一种“神话”，因而名传千古了。

1982 年 2 月 11 日

谣谚

翻开过去的诗选总集，常常能在最后发现有几卷谣谚，所收大抵是“无名氏”也就是群众的口头创作，往往是很有意思，甚至比起前面正宗诗篇更有活力的作品。当然这里面也有冒牌的东西，即出于某种动机（往往是政治的）而制作，有意混入群众口中的，如什么“天雨粟，鬼夜哭”之类，需要细心辨别。

“谣谚”与顺口溜是有血缘关系的。一般的情况是，群众性强的，流传得广的，给许多人修改、加工过的顺口溜，就有可能变成文字，被采风的官儿或好事者记录下来，印入书本，因而得到了流传的机会。但这最后一关是不大容易通过的。文人喜欢摆弄文字，常常要技痒，忍不住“加工”一下，于是常常造成“点金成铁”的悲剧。因为一混入了士大夫阶层的意识、调子，便不伦不类了。但在高手却懂得其中的经络，流弊也较少。据说“删”过诗的孔子，成绩就较好。又如刘禹锡的集子中有好几首“竹枝词”，一看就知道已加工过了，但原有的气势色调还不曾完全丧失，真是万分侥幸的事。

竹枝词与民歌、山歌……，又成为一大类，是少年男女或“劳人思妇”的抒情之作，这已从谣谚中分了出去，另成系统了。因此，今存的《古谣谚》，剩下的只是政治性较强的东西。

无论是政治性还是抒情性的“谣谚”，都不是无病呻吟，这是它天生的优点之一。“不平则鸣”的原则在这里是的确的。它最初往往以怪话的形态出现。那就是说，它往往是与当时的正统社会舆论不合拍的。此外，怪话虽然多出自群众，但也不能保证全部正确，这需要时间的考验。因时间、地点与客观情况的变化，有的“怪话”后来会变为真理，有些“真理”却变成了“怪话”。这都不是值得奇怪的事情。譬如马寅初博士若干年前提出过的节制人口的意见，是曾被视为“怪话”的，但若干年后人们悟出这其实倒是真理。“错批一人，误增三亿”这样的句子也上了报纸的大标题。这其实也是一种“顺口溜”，也就是谣谚。相反，一时以“真理”出现的，不多久就“不以人们意志为转移”的变成了“怪话”（其实是昏话）。这种例子更是多得是，如“越穷越革命”，“宁要社会主义的草，不要资本主义的苗”之类，这后面的两句，就颇有顺口溜的味道。我们方块字的许多特点，使人们有条件随时创作出“顺口溜”来，好处之一就是有利于诗人的涌现。我国是古老的诗国，我想与这一点不是没有关系的。坏处是信口开河，不负责任地进行种种文字游戏。那末流就是将昏话变成“诗”。

怪话与真话不同。说真话需要有很大的勇气，是要“文责自负”的。怪话则最初只以“小道”的形式出现，只因获得的“共鸣”多了，这才流传开来，不胫而走，那要求自然比说真话来得低。但事实证明，保险系数也高不到哪里去。前些年动不动就要“追查”“流言”（“小道新闻”的雅号），一查就是一大串，创作者、传播者、听众，以至没有听见过什么的对象也一起罗织在内。现在虽已事过境迁，人们依旧谈虎色变。据说不久前还有人在会议上掏出小本子，一一指证某人于某时曾说过某些话，某些他认为是离经叛道的“怪话”。为什么至今还会出现这种事呢？主要的原因就是确实还有爱听这一套，对这种“采风”者的行径赞叹不已的人，也就是说这种并不光彩的行径，依然还有市场。

当然，“怪话”之不足凭依，也还不只上述几例。很久以来，曾经流传着一种顺口溜：“早革命不如晚革命、晚革命不如不革命……”这大抵是在援引了一些社会现象，联系他人或自己的遭际而发出的感叹性的结论。其产生的原因，除了确实存在的非主流的客观缺点外，主要是因为眼光只回旋于鼻子底下，观察事物缺乏历史感。

总之，“怪话”、顺口溜……，都是人们表示个人意见的手段，是只应欢迎不必疾首蹙额的。即使有错误，有偏颇，也用不着紧张。人们是有辨识的能力的，何况即使是偏激的议论，也依旧包含着引人思索的内涵。

1984年9月21日

漫画源流考

一提起漫画，大抵都觉得这是一种外来的画种，大体说来也正是事实。如丰子恺的漫画有人就指出是出于日本的竹久梦二。不过人们往往忽略了外来的漫画形式传入中国以后产生的新的变化，更不曾从传统的绘画里寻找它的源流、踪迹。这倒是有些可惜的。

齐白石有一幅心爱的粉本，不倒翁。先后曾画过许多幅。手边的一张画的是一个戴着没有翅的乌纱帽的官儿，白折扇、白鼻梁，摇摇摆摆悠然地坐在那里。画上题了一首诗，“能供儿戏此翁乖，打倒休扶快起来。头上齐眉纱帽黑，虽无肝胆有官阶。”白石说这是他四十岁后所作诗，距离今天少说也有七十多年了。他在诗里说的自然是旧时代的事，不过至今依旧不失为一幅有强烈生命力的漫画，这里只有实事求是地称之为“漫画”，因为这既不是“人物”，更不是“山水”。老画家是有胆量的，说出了许多普通人心中普遍的意见。

白石另一幅葫芦，题词是“好样”二字，这自然是从“依样葫芦”来的，冷隽极了，也是高妙的作品。

自从扬州八怪在画坛上崛起以来，过去正统的、规矩的传统画风终于被打破了。他们的作品有很多都可以说是近于漫画的。有时题材还是传统的，但在表现技法上、特别是题词中间都露出了崭新的意境，大家都熟知的罗两峰《鬼趣图》不必说了，读读金冬心、郑板桥的题画诗文，也可以明白他们画风的特色。再推上去，从明的白阳、青藤、直到清初的八大、石涛，都走的是同样的路子。记得石涛有一张自画像，画着一个老头儿倒骑在牛背上打瞌睡，上面还题着似偈非偈的题词，什么我睡牛不睡之类，透露的也正是画家的腹里牢骚。更推上去马和之画残山剩水、郑所南画没有根的兰花，不也是这一派的“先河”么。

这样看来，漫画在我们这里，也并非无源之水，无根之木，应该是明明白白的了。

从广告上看见近来也有几种漫画史出版，无缘一读，不知道可曾上溯到这些画家不曾。我觉得这倒是一个极好的研究课题，值得进行深入的学术探讨的。

现代的漫画作者是否也从这个传统里接受了有益的滋养，也没有人来论定。我看这也是无疑的。不论直接、间接、有意、无意，这种民族文化的熏染是摆脱不开的。其中的精髓可以说就是正义的战斗性，没有了这个，作品也必然是不足观也已。

正面人物能不能出现在漫画中呢？这个问题在古人那里似乎就从来不曾发生过。石涛的自画像不必说了，冬心也有一幅“蕉阴午睡图”，也是自画像。一个胖老头赤了膊在那里纳凉，也不是堂皇的形象，老朋友丁敬还在上面题了长跋，嬉笑揶揄，很不客气。可见他们之间存在着的一种“民主气氛”。大概也可以称之为土生土长的古“幽默”吧。

钟馗，是正面人物，人们是一直要请他在端午节来“辟邪”的。但在许多画家笔下也免不得要被唐突一下。可见钟进士还是使人觉得可以亲近、不必敬而远之的“神”。赵之谦画过一张扇面，钟馗脚踏高跷，用纸扇遮着脸，在一群小鬼中间行走。题词是一阕“满江红”：

什么东西？是纸扇，遮将面孔。可怜见，满腔恻隐，周身懵懂。黑地昏天翻旧谱，朝更暮改装冤桶。大老官，不费半文钱，凭挪动。

仗师父，方填空；赖兄弟，且增重。打灯笼本有外甥承奉。细作神通军帐坐。喽啰鬼溷天门洞。凑眼前，节物写端阳，题词总。

赵㧑叔竟敢直呼钟馗为“什么东西？”可谓不敬之至矣。可见他不认为这位“终南山进士”是碰不得的。这样好，如果人们真的什么都不敢来说半句笑话、开一点玩笑，那局面可就真的有点严肃了。

1985 年 10 月 10 日

隔山买牛

我过去是有遛书店的习惯的，曾经为此而得到过一个“书店巡阅使”的“雅号”。每天午饭过后，上班之前，总得急匆匆地将南京路、福州路一带的几家书店浏览一过，也总会挟几本书回来，空手而归的时候是极少的。觉得这实在可以算得上是人生一乐。不过这样的好日子已经早已过去。现在是每天还要遛书店，但不想长途跋涉，只是在附近一家不小的书店例行公事似的看一下，心情也大两样了。走进去时并不抱着热望的激情，出来时也并无怎样的留恋，十有九回是空手而归的。

是不是书出得少了，品种也不那么整齐了，有点像，但也不尽然。从每天报纸的广告与新闻中，也时常看到许多有吸引力的书出版，可是在书店里则难得遇见。这大概就是所谓买书难吧。一个时期以来出现了许多议论，十之八九是向新华书店提意见的。这也难怪，买不到商品群众只能抱怨商店，人们很少考虑到书籍生产的其他环节。但这毕竟有点片面，也不尽公平。于是为书店辩解的文章也不断出现。最近《读书》杂志就发表了两篇读者来信，对丁聪的一幅《书市现状》漫画提出了针锋相对的不同意见。双方都是言之成理的，读者看了两边的意见可就有点无从措手，仿佛是陷入“鬼打墙”似的尴尬境地了。

漫画只能是漫画。丁聪笔下的书店是一间店房的侧影，墙上挂着三张招贴画，分别画着侦探、爱情、武侠三种典型人物的肖像，上层是装足了滞销书的书库，连天窗都撑开来了。左右两面则各伸出一只摇着的手，分别拒绝了求购的读者和请求征订的出版社。辛辣是辛辣的，但概括性之强，笔墨之简洁有力，确是画出了广大读书者的心。

认为这张漫画脱离了实际的作者，对漫画指出的种种现象是都有保留地予以承认的，但又说都不够全面。如说“新武侠小说近一年全国印制了四千四百万部，确实产生了不好的社会效果，影响很坏，应当总结经验教训”，但又说：“新武侠小说近一年来出版的品种‘只’占图书出版总品种的百分之零点三。”这样只见品种不见数量地 看，即使是社会效果不佳，也只能说是“微乎其微”了。这是很巧妙的方法。一下子就把漫画家说成是狮子身上寻跳蚤的角色，凡有指责，也都变为事出有因查无确据的东西。

此外还有一篇为书店辩解的文章，倒提出了一个颇有意思的观点。他叹息其他商品都有订货会、看样会，而书店则只能凭几百字的提要说明来决定书籍的选择去取。他称这种办法为“隔山买牛”。“‘牛’买来了，是好‘牛’，还能卖出去，‘牛’买得不好，就得书店自己吃牛肉了”。结论是“这就是包销的弊端之一”。

隔山买牛，真不失为上好的漫画题材。不曾深入实际并有切身体会的人是无论如何也想不出来的。隔了一座山，即使是聪明而正派的买主，也只能“凭天断”。买到好牛算是运气，碰上瘟牛也只能自认晦气。这是一种什么方法呢？不论怎么说总不能说是科学的方法。但这样的方法已经实行了多年，而且似乎还要继续实行下去。真是“不亦怪哉”！

凡是在工作中出现毛病的地方，仔细想想，必然有这样那样不科学即不实事求是的地方。不下决心改正就休想前进。盖不独出版事业为然也。

1986年5月7日

“表叔”的遐想

在香港访问的时候，有一天几个人一起上街，叫了一部“的士”。车子开到半途，司机用话筒与调度站联系，报告车辆的行踪。他说：“现在正送几位表叔上街。”他说的是广东话，以为我们不会听懂，可是到底还是听出来了。大家为之一笑。

在香港，人们多称大陆新来的客人为“表叔”，出典当然是在“革命样板戏”《红灯记》里。带有几分亲切，还流露出一点嘲弄，自然也是善意的。发明、使用着这个“别号”的人们的心理引人思索；作为“文革”的“积淀”，“表叔”这字眼至今仍旧活在这一地区群众的口头，就更值得注意。这是不能因“吾道南矣”而简单地付之一笑的。

虽然大唱样板戏的时代已经过去，不只此也，风行一时的“伤痕文学”好像也已成为历史的陈迹。人们好像也真的患着一种或轻或重的健忘症，无论曾经发生过怎样的悲剧、惨剧，只要一“过眼”，不用好久就会化作“烟云”，又笑嘻嘻若无其事地过日子了。当然有的人并不把这看作是一种“病”，相反，还觉得不无可取。一下子就抖落了身上的包袱，可以轻装前进、面向未来，不是一个健康、坚强的人能做得到吗？不过这样坚强的人到底是少数，像我就是听见别人唤了一声“表叔”就不由得想了那么许多，大约是神经过于脆弱的缘故。

耳根还是不得清静，不久又在我们这里的电视、广播里，集中地欣赏了一大批“样板戏”的唱段。别人不知怎样，我自己是一听就引起了神经上的抽搐，仿佛是又坐在“牛棚”里，站在批斗会上，成为宰割的对象了。这时就连窗外明朗的天色也会顿时变得黑暗无光。只能再一次怨自己神经脆弱，承受不了这种“忆苦思甜”的教育。还有不能明白的是，重新播放这些东西，真的是为了提醒人们不可忘记过去，还是向人们推荐这些“革命”的“艺术精品”？

不能不怀疑，“四人帮”提倡的“超级英雄文学”经过十年的恶性膨胀之后，是不是真的已经跌落了。

议论“样板戏”是不是“艺术精品”是没有意义的。只要想想八个样板戏是怎样使用了政治暴力在十年之久的长时期里强制地灌进十亿人民的耳朵的这一事实，也就足够了。翻翻文学史，我们过去曾有过宫体诗、应制诗这样的御用文学，可是可曾有过这样规模地用政治力量推行的“文学艺术”？可曾有哪几个御用弄臣曾经有过这样的威风煞气？

是不是样板戏就应予以废弃呢？那也不是这样。像这样几千年才出现一次的“宝贝”，不加以保存和利用是不对的。“彻底否定文革”决不应该只是一句空洞的口号，应该选择一些有代表性的事物，例如“样板戏”，先研究起来。不但要做比较研究，由古及今，由近及远，还要进行不同层次的综合探索。这对新时期的精神文明建设是必不可少的。不过，研究、利用和宣扬、散布是两回事。

我想起了巴金同志关于建立“文革博物馆”的建议。如果这样的“博物馆”真能建立起来，我想放送一些“样板戏”的唱段，就会立即产生非凡的使参观者身临其境的效果，这简直是无可代替的。何况还有那许多大册精装的“样板戏”曲谱、身段谱等，都可一一陈列起来；“样板戏”的影片、交响乐也可随宜播放。这样一来，“文革博物馆”就能多少像个样子了。

1986年6月10日

关于“挺经”

年轻时很喜欢看笔记，乱七八糟地很看了不少，今天大抵也忘记得差不多了。除了宣传因果报应或乱发议论以外，以掌故部分最为爱读。当然也不是指记朝章国故、或统计某年某地出了多少状元……的那一类，说得明白点其实就是野史。在过去的书坊里这种书也真不少，不知道怎么一来，现在是很难见到了。我想也并不是读者不要看。新出版的种种回忆录其实也是这一类的作品，煌煌百许册的《文史资料选辑》也正是一部庞大的现代掌故汇编，可见读者还是需要的。只是再早一些，如清代的著作还少有重印的。现在湖南和四川的出版社都注意及此，搜集重印了一大批。岳麓书社出版的《庚子西狩丛谈》就是其中之一。

吴永的这本书过去是读过的。印象不错，不过当时觉得有趣的只是西太后怎样逃难，如何狼狈这些内容。却没有留心后半部记李鸿章事的部分。这是李鸿章逝世时吴永对他的回忆。他记李鸿章的话说：“我老师（曾国藩）的秘传心法，有十八条‘挺经’，这真是精通造化、守身用世的宝诀。”可惜这十八条只传下了一条，吴永当时请问以下各条时，李鸿章含笑挥手曰“够了够了，我不说了”。这很有点神秘，近于卖关子，但我想，是否还有其余的十七条，也很难说，但至少这第一条是精华所在，足够提纲挈领的显示出全体的特色的。曾国藩逝世时，李鸿章送的挽联说：“薪尽火传，筑室忝为门生长”，可见他们之间的关系，这口传心授的“心法”于是也就成为研究晚清湘淮军事集团代表人物的思想的重要依据。

“挺经”的第一条，是用故事形式表述的，那大意是说，一个老翁在家里待客，命儿子上市买菜，久等不归，原来是在水田的田埂上和一个挑百货担子的人僵持住了。老翁想请货担子下田让一下，当然遭到拒绝，这时“老翁见抵说不过，乃挺身就近曰，‘来，来，然则如此办理，待我老头儿下了水田，你老哥将货担交付于我，我顶在头上，请你空身从我儿旁边岔过，再将担子奉还，何如？’正在俯身解袜脱鞋之时，那人让了步，挑着货担下田避让了。”李鸿章说：“他只挺了一挺，一场争竞就此消解。这便是‘挺经’中开宗明义的第一条。”

从这个故事可以看出，曾文正公实在并非什么纯儒，倒是得心应手地运用黄老之道的高手。儒家的教条有“温良恭俭让”之说，不过原则上说来，都是不该有什么功利主义的目的的。否则就不算是纯正的儒家。后来的儒生所传接的“道统”掺杂了道释思想，已经不是原来儒家的本来面目，只是挂着儒家的招牌，在表面上装样子而已。老翁在挺了一下时，怀着的是感动对方取得让步的企图的。而他之所以估计对方终于会让步，也还是建立在儒家道德强大势力的基础上的。于是才能辗转如意地实施“将欲取之，必固与之”的策略。

诸葛亮在空城之上，饮酒抚琴，还要请司马懿参加，却终于使司马满腹疑团，退兵四十里。这当然是小说，是戏文，但确是提炼了社会道德心理并加以运用的好例。诸葛亮在这里也是挺了一挺就取得了胜利的。试想对方统兵的将帅不是司马懿而是没有饱读儒书、兵法的毛头小伙子司马师之流，那后果恐怕就大两样了。

吴永还记下了李鸿章的另一节话。当李从南洋调往北洋，接替曾国藩时，曾面谒请示外交方略，李鸿章对曾说：“我想，与洋人交涉，不管什么，我只同他打痞子腔（皖中土语，即油腔滑调之意）。”不料碰了一个大大的软钉子。老师（曾）乃以五指捋须，良久不语，徐徐启口曰：‘呵，痞子腔，痞子腔，我不懂得如何打法，你试打与我听听。’李鸿章看情形不对，只好承认自己胡说，并请指教。曾国藩说出的“心法”，只有一个字，“诚”。也就是老老实实，实事求是。因为他明白，洋鬼子不是儒教徒，要花腔是没有用的。这时候这场合他已放弃了“挺经”，可见他是非常清醒的，难怪李鸿章对老师佩服得五体投地。

1986 年 8 月 25 日

震俗

解放前看美国电影，常碰到一些稀奇古怪的片名，觉得有趣。例如有名的《随风而去》译为《乱世佳人》；《滑铁卢桥》译为《魂断蓝桥》之类。据说当年有一些专门主持编译片名的专家，他们很能抓住观众的欣赏趣味与心理，经过他们这样一处理，果然效果显著，影片得以流行，老板可发大财。正是一种特定的文化社会心理的体现，不能不加以注意的。悬想这些专家大抵是精于鸳鸯蝴蝶文学的人物，这就又与长期占据着文坛的通俗文学势力有着关联。自新文学运动兴起之后，许多文学阵地都已先后易手，但外国影片片名的翻译却依旧掌握在他们手里，可以说是他们所占领的最后一块阵地了。但平心而论，也确有一些片名译得不坏，如《一曲难忘》就是一例。

如果要追寻这种译法的原始，那还得在早期的文学作品的翻译中去找。周作人最早的译品，大抵还是清末吧，他所译的《天方夜谈》故事即取名《侠女奴》；译爱伦坡的小说《山羊图》为《玉虫缘》，这都是清末“小说林”的出版物。更为著名影响也更大的，当然要数林琴南的《说部丛书》。

他把斯威夫特的《格里佛游记》改译为《海外轩渠录》，把欧文的《见闻杂记》改译为《拊掌录》，都是好例。这还是较为“忠实”的意译法，至于哈葛德的《三千年艳尸记》之类，就不再能掩饰其哗众取宠的意图了。钱锺书先生曾经引用过民国三年《小说月报》编者的一封信，略云：“近此公（指林琴南）有《哀吹录》四篇，售予敝报。弟以其名足震俗，漫为登录”这里所说的“震俗”除了林纾的名气之外，他的译品的书名恐怕也是包括在内的。七十年前的出版家与作者的关系，在这里看得清清楚楚。其关键则在“震俗”。

这种为翻译作品改名之风，直到解放后才得到了纠正，这是一个可喜的进步。《堂吉诃德》不必再以《魔侠传》的面目出现了。到底是值得高兴的事。不过这种旧习气并未彻底消除，最近又有死灰复燃之势，而且变本加厉了。《叶卡捷琳娜大帝》之译为《风流女皇》就是一个有趣的例子，这样一改之后，书店的征订效果就大大增加，如果老实地忠实于原名，那后果是不难想象的。同时不只是译文如此，即是著作的取名也大有讲究。这是关系到书的命运的大事，决不可漠然视之的。

说到这里，我自己也有一点小小的经验可以一谈。前几年应新世界出版社之约，写了一本小册子，是介绍中国的戏曲故事的。写好以后译为英文，早于1985年出版了。朋友又拿了中文原稿去在刊物上连载，并好意地介绍印成书册。书名就用的是英文书名的直译，《京剧的故事》。书已排成校好，终于没有能够印出，据说就是因为书名不好，书店看到

“京剧”字样就头痛，订数奇少。过了一年，书稿又为另一家书店拿去，排好，校好，这次吸取了过去的教训，把书名改写为“写在舞台边上”，以为较为超脱，或者可以混得过去了。不料订数还是少，原因是书名中有了“舞台”二字，终于不能瞒过书店征订者的眼睛。怎么办呢，书店来和我商量，换一个漂亮的、不，浓艳而有刺激性的名字再去试试看。这可真是个难题，苦思苦想都毫无办法，最后还是由编辑部代取了一个，曾在电话中得到通知，听过也就忘记，反正书名中没有出现“艳尸”之类的花样，也只索由他去了。这次报上去以后又已过了几个月，渺无音信，不知道这次乔装改扮的效果如何。看来依旧是未可乐观。我不能懂，读者的眼光（目前是由新华书店的征订主管者代表着）竟又回到七八十年前的“说部丛书”时代去了么？

1988 年 2 月 23 日

三

“葫”中日月长

王世襄先生以《说葫芦》一册见赠，希望我写些读后感。这是个不易完成的任务。对葫芦器一无所知的我，怎能对这样一部精美的学术著作说三道四呢？说是学术著作，也许有人觉得有点夸大，但我觉得与他的另一部名作《明式家具珍赏》一样，同不愧为民俗文化研究的开山之作。大册精印，多附彩图，虽然研究的对象有巨细的不同，但其研究方法却并无分别。正是以狮子搏兔之力积数十年的钻研、探索才能完成的著作，充分显示出作者对民间器物笃好、追求的执着情愫。中国自古以来对草木虫鱼、百工器物就少有人注意记录，说起文化研究来除去得到庙堂承认的数种项目以外，对民间爱好趣味所寄的种种都一概置不一顾，这样，写起文化史来就总是缺胳膊少腿的没有坚实的基础。《说葫芦》的出现正是一个绝好的消息，不只开阔了人们的眼界，对民俗研究也提供了出色的范本，教给我们怎样进行这种艰巨而急迫的工作。它不只是“开风气”而且也是“师”。

《说葫芦》分上下两卷。上卷分述天然、勒扎、范制、火画、押花、针划、刀刻等葫芦体式，下卷则分述鸣虫种类及捕捉、蓄养之道。说来惭愧，小时候也曾玩过秋虫，但对不同的种类则从未留心过。蛐蛐是唯一蓄养对象，对油壶鲁则绝不重视，视之为“三尾”，弃而不取。读了《说葫芦》后才知道它的身价之高。作者指出，电视剧《末代皇帝》有溥仪小时候玩蝈蝈的场景，误以油壶鲁葫芦作为蝈蝈葫芦。又指出海外博物馆刊物将各种葫芦一律称之为Cricket Cage，都因未经调查研究而妄下论断，仿佛也是对我年幼时的浅尝无知的呵斥。鸣虫共六类，从彩色精印的插图中我是第一次才获得清晰完整的认识。它们是蝈蝈、扎嘴、油壶鲁、蛐蛐、梆儿头、金钟。作者各附以详细的说明，多引刘侗的《帝京景物略》和富察敦崇的《燕京岁时记》，这是两种关于北京的地方志类名著，是仅有的旷世难逢的好书，以作者搜集资料之勤，作为典据的也只此二三种，可见此类著作之寂寞了。

可以和作者另一名作、附于《蟋蟀谱集成》后的“秋虫八忆”媲美的是“秋山捉蝈蝈”一章，记自己亲身经历，是很美的散文，作者说：“捉蝈蝈之劳累不亚于‘拉练’急行军。”作者说：“惜西山近处，由于污染，蝈蝈已稀少，且无佳者，不得不远往安子沟或牛蹄岭。当时每月领生活费二十五元，实无余资乘长途汽车，只有骑车跋涉。半夜起程，抵沟咀或山麓，日初升，待入沟或越岭，已上三竿，而蝈蝈方振翅。午后三时即返回，入城已昏黑多时。骑车往返百数十里，入沟登山，往往手足并用，亦不下二三十里，迨至家门，臀腿早已麻木，几不知如何下车。巷口与邻翁相值，见我衣衫零落，狼狈不堪，笑谓：‘你真跟打败了的兵一样’，此语诚对我绝好之写照。私念得入山林，可暂不与面目狰狞、心术险恶之辈相见，岂不大佳，夜蜷铺板（床已被抄走），虽力尽精疲，亦未尝不默感上苍，于我独厚，使又得一日之清净也。”

这真是文情俱至的文字。谈葫芦而连及文革佚事，这使我想起陈寅恪撰陈垣《明季滇黔佛教考》序中的话：“谁实为之，孰令致之。岂非宗教与政治虽不同物，而终不能无所关涉之一例证欤!”不禁感慨系之。

作者在所附器物图版中，都撰有说明。于谱录款识之余，也记些轶闻故事，阅之忘倦。于“红雁倒栽蛐蛐葫芦”一品后记。

此乃麻花胡同纪家旧藏之“红雁”，清末民初与“紫雁”为京师最驰名之蛐蛐葫芦。红、紫言其色，雁言其形，谓修长如雁脖也。

1934年秋，行经东四万聚兴古玩店，名葫芦贩孙猴（姓孙，因精明过人而得此绰号，是时年已七旬）先我而在，手持红雁与店东葛大议价。轻予年幼，未必识货，予价不谐，彳亍欲去。正待出门，予已如数付值。渠急转身，已不可及，大为懊丧，不禁失色。是时余虽知葫芦绝佳，但对其来历，茫然不晓。后承讷诏先（名净）先生见告，乃知即赫赫有名之红雁。倒栽底部不镶牙托而以同色之葫芦填补乃红雁特征之一。据讷老称，紫雁视此色泽浓艳而身矬，停匀秀丽则远逊。

此节写得器过程，极为生动。盖不只买葫芦为然，所谓可遇而不可求之境，在收藏家必深有体会。此书的另一特色，是对制作家、藏家、贩家都有所记，琐琐可观。余叔岩曾爱好葫芦器，有著名的藏品，可见当时艺人的业余好向。如油壶鲁葫芦就有乐咏西之棠梨肚，余叔岩之大白皮，王星杰之沙酒壶，都是名彻九城的精品，时世承平（虽然只是短暂的），人们乃能倾心力于此种玩器，而文化生活乃赖以发展得丰富而多彩。谈北京的文化生活，离开了这些简直就无所附丽。陈寅恪诗“依稀廿载忆光宣，犹是开元全盛年”，烘染的主要也就是这样一种文化空气，而并非指朝政党争而言。

民间艺人在旧社会不只生活在社会底层，无人齿及，连笔记小说也极少顾视，这是极不公平的。作者在书中却时时有所记录，值得感谢。鲁迅在编定《北平笺谱》时给郑振铎的信中曾慨叹于木版刻工的不为人知，他说：“板儿杨，张老西之名，似可记入《访笺杂记》内……中国竟可糊涂到不知其真姓名（况且还有绰号）……”（1933年11月11日信）真是慨乎言之。记下这些难道真的是为将来重修工艺史准备资料么，这未必然。但不可不有此心志，于此更可见作者的襟怀为不可及矣。

1994年3月24日

第三条道路

从《读书》上读到张中行先生论读史的文章《有关史识的闲话》，有耳目一新之感。他提出的重要原则是“人文主义”，其理解为“评定事的是非（或对错、好坏），要看这事能不能使所有有关（包括受间接影响）的人获得幸福，趋向文明，能者是，不能甚至反其道而行者非。”接下去就用农民起义的张献忠几乎把四川人杀光，和为周作人所十分推崇的李小池《思痛记》所反映的太平天国的残暴为例，声明自己宁可作朱氏或爱新觉罗氏的顺民、咸丰皇帝的子民，也不肯跑到四川或南京去“分享农民起义的光荣”，因为“舍不得小命，两害之中取其小，不光彩吗？人文主义要的是实实在在的福利，常常不管本性可疑的光彩不光彩”。

只此，已可见“人文主义”和实用主义已经密切相关，不可分割了。张先生又用大段文字批判了“忠君的信念”“两性道德和政治道德”，这些，都已经是人尽皆知早已取得共识的意见，是极正确、也不劳词费了的。有意思的是张先生又举出了许多明清易代的史事加以评论，却又声明“这里有异族入主问题，且放下不管”，这就奇怪了，如果撇开了这个，这一时期的历史又怎样分说呢？

我过去曾说过，旧南明史家有一条原则，凡是在甲乙之际死掉的，不管是抗敌而死或死于乱兵死于殉节都一律列入节义传，是简单化达到可笑程度的史法，说不上史才，更不论史识。我又说过，明末，宋末也一样，在许多人心目中，皇帝只是国家的象征、符号，不能单纯理解为忠君，更重要的是对故国的怀念。崇祯是个昏愚的皇帝，明末的阶级矛盾又已达到炽热的程度，但老百姓还是忘不了他，难道真是舍不得这个“好皇帝”么？其实不过是在异族统治下怀念亡掉的故国而已。在这里可以引用一段周作人《阳九略述》的文字：

> 民国初年我在绍兴，看见大家拜朱天君，据说这所拜的就是崇祯皇帝。朱天君像红脸，被发赤足，手执一圈，云即象征缢索，此外是否尚有一手握蛇，此像虽曾见过，因为系三十年前事，也记不清楚了。民间还流行一种太阳经，只记得头一句云：
>
> “太阳明明朱光佛。”这显然是说明朝皇帝，其中间又有一句云：
>
> “太阳三月十九生。”3 月 19 日正是崇祯皇帝的忌辰，则意义自益明瞭了。年代相隔久远，东南海边的人民尚在那么怀念不忘，可见这一年的印象是多么深刻。

这个例子很好地说明这是人民的意愿，并非只是有“忠君的信念”的士大夫的念头，难道人民念念不忘的仅是给他们带来了无穷苦难的皇帝么？

甲乙之际有许多忠臣义士，并未在崇祯“完蛋于煤山”之后立即自杀殉主，他们起兵抗清，直至兵败身殉，张苍水、祁彪佳（他是不肯接受贝勒的劝降，自沉殉国的），陈子龙都是的。陈子龙是抗清起兵，兵败被俘后死去的，“陈子龙是好样的，因为死了”，一点也不错。顾亭林的祭十三陵与孝陵，并不是念念不忘朱明历朝皇帝，他想的是已经覆亡了的故国。“旧识中官及老僧，相看多怪往来曾。问君何事三千里，春谒长陵秋孝陵。”（重谒孝陵）中官和老僧对顾亭林的行径都不能懂，觉得奇怪，于是他写下了这首诗，告诫后人，切不可像中官老僧那样只着眼于表面现象，要看事物的本质，这对有史识的学人怕并非过高的要求。

南都覆灭之后，柳如是劝钱牧斋清流自尽，是不明“大义”的，她看不出让钱谦益投降，就能使“所有有关的人获得幸福，趋向文明。”同一时会还有一个龚鼎孳，自称“我本欲死，奈小妾不肯何！”这小妾就是顾横波。郁达夫有诗云：“莫怪临危艰授命，只因无奈顾横波。”郁达夫在这里也脱不掉“历史的局限”，他的“忠君的信念”太强了。

张先生曾不止一次反问：“钱牧斋，除了没随着崇祯皇帝死之外，你还能举出他什么劣迹？”这一道策问太是初级的了。只要翻看《虞阳说苑》，就能发现记有钱谦益许多劣迹的纪事，其中张汉儒控告钱谦益的若干条罪状，都是“基本属实”的劣迹。钱谦益和董其昌差不多，都是恶霸地主，凌虐小民，包揽词讼，无所不至，这在钱牧斋的尺牍里也留下了不少证据。董其昌是被“民抄”了的，钱谦益也被人京控，虽不曾办罪，但舆论谴责是逃不掉的。

我没有读过葛剑雄先生论冯道的文章，只从张文中读到一节结论，回答着“生在乱世的知识分子，除了效忠一君，君败亡则竭力致死和灭迹山林之外，就不能走冯道的第三条路吗?”的疑问。

> 如果有第三条道路，那就是以人类的最高利益和当地人民的根本利益为前提，不顾个人的毁誉，打破狭隘的国家、民族、宗教观念，以政治家的智慧和技巧来调和矛盾，弥合创伤，寻求实现和平和恢复的途径。这样做的人或许只是为了实现自己的价值，但他对人类的贡献无疑会得到整个文明社会的承认。……与“灭迹山林”或效愚忠于一姓一国的人相比，他无疑应该得到更多的肯定。

话说得堂皇而正大，但放在家国危亡之际来考察，就不能不产生大的疑惑。请原谅我浮想联翩，拟于不伦，忽然想到这与汪精卫“我不跳火坑，谁跳火坑”的“高论”，何其相似乃尔。回到明末清初之际，走第三条道路的钱谦益、龚鼎孳辈登高一呼，果真能感动得“一队夷齐下首阳”，随同新主子共建使全国人民获得幸福、趋向文明的大业，也许开国的清朝诸帝，用不着再费如许手脚，立即可以进入“升平盛世”了吧。

鲁迅先生早就说过：“因为卫国和经商不同，值得与否，并不是第一着也”（《立此存照》）。说得何等透辟，也正是为明清之际史事而发的。先生早在数十年前就已将爱国主义与实用主义划清了界限，不能不使人警醒。直到今天还要为这样的问题费唇舌，也不免“真是太可悲了”。

答葛剑雄先生

葛剑雄先生在答辩文章中给他关于“第三条道路”的结论加上了一顶帽子，埋怨别人扩大了他的议论的运用范围。是谁将葛先生的一段“针对特殊情况而发的议论普遍化了?”也只能是张中行先生。他是将葛先生的结论作为普遍真理介绍给读者的，而这结论确也看不出有什么限制性，该适用于随便什么乱世的知识分子。同时又觉得，经过深思熟虑发现的“第三条道路”，竟只有冯道一个人在踽踽独行，不免过于凄凉落寞了，于是遍求往史，上起明清之际，直至太平天国，终于找到了一个钱牧斋，拉了来给冯道做伴。葛先生的事后声明不但来得晚了一些，也辜负了张先生的一片苦心，事实上起不了什么作用，也改变不了原结论的普遍性。至于为了摆脱困境，不能不下狠心贴上封条，把自己的论点封闭在狭小范围之内，几近取消，这种壮士断腕的悲壮举措，倒是值得同情的。

葛先生既“不敢原谅”我的“浮想”，那么我也就顺便收回这两句“客套”，看看汪精卫的言行与“第三条道路”到底有怎样的牵连。

汪精卫在叛国投敌、跳入火坑之际，所持的“理论”就一直是“以人类的最高利益”（体现在“大东亚共存共荣”的口号中）“和当地人民的根本利益”（“拯沦陷区人民于水火”）。他也确是下了狠心，“不顾个人的毁誉”，向火坑“勇敢”地跳下去了。在汪精卫的心目中，哪里还有什么“狭隘的国家、民族、宗教观念”，这些都是中听不中用的教条，在实用主义者看来，是一文不值的。汪精卫在进行卖国勾当时，确也不乏“政治家的智慧与技巧”，他正是用尽全力来“调和矛盾，弥合创伤，寻求实现和平和恢复的途径”。汪精卫从逃离重庆之前，直至开伪府于金陵之后，一刻也没有放弃向日寇屈膝求和，他的“国策”就是臭名昭著的“和平反共建国”。凡此种种，历史记载得明明白白。我们不久前刚纪念过抗战胜利五十周年，人们也都记忆犹新的。上海人民出版社就出版过几厚册汪伪罪行实录，材料多得很，用不着在这里多说。对这样在“第三条道路”上奋进的出众选手，葛先生却拼命要将他从跑道上拉下来，于是一场不可避免的喜剧演出了。

据此，我又怎能不反对葛先生所肯定的“第三条道路”。至于“生在五代十国和前南斯拉夫地区的文人应该走什么道路?”这样上下千年，相去万里，又存在着国家分裂、民族仇杀、宗教冲突不同国情的困难截搭题，和“冯道汪精卫异同论”这样的策论，还从来不曾做过，只好敬谢不敏了。

人们脚下是摆着不同道路的，第三条，甚至第四第五条都会出现的，尽可由人们自行选择走去可也。

1996 年 1 月 19 日

谈掌故

小时候喜欢读笔记，凡能到手的无不浏览，杂七杂八地实在读了不少。说笔记，其实还应说是掌故较为确当。一般笔记大抵是正统的。其中有专谈典章、科甲的一类，十分枯燥，一直不敢问津，如《枢垣纪略》之类。又有诗话一类，虽然也可看，但到底是另一部类了。还有专记忠孝节烈、神鬼报应的一种，更是乌烟瘴气，不敢领教。说来说去，仍是以记历史轶闻、社会生活、自然名物的最合口味。这就显然与别种不同，一般只可称之为掌故了。中国旧日笔记的来源甚古，唐宋人的笔记流传下来的很不少，到了明代，就更多了。曾听人说，掌故之学，始于龚自珍，这似乎是一种误会，龚所注意的怕还是较偏重典章官制，与我们通常所说的掌故不同。

我最早接触的笔记是徐凌霄、一士兄弟的著作，连载于《国闻周报》，后来集印为单行本的有《一士类稿》等两种。徐一士的写作方法大抵很受孟心史《心史丛刊》的影响。搜集大量的原始素材，以一人一事为经，编织成文，读了非常有趣。孟先生所著有关龚自珍、董小宛的考证，都是著名的名篇。关于董小宛与清世祖的关系，后来陈垣更写下过著名的论文，《语录与顺治宫廷》等。这已经是史学家的正规论文，但仍不妨视之为掌故。冒广生的《孽海花闲话》，则是以做笺注的方法记述晚清政治历史人物的着力之作。这都是晚近出现的有典型意义的作品，而以陈寅恪的《柳如是别传》为结穴，此后这类作品就中断了，衍化为形形色色的文史资料，显然属于另一部类了。寅恪先生的这部书，是晚年失明之后的大作，正是涉及明清之际的一部大掌故。它为我们勾画出了这个大时代的面影，细读之余，能使人获得一个比较完整的认识。至今南明史著作中还没有一部书可以赶得上它。当然，细琐、牵强之病不是没有，但终不能掩盖它的光芒。

以上说的是大块文章，至于零玑碎锦式的笔记，则可以举出邓之诚的《古董琐记》，篇幅不大而包罗万象，无所不谈。邓先生还有一部《清诗纪事初编》，对所收的每个作者的生平行事，作品评论都有精确的考释，也可以看作清初历史人物的一部掌故大作。枝巢子的《旧京琐记》则是专记北京一地的掌故汇编，笔墨干净，娓娓可听，在同类著作中可为代表。

抗战初起时即以“汉奸罪”被诛的黄濬的《花随人圣庵摭忆》也是一部分量不轻的掌故笔记，重点在晚清以还的政治事件，旁及诗话，文史考订，内容是丰富的。如杨乃武与小白菜一案，就以此书所记最为详尽，举凡官方案卷，时人记述，无不搜罗。此书敌伪时期由瞿兑之印于北平，印数不多，市价奇昂。前几年上海书店重印，流传遂广。但很少人引用及之，或于其书获得线索，著文时却不提其名姓。只有陈寅恪曾有“今日开编惜此才”之句。汉奸是无可原谅的，如其著作仍有用处的，也不必一概毁弃，也许这是人们应该采取的态度。

武昌刘成禺的《洪宪纪事诗本事簿注》是我爱读的一部掌故书。这是专记袁世凯的一部专著，继之而起的有张伯驹的续作，对原作提出了质疑与补充。刘成禺还有一部《世载堂杂忆》，初时发表于《新闻报》，50 年代印成单行本，也是有史料价值的有趣读物。

以上所记，以晚近出现的掌故书为主，概不上推至清代著作。最后，不能不谈到马叙伦先生的《石屋余沈》和《续沈》，这部著作是连载于 1946—1947 年的《文汇报》上的，是我据马先生的日记《香影楼日札》选抄发刊的。后由建文书店印成单行本。当时选抄的标准是我擅定的，大抵以我的个人趣味为依归。今日重读，仍觉得有趣味。实在也是短篇掌故笔记的结穴之作，以后就再不见此类笔记问世了。当然，那些充满了悠谬之说的作品，我不想在这里多说。

《石屋余沈》和《续沈》确实是有其特色的。这原来是作者的日记，不是准备公开的东西，因此就不少坦率的独抒己见的处所。在这里，可以选录几节。

赵之谦有是重名的金石书画家，作者据李审言的《脞语》记其遗事说：“……㧑叔私造魏碑…售于世；书有润格，如应亲友之作，于首一字必淡墨书之，使之有别。又由杨惺吾介绍京师汇文堂为刻《续寰宇访碑录》而不付工资。则㧑叔竟无行至此耶?”

除了李慈铭在日记中曾加痛骂之外，说赵之谦坏话的也仅见有此。又有《画可复定乎》一文，则揭出了晚近画坛的一种积弊。吴湖帆之弟子各展其所画以饱人目，余亦往观焉。极佳者寥寥，而出售者已多。详察之，盖所谓捧场者也。最奇者有数幅粘小纸，书“某某先生复定，并有粘上两纸者，此示有好者须‘依样画葫芦’也，余谓言艺术无论作者手段如何高妙，决不能二三纸如出一辙，否则必影写耳。”开画展而以小红纸粘于画件下方，云某先生定及复定者，是一时风气。记得抗战中在重庆参观丰子恺先生画展，亦多有此种“复定”者。也许漫画笔墨简单，无妨照画耶?但“非赏鉴者可知”则可断言。

马先生善书，日记中亦多评书之语，其论王福庵与沈尹默云:“特尹默不可与福庵并论。尹默书功夫不差，相当知笔法，惟以深于临摹，入而不出，故灵变不足。然无匠气。究非今日其他书家可望其肩背也。近时如慈溪钱太希、永嘉马公愚书，皆有王字底子，但一望而为匠人书，皆无笔法可得也。”

这里提出书法的“匠气”，确是真知灼见。今天街上的市招，有许多是“名书家”所书，但匠气扑人，不可忍耐。每遇此种恶书，总不能不想起马老此论。

马先生喜欢听歌，日记中常有记载。兹录湖北水灾义务戏观剧日记如下:

忽焉有感，肠回意惨，悲从中来，书李后主词以解之，而悲愈甚。乃与智影往开明听余叔岩歌。叔岩不应歌者数年矣，今晚为救济湖北水灾而出，座无虚席。其所演为打棍出箱。往年观谭鑫培演此，出神入化，可谓观止。叔岩虽不及，而闲谈尚得鑫培之遗风余韵。歌音顿挫处无俗响，马连良直小巫耳。然问樵最佳，闹府次之，至打棍出箱，实已强弩之末。盖叔岩体弱，虽养息数岁，犹不能任也。数月前曾观谭小培演闹府至出箱，毫无父风，今观叔岩演此，又如食橄榄，可数日味矣。然余忽起一念，谓智影曰，此时此中曾有人念及国将亡耶？于乎，余乃亦此中一人耶？

这真是一节出色的剧评。可见老辈听歌的经历与观感。今天的读者怕已不能充分领略其中的滋味，而京剧在从极盛转为中衰的消息，都可于此中领解一二。

马先生又精于烹调。从前北京餐馆中有一味驰名的“马先生汤”，即出于他的设计。日记中也有记录：“余亦喜制馔品，馀皆授归云以方，使如法制之，如蒸草鱼、蒸白菜之类，余唯试味而已。君三白汤必余手调，即诸选材，亦必与目。三白者菜、笋、豆腐也。然此汤在杭州制最便，因四时有笋也。豆腐则杭州之天竺豆腐，上海之无锡豆腐，皆中材。若北平豆腐，虽选其隽，亦不佳也。此汤制汁之物无虑二十，且可因时物增减。唯雪里蕻为要品，若在北平，非向西单市场求上海来品不可也。然制成后，一切物味皆不可得，如太羹玄酒，故非诚知味者不知佳处。曾以汁贻陈君朴，君朴煮白菜豆腐食之，谓味极佳，而其家人不赏也。如就一二品增其浓味，便对一般人胃口，称道不置，然非吾汤矣。往在北平，日谒中央公园之长美轩，以无美汤，试开若干材物，姑令如常烹调，而肆中竟号为马先生汤，十客九饮，其实绝非余手制之味也。”

这真是一则绝妙的掌故文章。在通常的笔记中是难得遇到的。《余沈》二集中涉及民风俗信的所在多有，不愧为笔记文学的压卷之作，姑选录数则，尝鼎一脔，可以知其佳胜矣。

1994 年 5 月 9 日

关于书话

多年来胡乱买书，每于书尾著明得书时日，这是从郑西谛那里学来的。每见西谛藏书，常于册尾记买书时间及少少琐事，心窃好之。如少加扩充，也就是所谓书跋，是我爱读的散文小品。传统藏书题跋的风格也是多种多样的。粗略地分大抵不外两类。其一是讲究书的内容、版本、校勘这方面的事的。科学性强，缺点是不免枯燥，可作资料用，但不能是通常读物。如陈仲鱼的《经籍跋文》，何焯的《义门读书记》就是。此外就还有另一类，在上面所说的种种内容之外，又添上了书林掌故、得书过程、读书所感……，不只有科学性，还增加了文艺性，是散文的一部类了。写这类书跋的前有黄荛圃，后有傅增湘，他们似乎都是爱书如性命的，说起旧本来，也都眉飞色舞，娓娓不倦。但其间也有高下，差别只在情感的真挚与虚矫，如夸张过实，或别有用心，就不免露出广告的气味，不足观了。

二十多年前，我的藏书被抄没了。免不了时时想起，闲时就从记忆中抄下些亡书的依稀印象，写成一册《前尘梦影新录》。因为无书可据，回忆也只能是简短的，但更多涉及了得书经过、书林琐事，颇近于传统的题跋。又过了十年，藏书少少发还，旧友重逢，在欢喜之余，就开始动手写读书记。我平常也写些杂文，而写杂文不免要触及时弊，转喉触讳，吃力得很。这时就索性在旧书里找资料，古人已死，说些怪话也不会引来过多的麻烦，时日虽迁，而旧谱无恙，往往在古人身上得见今人的影子。这就使读书记多少脱离了骸骨的迷恋，得见时代的光影，免于无病呻吟无聊之讥。想想也可笑，五十年前写《旧戏新谈》用的也正是这种手法。真不禁感慨系之矣。

回忆我的开始买旧书，是从新文学书的原刊初版本开始的。八一三战起，在我家的附近就是徐家汇的旧街，土山湾封锁线近处有一家旧纸铺，每天都从那里流入的大量旧书报中秤进可观的“废纸”，转手进入还魂纸厂。每天课余我总要到那里看看，用戋戋的点心钱选买零星小册，乐此不疲。鲁迅、周作人，郁达夫……的著作，都得到初版毛编的印本。最不能忘的是竟能收得全套的《小说月报》（沈雁冰接编以后），实在是难得的机遇。可惜这些辛苦聚集的书后来都失去了。使我不能对此有更多的记述。当时的同好有隐姓埋名住在我家近邻的唐弢，也是这家旧纸铺的常客。他的《晦庵书话》是植根于此时的积累的。唐弢对书话还有过这样的意见：

“书话的散文因素需要包括一点事实，一点掌故，一点观点，一点抒情的气息；它给人以知识，也给人以艺术的享受。”

这些话说得很好，也是后来他在《文汇报》上陆续发表书话时，我们经常谈起而意见一致的话题。他对“将所有材料不加选择地塞满一篇”“将书话写成是纯粹是资料的倾向”表示了保留与怀疑。这我也是同意的，问题不在材料，而在运用。无别择的材料倾泄，才是使人昏昏欲睡的原因。其实一篇好的论文也可以是一篇好的美文，有材料不打紧，有时还能起画龙点睛必不可少的作用。

一提到书，总免不了想到卖书的书友。我曾说：“我以为旧时代的旧书商人，也是值得像《游侠列传》那样为他们写一篇合传的，虽然这个行业的人数并不太多，而那素材就保留在藏书家的许多题跋中间。”我只写过《老板》等三两篇这样的文字，记下了彼此的交往，带给我的欣喜和免不掉的失望。看来这也应该是书话题中应有之义。

书多了也会引来麻烦。“文革”中来抄家的“英雄”们就发表过这样的“高见”，“书么，有一本两本也够了，买这许多做什么？难道打算囤积居奇么？”与这种“理论”异曲同工的还有一位论客，他说买旧书的与聚集金银财宝无异。这一“高见”发表时已在旧书绝迹于市场之后了。回想三十年前，因为生活困难，我也曾卖过不少书。造反派就曾责令我交代以书谋利的底账，着实令我为难。而在这位论客看来，也许有朝一日我会在街头巷尾摆一个旧书摊的吧。

中国的旧书也真是浩如烟海，以个人的微力也只能接触到沧海中的一粟。而这也绝不都是字字珠玑，常常是看来看去，往往只看了个“该死”，如钱玄同所说。写读书记免不了要抄书，而抄书实在是艰苦的工作。往往看了十册八册也找不到一句半句值得抄下的字句。写读书记还有一种情形，就是想尽力介绍一些有用的资料，这有些近于“提要”，是节省读者时间精力的好方法。不想学有些“学者”的秘惜珍罕册籍，总想把有意思的材料提供给读者。而在有些人看来，又难免有以秘册自炫之讥。在重视内容之余，更常看重旧书的雕版艺术特色，这就更容易引来玩物丧志的讥嘲。总之，在写着这些读书记时，也常常感到荆棘丛生，下笔时自然也脱不掉重重顾虑。如鱼饮水，冷暖自知。如能得到读者的多少理解，在我就是很大的安慰了。

1996 年 1 月 7 日

马叙伦与《石屋余沈》

1946年冬，我从南京回到上海，在《文汇报》做编辑，副刊《浮世绘》创刊，这是一个娱乐性的副刊，照例应该有剧评和影评，这些都是这类副刊的传统特色，是不是还应该保留另一种特色，掌故小品呢？当时的《新闻报》正在连载刘成禺的《世载堂杂忆》，是我喜读的一个栏目，就想照样也来一个。但作者难找，写这种掌故并不是人人都来得的，尤其令人不可接受的是鸳鸯蝴蝶派的香艳小品。想来想去，想到了马叙伦。马先生当时正在上海，在《民主》《周报》上写大量抨击反动统治的文章。是不是也能写一些这类的文字呢？没有把握。我读过他过去出版的《读书小记》，觉得笔路相近，但学术性过浓，怕与副刊不大相宜。是不是能写些轻松的掌故文字呢？只有向他当面商量。

记得是在拉都路（今襄阳南路）的一所旧房子的楼上与他相见的。住处简陋得很，几件普通家具之外，桌上好像连书也没有几本。马先生穿着夹袍，面容清癯，说一口带杭州口音的普通话。他听了我这个年轻记者的要求，露出了为难的神色。真的，在那种政治气候之下，要他执笔写这样的笔记文字，也确实是不合适的。他少少踌躇了一下，从抽屉里取出一册毛边纸订的厚厚的稿本递给我，他说，题名《香影楼日札》的这个册子是他的日记，但并不是排日作记，只是随手写下的回忆与杂感。我略翻了一下，其中正是我所理想的那种随笔。但怎样抄写付排却很为难。也许他觉得《文汇报》是站在同一战线上的战友，也是它的作者，不能不支持，就慷慨地将原稿交给了我，说可以由我选取适当的篇章，抄出刊用。这实在是出乎我的意料的，马先生竟一诺无辞地信任了我这样的一个年轻记者。临别时他又郑重嘱咐，书千万不可放在编辑部里，看情况不知什么时候报纸就会被封的。

这是一本用毛边纸订起的册子，一色小行楷，漂亮极了。马先生是书家，我曾先后请他写了不少字，其中一副楷书长联，“明灯九叠翻宫本，石室三年读秘书”仍在手边，他知道我在买旧书，所以联语这样写，石室当是指他家乡的石屋洞，也是《石屋余沈》书名的由来。我选取的很有些谈书法的文字。此外，谈书画、纪游、晚清轶闻、杭州旧事、听歌、作馔……内容丰富多彩，成为《浮世绘》的一种特色。在当时的政治形势下，副刊上能出现这种文字，而不受批评，也全仗了作者马叙伦的名字。

不出马先生所料，《文汇报》在1947年5月被封了门。《日札》被一位同事（我是选定后托他代抄的）放在编辑部里了。这真使我吃了一惊，没有办法，只好硬着头皮跑回报社。门口贴着一张封门的小纸条，走上二楼时看到徐铸成和严宝礼相对无言地对坐在办公桌旁，没有招呼，但从眼光里可以看出他们对我此时此刻走回报社的惊异和不以为然。那天正好下雨，我穿了雨衣匆匆走进编辑部，在特务身边打开抽屉，取了《日札》就匆匆离去了，并没有受到盘问，也许他们把我当作同伙，是来执行搜查任务的吧。

《余沈》的连载被腰斩了。估计只不过选用了《日札》的五六分之一而已。原稿是交还马先生了，不知仍存其家否？我觉得是有全印的价值的，就是影印也好，因为他那一手小行楷实在是太漂亮了。

《石屋余沈》于1948年7月由建文书店印行，1949年4月又由原出版社印出了《续沈》。我手边留有原印本（前几年上海书店曾有影印本），曾有题记云：

> 此书错字之多，无与伦比。夷丈原稿为竹纸大册，厚二寸许，小行楷精绝。余请陈君钦源抄之，刊于报端。此更据剪报重刊，校者不学，遂不可问。漫阅之，少加改定，亦不能尽去其误也。叹叹！

马先生于并世艺术家评论，都有独到处。如论沈尹默书云："……以此见尹默于书，正清代所谓三考出身。于右任尝比之为梨园之科班，而自比于客串，亦非轻之也。"又说："尹默书功夫不差，相当知笔法，惟以深于临摹，入而不出，故灵变不足，然无匠气，究非今日其他书家可望其肩背也。"这些话对沈尹默的书法评价，能得其平。又评张大千画云：

在九华堂裕记见张善孖大千兄弟合作虎图四幅，大千补景者。……又有大千所画仕女一幅，衣褶有大病，面貌则非古非今，又体肥而短，举止之状亦不大方，似一闺婢耳。大千以画负当世盛名，然气韵不厚，模古有余，自创不足，骇俗有余，入雅不足。

张大千如今是名满天下了。画坛评论，几乎是一面倒的，很少见有异议。马先生这一篇话可谓难得。评张画仕女之病，大概是仿陈老莲入而未出所致。评论虽刻，确是能说出几分真相的。

读《石语》

《石语》看来很像一篇新闻记事。作者与陈石遗酒间论人论诗，归而记之，条举靡遗。间写言笑琐屑，如见其人。用文言，非此不能有如此丰富的内容；作者并不像有些记者那样，掏出笔记本或取出录音机，果真如此，老诗人也不会如此兴会飙举，清言叠出了。陈石遗说：

> 清华教诗学者，闻为黄晦闻，此君才薄如纸，七言近体较可讽咏，终不免干枯竭蹶。又闻其撰曹子建阮嗣宗诗笺，此等诗何用注释乎？

陈衍与黄节都是作宋诗的。清末以还这一诗派的末流弱点是都不免干枯竭蹶。而黄晦闻则并不如此，他的诗往往有极沉痛的。慷慨淋漓，不应只是较可讽咏而已。也许古风长篇甚少，所以陈衍独论其七言近体，也不免悬鹄过高。黄节在北大教诗，讲义有曹、阮等诗注数种，用力甚劬，为读诗很好的参考。如笺陈王诗，以重值得上元朱绪曾的笺本，有句云："值重上元笺校本，寒无卒岁米盐资。"晚岁更注顾亭林诗，未能讫功。照陈说，亭林诗更是无用笺注了。

论王闿运诗：

> 人以“优孟衣冠”讥壬秋诗，夫“优孟衣冠”亦谈何容易。壬秋之作，学古往往阑入今语，正苦不纯粹耳。至以“泥金捷报”，入诗，岂不使通人齿冷。

这几句话充分表现出诗人清教徒般的严酷，他如活到今天，看了聂绀弩的诗不知将作何语。“泥金捷报”大约是从《西厢记》来的，不许入诗，则清规戒律何限。钱默存接下去说：“即如《圆明园词》，此老（王王秋）压卷之作，尚有‘即令福海冤如海，谁信神州尚有神’等语，宁非俳体乎?”这使我想起陈寅恪的王观堂先生挽诗，寅恪先生自己说此诗是“七字唱”，可见当时确有这种议论。俳体能不能入诗，这是江西派固守不可逾越的樊篱。但已是六十多年前为人们所信守的诗论了。

陈石遗不喜欢陈散原的诗，说“凡诗必须使人读得、懂得，方能传得”。自是名论。他认为散原诗病在艰涩，“近作稍平易，盖老去才退，并艰深亦不能为矣”。老去才退，看来对陈散原来说，应是好事而不是坏事。而做艰深的诗，照陈石遗的说法，也并不需要才。“为散原体者，有一捷径，所谓避熟避俗是也”。这种文字镶嵌功夫，是不必才人才优为之的。

陈石遗还评论钱默存的诗说：

> 世兄诗才清妙，又佐以博闻强志，惜下笔太矜持。夫老年人须矜持，方免老手颓唐之讥，年富力强时，宜放笔直干，有不择地而流，挟泥沙而下之概，虽拳曲臃肿，亦不妨有作耳。

这真是一番名论，也许出于老诗人自己的切身体会，但确实说出了文学创作的一种事实。我们看文学史上不少作家，一出手就是使他奠定文坛声名的作品，而后来所作，却往往不及。矜持是老年才退时不能不采取的态度，是一种悲哀。

> 作文难于作诗，伪魏晋体及桐城文皆无出息人所为。又散文中杂以骈语，如阳湖派所为亦非体。

这是老诗人的名论也是快论。我想固不应以体要限制作者的挥洒，但这实在是一种危险的手法。试想在散文中忽然杂入思想贫乏而语言“漂亮”的骈语，宛如舞台上贴满闪亮光片的花旦的戏装，那是一种多么使读者难过的事。

关于林琴南

十几年前有人“点题”要我写一篇关于林琴南的文章，愧不能应。我没有读过“林译丛书”的任何一种，因为当我上小学时，所读的已是叶绍钧的《稻草人》和冰心女士的《春水》《繁星》了。十年或二十年在文学史上不是一个太长的时期，但人们读物的范围，已经大不相同了。但林琴南的影响，在老一辈学人身上是留下了不少的痕迹的。钱锺书先生写过一篇《林纾的翻译》，他说在隔了很久以后，偶然翻开一本林译小说，发现它居然还有些吸引力。他重温林译之余，发现许多都值得重读。甚至说：“我这一次发现自己宁可读林纾的译文，不乐意读哈葛德的原文。”可见林译在老一辈学人身上留下的不可磨灭的影响。巴老三十年前也曾托我在跑书店时为他留心买一整套林译丛书。林纾是最早把大量外国文学名著（自然不全是名著）介绍给中国读者的。仅此一点，他给现代文学带来有益参照资料的功绩，是不应忘记的。鲁迅的藏画中就有一幅林琴南的山水，是托琉璃厂南纸店买来的，好像在日记里还说过画并不怎样出色的评语。鲁迅买林琴南的画，显然不是因为他是古文大家，而是因为他的翻译。

但是林纾后来成了卫道的主将，对新文艺进行了无所不至的攻击，写了《蠡叟丛谈》，辱骂北大的《新青年》人物，其中有一篇《荆生》，暗指段祺瑞的军师徐树铮，要他插手进来彻底消灭陈独秀、胡适与钱玄同等。这企图借北洋军阀的势力，打击新文化运动的用心，一时使林纾的名誉扫地，成为人们批判的对象。这是来自进步阵营的反映，至于老一辈学人对林的评论，就不怎样为人们所知。钱锺书先生说起他于1931—1932年顷，曾与陈石遗长谈，说到读了林译小说因而对外国文学发生兴趣，陈石遗听了说："这事做颠倒了！琴南如果知道，未必高兴。你读了他的翻译，应该进而学他的古文，怎么反而向往外国了？琴南岂不是'为渊驱鱼'么?"这是了解林纾甚深的评语。

钱锺书先生最近发表了六十多年前他与陈衍（石遗）的对谈录——《石语》，其中有陈石遗对当时交往的名士许多评论，其论及林纾的有这样一节：

"琴南一代宗匠，在京师大学时授《仪礼》，不识'湑'字，欲易为'酒'字，又以'生弓'为不词，诸如此类，卤莽灭裂，予先后为遮丑掩羞，不知多少。琴南反致书余弟子刘东明云：'汝师诗学自是专门名家，而于古文全然门外汉，足下有志古文，舍老夫安归'云云，大可嗤笑。"又论琴南《文微》云："开卷即云'解经须望文生义，望文生义即以经解经之谓'，又曰'读经有害古文'。皆荒谬绝伦语。"

这些都是难得的纪录，可见林纾为人之一斑。不只对新文学作者从无好语，就是在老名士之间，也是矛盾重重的。好像画一幅小像，寥寥数笔，就使人物活动起来了。钱锺书先生说："文人好名，争风吃醋，历来传作笑柄，只要它不发展为无情、无义、无耻的倾轧和陷害，终还算得'人间喜剧'里一个情景轻松的场面。"（林纾的翻译）这几句话说得很好，可做上引故事的说明。

钱锺书有"石遗先生挽诗"二首，在《槐聚诗存》中，此书精校精印，为近时善本。但尚有校误。即在这两首挽诗的附注中，"翁叔平瓶庐诗稿……"句，误做"瓶座"。引翁诗"通识岂无朱竹垞，微言况有顾亭林"句，标点亦误。下文"先生诗学诗格皆近方虚谷，时人不知有桐江集……"句读缺失。为可惜耳。

《周叔弢传》序

建德周叔弢先生是出生于阀阅名门的爱国民族实业家，解放前后为发展民族工业做出了卓越的贡献，参加人民政权后更是兢兢业业，做了许多工作，其业绩彰彰在人耳目。他又是一位著名的藏书家，以毕生精力访求善本古籍，收藏美富，晚年悉数捐献国家。综观先生生平行事，无处不显示其浓挚的爱国精神。这是值得人们深深景仰怀念的。

叔弢先生是一位真正爱书的人。继瞿杨丁陆之后，他的收藏是独树一帜的又一大家。他的藏书，并非得之先世遗存，全是毕生辛勤搜访所得。与其他藏家不同的是，他访书的标准特高，自庄严堪中几乎找不到寻常册籍。他有个藏书五好的标准，于典籍的文献价值之外，更重视其作为艺术品的欣赏价值。他重视残本，不为世俗的完缺之见所囿。重视书籍的旧装，力求保存本来面貌，非不得已不重付装池。最恨以劣印、坏印泥钤于册中，于甲种善本上只钤自用“周暹”二字小印。他的藏书，以宋元钞校为最精，明本只收铭心绝品，如嘉靖戊午绍陶室刊的《杂剧十段锦》，是钱遵王、朱竹垞、郁泰峰旧藏本，其珍罕不下宋元。他并不忽视清刻，看到碧筠草书堂印本《笠泽丛书》有版权一页，就借来移录。晚年藏书捐出后又转而搜求清代活字本书，至千余种。更关心雕版事业的存续，见到七十年代上海朵云轩翻刻的《稼轩长短句》，叹为精美，并多方打听刻工姓名。说起自庄严堪所藏精本，宋刻陶集两种之外，最引人注意的是元延祐七年南阜书堂刻本的《东坡乐府》二卷和大德三年广信书院刻本的《稼轩长短句》十二卷。传世苏辛词当以此两书为最古的刻本，当之无愧的词坛双璧。

叔弢先生对古籍善本的殷勤护惜更表现在他的搜求流散失群的旧本。如元岳氏荆溪家塾刻本的《春秋经传集解》，就是先后三次从书肆搜得残卷，最后只缺卷一一卷未得，更辗转费重金终得璧合。欢喜赞叹，长跋记之。跋尾说：

“丁亥春余既获岳刻首册作延津之合，遂检前得抚州本《左传》二卷、宋汀州本《群经音辨》二卷，归之故宫。此二书纸墨精美，宋刻上乘。《群经音辨》犹毛氏旧装，所谓‘宣绫包角藏经笺’者，宛在目前。然故宫所佚，得此即为完书，余岂忍私自珍秘，与书为仇耶？去书之日，心意惘然。因记其端委于此。”

这段跋文情文具至，充分说明了他的坦荡胸怀与爱书的真意。1949 年 7 月更以重金购得流散在外的宋本《经典释文》卷七，捐入北京图书馆，以与馆藏残卷配成全书。这都是别的藏书家不愿也做不到的，真的是化私为公，为古书续命功德无量的事。至于他以个人的力量，努力收回已流入东瀛的善本书，使之长留域内的心意，更是难能可贵的。直到

1952 年扫数将历年辛苦收集的善本捐献国家，他的热爱祖国古典文献的心事，终得最后完成。作为近代最后一位大藏书家的崇高爱国精神，也将永远受到后人的尊敬与怀念。

叔弢先生的传记将出版问世，忝为后辈，不敢为序，聊述所知先生藏书二三事，以识景仰怀念之忱。谨序。

1993 年 11 月 25 日

许姬传的遗作

郁达夫有一篇小说，《采石矶》，是写清代诗人黄仲则的故事的。仲则在学使朱筠河幕中，与洪亮吉同受朱的爱重，这当儿来了一位戴东原，特别受到主人的欢迎，而戴对仲则又颇有微词，这样就引起仲则的愤懑，大大发了一通“感士不遇”的牢骚。小说反映的是一种社会现象，清代许多学人文士，仕途不得意，只能靠友人的帮助过活，或投身于贵官的幕下，或帮人修书，或主持书院讲席。他们中间有许多才人学者，各有成就。而其创作与治学的环境都离不开几位有名的好客爱士的贵官。如朱竹君、毕秋帆、阮元等。一时文风之盛与他们的倡导是分不开的。

关于毕沅，现在还留下了一本乾隆四十七年刊于西安节署的《乐游联唱集》，是毕与幕中名士的联句集，赋咏的是华岳、龙门、昭陵石马等关中名迹，参加者有毕沅、吴泰来、严长明、钱坫、洪亮吉、孙星衍等，可见一时人物之盛。这种风气一直延续到清末，以各省的官书局、书院为活动中心。可是已经是末世的光景了。代之而起的是富商，如嘉业堂刘氏、密韵楼蒋氏等，王国维、缪荃孙、叶昌炽都曾得到他们的沾溉，再往后，就几乎找不到相当的实例了。

许姬传多年担任梅兰芳的秘书，他的遗著《许姬传艺坛漫录》于去年由中华书局出版。姬传可以说是晚近有代表性的“佐幕”人物。因工作的关系，他的著作所记以梨园史料与梅家旧事为重点，又旁及“文史拾遗”，“心香一瓣”等怀人伤逝之文。文章多半是小篇，娓娓如话家常，这一卷书可以看作近数十年以梅浣华为中心，辐射开来的社会相的大速写，举凡梅氏周边人物，如冯耿光、吴震修、齐如山、罗瘿公……一直到活跃在京剧、昆曲、川剧舞台上的名演员，旁及学艺界的知旧，零珠碎玉，莫非近代戏剧、文化史的珍贵史料。

姬传笔墨最出色当行的是白描。可以举他在张勋堂会上记孙菊仙的一节为例：

> 只见孙菊仙带了副老式的墨晶眼镜，袍子外面加一件坎肩，走到张勋面前说：
>
> “您的好日子，我要唱一出。”
>
> 张勋说：“你是有名的孙一捋儿，现在大家都爱听刘鸿声、余叔岩，你已经过时了。”
>
> 孙菊仙提高了嗓子说：“大帅！让我唱一出，看看老孙还行不行?”
>
> 张勋报以微笑。这时王蕙芳出台，孙菊仙只得退回原座。
>
> 第二天，张勋家堂会散戏时，张秘书对我说：“刚才

孙菊仙又缠住大帅说：‘明天是最后一天，您一定让我露一下，看老孙比他们如何？’大帅答应了，戏码是《鱼肠剑》。”果然，孙菊仙使出浑身解数，与后生们一决胜负，精力饱满地演出了《鱼肠剑》。“张勋对我们说：‘老孙今天学程长庚，真卖力气。’他回过头来又对后面几位老先生说：‘你们今天听了一出好戏，要谢谢我。我用激将法，憋了他两天，今天他才肯这样卖力’。”

姬传举重若轻，毫不费力地把辫帅张勋和孙菊仙活生生地写出来了。这一节与《舞台生活四十年》三集中记杨小楼琢磨创造霸王身段的过程可谓异曲同工。姬传的散文，不知道应该归入何家何派，总之是有他的特色的。那就是不加粉饰，纯出自然。他出身旧家，从小受的是传统文化的薰习，简直没有接受过新文学的影响，他自己说爱读《红楼梦》，吸取的是传统的写作方法。有的人就批评他纪录的《舞台生活四十年》笔墨陈旧，与时下的文风脱节。我看这正是他的特色，弥足珍重的特色。

他给齐如山作传略，记下了一段轶事：

“一九四五年日本投降后，齐如山在北京把孔尚任所著《桃花扇》传奇改编为京剧，由杨荣环饰李香君，侯喜瑞反串苏昆生不钩脸，有一场‘说书’，内容有与剧情无关的‘勘乱词’。侯喜瑞念完了又加了两句：‘以上是能人所编，我不过照念一遍’。”

侯喜瑞的立场与风趣，在这最后加上的两句话表现得淋漓尽致，这事在当时是轰传南北的，但这两句画龙点睛的话却只见于姬传所记，过去是不知道的。我当时曾写过一篇“怀侯喜瑞”收在《旧戏新谈》里，有一篇重校后记，“最近北平有两出《桃花扇》上演。其一是北平艺术馆的改良平剧，另一出则是齐如山编的，因为不曾看过，所以优劣如何不得而知。只在报上看侯喜瑞参加齐编《桃花扇》演苏昆生一角，颇不错，不过他在剧中曾有大段演说，末了还大呼口号云云。这就不知道是谁的‘创作’了我看了这消息觉得满身不愉快，比听见‘敬爱的朋友去探索什么新路’还要不愉快”。

当时报纸消息不曾记下侯喜瑞精彩的两句“但书”，否则文章就将是另外的写法了。《艺坛漫录》所说，正是值得珍重的一笔。像这样的零珠碎玉，在这本《漫录》里是俯拾皆是的。

《漫录》中有一篇“《舞台生活四十年》出版前后”，详记此书从组稿到连载、出版的经过，使我回忆起在苏州初访姬传商议撰写细节的往事，转瞬四十五年，不禁感慨系之。作者自叙既出，一些扑风捉影的谰言自可付之一笑。

《漫录》中有一篇“燕赏斋云烟录”，副标题是“琴棋书画抽、歌唱吹弹舞”。姬传约略叙述了他的生平和好尚，他出身名门，受过传统的文化教育，喜欢搜集书画和古玩杂器，与张葱玉、吴湖帆、叶誉虎、谭和庵、蒋谷孙等收藏家来往；我曾在燕赏斋中欣赏过他家的藏画，陈定生的兰花长轴和姬传曾祖许梿书赠徐紫珊的篆书联，都是难得的名迹。也曾几次吃过著名的许家菜，他在书中也有专篇记述——“家庖漫述”。回忆数十年的交期，杯酒论文，听歌赏画，都是不能忘记的。这一卷《漫录》，为这一时期的艺苑氛围留下了珍贵的记录，是文化史不可忽视的组成部分。李释戡为罗瘿公的《鞠部丛谈》作校补，卷尾有一段话：

“余独忆己未上巳，兰芳为其祖母八十称觞，听水老人赠联语云：‘及闻法曲唐天宝，犹集名流晋永和’，寥寥十四字，中有无限感慨，足以括丛谈一部已。”

这十四字的短联，正可移赠姬传此书，是可以括《漫录》一部的。

1995 年 4 月 20 日

序《书林掇英》

过去买旧书的人，开手时总得先备一两种目录书做参考，如郘亭书目和四库目录标注之类。等到收书渐多，觉得这种入门的参考书不够用了，不能不添购若干公私藏家的目录，不过还是很难遇见可以满足版本鉴别需要的参考书。黄丕烈曾刻过一部《季沧苇藏书目》，在跋文里说的一番话大抵可以说明藏书家的心事：

> 余喜蓄书，于目录尤所留意。晁陈两家之外，近惟《读书敏求记》叙述原委最为详悉。然第讲论著书之姓氏与夫得书之颠末，若为抄为刻，未必尽载。故偶遇述古旧藏，取记中所载者证之，一时无从得其面目。

他的最后结论说：

> 方信藏书不可无目，且书目不可不详载何代之刻，何时之抄，俾后人有所征信也。

这是黄荛圃对书目所悬的标准，已是近两百年前的事了。这以后出现的公私藏书目录，在著录版刻上也并无明显的进步。即以最近才得完工陆续刊行的《中国古籍善本书目》而论，其所达到的学术水平与黄丕烈当年所悬的标准相较也并无长足的进步。连行款也不记，只光秃秃地标明“明刻本”“清刻本”“旧抄本”……悬揣大约采取的是慎重态度，惟恐断代或有失误，会贻人口实。其实以今日的鉴定水平，这问题是大体可以解决的，即便偶有失误，也会取得读者的谅解。过分谨慎的结果只能是裹足不前。在这本书目中，常常遇到同一书著录了数种至数十种本子，但并不反映这些异本之间的异同，及其何以被定为善本的根据。有些著名的国藏善本，为读者耳熟能详的，在这本书目中也往往几费猜详，终于不敢确认。花费了如许人力物力，那么长的时间，而所得仅此，这是不能不使人感到遗憾的。如果想从黄丕烈二百年前所提出的希望前进一步，就不能不要求在著录善本时，起码要审定并著明版刻时代，行格版式，刊工姓名，刻书牌记，藏书印记，有无题跋，纸质如何，印本先后。抄本也不能只以“明抄”“旧抄”了之。写手的精粗，时代的先后，都并非绝不可知的。当然这样做要花更多的力气，冒不少的风险。但衡量一种著作的学术水平，也只能求之于此。相信这并不是放言高论，其实经过努力是完全可以做到的。

近代几部著名的私家藏书志，大都由藏书家聘请著名的学者修定。叶昌炽、缪荃荪、王国维、张元济都是其中的健者。但作者都不署名，只由藏家出面。据以入录的也只限于一家的私藏。他们都不能突破前人的窠臼，进展不大，走的还是《读书敏求记》的旧路。赵万里先后编成北京图书馆和李木斋的藏目，后来又写成《中国版刻图录》，有一卷说明，功力甚劬。能照顾到雕版的不同方面，特别标出刊刻地区，这是前人所未曾注意的，虽然其中不无失误，但作为新领域的开拓，是值得重视的。其所以能获得如此成就，主要自然是因为环境条件好，见书多，鉴别力高，又勤于积累。这些都是以一家一馆所藏为基础而进行的研究。此外，还有一群出没于更深广的书海中的贩书人，他们的经验之受到重视恐怕要以江建霞为最早。江标刻出了徐康（子晋）的《前尘梦影录》，这是一位古董书籍经营者的回忆录，书籍只不过只占全书的一小部分，但即此也已保存了不少珍贵的史料。江标在序文中说，他是在苏州元妙观世经堂书肆中得见徐子晋的，“书肆为湖州侯念椿所设。侯年亦六七十，目睹各家藏书兴废，分别宋元椠刻，校抄源流，为辨毫厘。尝称之曰今之钱听默。曾属其将数十年来藏书见闻，杂写一册，亦吾乡掌故也。”这真是一个好主意，可惜很少有人响应，多少年来几乎难得看到什么成果。只有孙殿起的《贩书偶记》，王晋卿的《文禄堂访书记》聊资点缀。琉璃厂海王村的书肆群有几百年的历史，经营书业的人物也才俊辈出，其中有心人如孙王者必然不只一二。果然，在我得见魏隐儒先生《书林掇英》的部分手稿后，才发现悬想不虚。他在版本著录上所下的功夫在在都有突过前人之处。举凡书名、卷数、作者、断代、行格、版式、封面、刻工、题跋、藏印、纸张诸项无不一一著录，使一书的全貌粲若列眉，对藏书家和版本研究者都是绝好的参考资料。所著诸书，都为作者目见，绝无转相援引、不尽不实之病。当然，这并非全面性的记录，流转于东南一隅的典籍就不为作者目光所及，但建国前后迄于今日以北京为中心的北方旧书流转踪迹，大致是得到了反映的。上可与傅增湘的《藏园群书经眼录》相衔接，旁参王重民的《中国善本书提要》，百年来我国善本书的流转聚散，大致可以得到一个比较完整的印象了。

作者特别注意戏曲、小说的著录，成为此书的一大特色。以明刻不同版本的《西厢记》而论，此书所收即有五十余种，这是研究《西厢记》的学人从来未能全见的。尤其值得注意的是，作者参加了1979年故宫博物院康生存书的整理工作，从中发现了这个“藏书家”在十年动乱中掠夺善本图书的不少赃证。傅惜华、阿英、刘盼遂诸家的藏书都曾为康生掠去，加盖了“康生”“戊戌人”“归公”“康生看过”“大公无私”等印章，还记下了康生属名张三洗在万历粲庄馆刻《新校注古本西厢记》上的“题词”，使人们得以领略这位“西厢研究专家”的“高见”。在被康生掠去的刘盼遂旧藏嘉靖本《东坡后集》条下还附注了刘氏生平与“文革”中受迫害死去的小传。既是藏书史话，也是“文革”痛史，使人有读新的《铃山堂书画记》之感，不能不说是意外的收获。

作者还随手记下了访书经过，收售书价，版本差异，鉴别依据等，这些细琐的记录也都是饶有趣味，也有史料价值的。可惜没有记下收售的时日，不然据此是可以写定一册书价变迁史的。宋刻孤本《楚辞集注》，是由访书人当作高丽本以二十元收进的。后来发现是宋刻孤本，又向原主补还三百元。最后售归北京图书馆，价二千元。如与今天琉璃厂的书价作比，不能不使人怀疑其为天方夜谈式的传奇神话了。

《艺林掇英》的另一部类为现代史料，详尽地著录了1919年至抗战时期革命进步书报。这是一项未经前人涉足的领域，其文献价值绝不下于古刻旧抄的辑录。报刊杂志成为旧书行的专业之一，还是近数十年兴起的风尚，松筠阁的刘殿文先生就有“杂志大王”之称，可见留心此事的并不乏人。这与近数十年来书林风气的转变是颇有关系的。经部的被冷落，史部集部的走红，尤其是地方志身价的飞涨，无不显示读书风气的日渐趋于实际，文献史料受到格外的重视。进步书刊的收集著录就是这一发展趋势的余波，是一种健康的走向。

五十年来在书坊中走动，先后也遇见过不少经验丰富，阅历深广的书友，如南方的郭石麒、杨寿祺，北方的孙实君、孙助廉等，都是装着满肚子书林掌故的人物，也曾多次劝他们就知见的善本书与藏家流散故实做些纪录，迄无结果。他们都已先后去世，我的劝说也成为虚愿。现在得读魏隐儒先生四十万言的巨编，不能不有空谷足音之感。欣喜之余，辄抒所见，是为序。

1993年12月15日

故人书简——怀念叶圣陶

华夏出版社最近出版了《叶圣陶遗墨》，收先生手迹极富。我读了最感兴趣的是致俞平伯先生书札若干通，其中有一通是谈到圣老的蜀中书简的，摘引如下：

平伯兄赐鉴：今日孙媳休假，一早与游天坛公园。回来开桌上之手书，欢悦乃无可言状。计有八页之多，其四页言及弟之蜀中书简，诵之数遍，感极欲涕。因兄之指示与评品，俾弟以今日客观之我重省当时主观之我，一若当时所言所做所想似还可以也者。非由受奖而感，乃缘相知而感。得相知之言，真可袭用“荣于华衮”之套语而不嫌其泛矣。现在思之，当时信笔而言，有啥说啥，盖以受书者皆极熟极相知之亲友故。……惟于上海诸亲友最为拳拳，故纤屑无不告，忧喜悉俱陈也。……因读兄之四页书，自觉非说几句不可，而说来殊平平，并未抓住所要说者，只得如此已。惟恳览而鉴其意，然后一笑置之耳。

这是圣老自己对蜀中书简所说的话，虽然俞平老的来书今不可见，也应看作极珍贵的文献了。这一组蜀中通信是1938年所作，曾片段发表在当时上海出版的《文学集林》中。当时还是一个中学生的我，读后非常感动，历数十年而不能忘。从这些通信中仿佛真的看到了作者的面影，听到了作者的言笑感喟，可以说这是得能认识圣老这位新文学大前辈的最早的机缘。这一束信终于幸存下来而未遭毁失，后来补足了当时删落的段落而重新发表了。重读一过，四十多年前的旧信仍不失其吸引力，这是什么缘故呢？在散文中间，日记、书信是最能表现作者真实性情面貌的东西，何况这是写给亲近的亲友的书简，其中句句都是真话。自然，真话并不等于真理，但它绝非虚假的大话、套话，读者是喜爱前者而厌弃后者的。也只有反映作者真实内心世界的作品才有长存的价值。使我最初感受圣老和平敦厚的哲人面影的是他在信中发表的对马一浮的观感的两节话。他在1939年4月5日一信中说：

> 马一浮先生已来，因昌群之介，到即来看弟，弟与欣安陪同出游数回。其人爽直可亲，言道学而无道学气，风格与一般所谓文人学者不同，至足钦敬。其复性书院事，想为诸翁所欲闻，兹略述之。先是当局感于新式教育之偏，拟办一书院以济之，论人选，或推马先生。遂以大汽车二乘迎马先生于宜山，意殆如古之所谓“安车蒲轮”也。（马无眷属，惟有亲戚一家，倚以为生。）接

谈之顷，马先生提出先决三条件：一，书院不列入现行教育系统；二，除春秋释奠于先师外，不举行任何仪式；三，不参加任何政治活动。当局居然大量，一一赞同，并拨开办费三万金，月给经常费三千金。而马先生犹恐其非诚，不欲遽领，拟将书院作为纯粹社会性的组织，募集基金，以期自给自足，而请当局诸人以私人名义居赞助者之列。今方函札磋商，结果如何尚未可知。院址已看过多处，大约将租乌尤寺，寺中有尔雅台，为犍为舍人注《尔雅》处，名称典雅，马先生深喜之。至其为教，则以六艺。重体验，崇践履，记诵知解虽非不重要，但视为手段而非目的。此义甚是，大家无不赞同。然谓六艺可以统摄一切学术，乃至异域新知与尚未发现之学艺亦可包罗无遗，则殊难令人置信。马先生之言曰："我不讲经学，而在于讲明经术"，然则意在养成"儒家"可知。今日之世是否需要"儒家"，大是疑问。故弟以为此种书院固不妨设立一所，以备一格，而欲以易天下，恐难成也。且择师择学生两皆非易。国中与马先生同其见解者有几？大纲相近而细节或又有异，安能共同开此风气？至于学生，读过《五经》者即不易得，又必须抱终其身无所为而为之精神，而今之世固不应无所为而为也。

记得五十多年前读了这些话以后曾萌生过怎样奇怪的感觉。在抗日战争中居然出现了这样一所书院，不是倒退是什么？可是圣老却以为设立一所也不妨，但也明确指出这实在不是办法。在这里我们可以清楚地看见一位思想宽博而清澈明净的哲人的面影。他佩服马一浮的风格，却怀疑他的主张的实际意义。本来道学就是难懂的东西，何况还想拿来“易天下”，岂非陷于荒谬了么？这就不能不使人联想到近来甚嚣尘上的“新儒家”，也是声称想来拯救已形成的“文化断裂层”的，高深的文化问题且慢谈，叶圣老这些平实因之也就伟大的思想却时时使我想起而不能忘。圣老又在另一信中提起此事：

丏翁言其六艺之教为礼、乐、射、御、书、数，而其所教非此六艺也，盖诗、书、礼、乐、易、春秋也。最难通者，谓此六艺可以统摄一切学艺，如文学、艺术统摄于诗、乐，自然科学统摄于易，法制、政治统摄于礼。其实此亦自大之病，仍是一切东西皆备于我，我皆早已有之之观念。试问一切学艺被六艺统摄了，于进德修业、利用厚生又何裨益，恐马先生亦无以对也。弟极赞其不偏重知解而特重体验，不偏重谈说而特重践履；然所凭籍之教材为古籍，为心性之玄理，则所体验所践履者，至少有一半不当于今之世矣。好在学生决不会多，有一二十青年趋此一途，未尝不可为一种静修事业，像有些人信佛信耶稣一般，此所以弟前信有“以备一格未尝不可”之说也。大约理学家讲学，将以马先生为收场角色，此后不会再有矣。

这就说得更清楚了。在宽阔的胸怀包容之下，作者始终坚持脚踏实地的实事求是精神，此所以经历漫长岁月而颠扑不破也。抗战中《中学生》在内地复刊，作者论办刊宗旨时更有一段沉痛的话：

> 今后我们要说真有所见的话，不效一般人搬弄几个名词术语，一切都是从嘴唇边滚下来的。又，我们要特别提倡个人之志概与节操，天下事未可料，今日之读者或者命里注定要当“遗民”，须有志概与节操，将来乃有生望。此二意皆有感而发，言之有深痛，兄当解之。

此信在《文学集林》发表时，“遗民”云云一句被删去了，这实在是抗战中后方忧国的知识分子的内心情愫，难得作者直白地说出来，今天读了，依然感到一种震撼人心的力量。至于搬弄名词术语，从嘴唇边滚下来的宏文巨制，则是于今为烈，直到今天依旧是一种普遍现象，这是不能不使人感慨系之的。在《叶圣陶散文乙集》里收有1980年写的一篇《提倡平等讨论》，说到“常常听见有人问，‘上边’吹了些什么风?”为什么在有些人中间，打听风向已经成为习惯?“据说不打听还不行。因为在过去的年代里，许多人积累了这样的经验：‘上边’吹起一阵微风，越往下刮风越大，七八级，十来级，不少人莫明其妙地被卷了进去，挨了整。”“在过去的年代里，对文艺作品的所谓批判，大多是先有了结论然后发动起来的。结论当然来自‘上边’。大家按照既定的结论做文章，捕风捉影引经据典，调子越来越高，声势真够吓人。”

圣老在这里对过去年代里的某些文艺批评作了生动的刻画，言人之不能或不敢言。按照这种方法写出的理论文章，也就很少不是“从嘴唇边滚下来的”。对照蜀中书简的旧话，可见他一直是对此深恶痛绝的。姜桂之性，老而愈辣，不能不使人钦敬。《乙集》里还有一篇《重读鲁迅先生的〈作文秘诀〉》，引鲁迅先生的原话说，做古文的“秘诀”之一“是要通篇都有来历，而非古人的成文；也就是通篇是自已做的，而又非自已所做，个人其实并没有说什么。”圣老说：“看了这几句，我不免笑了。鲁迅先生这个话说得确切，我在看书看报看刊物的时候也往往感觉到。笑虽笑，心里可不大舒坦。鲁迅先生说的是古文，指的是从前的弊病。如今是20世纪80年代了，而类似古文的说了等于没有说什么的文章还时常看得到，这怎么得了呢！”

这实际上就是指出，古文的流毒已经深深渗透到今天的文字中了。尽管用的是白话，然而精神未变，依旧是老的一套。真是怎么得了！圣老对抗战中后方的大学教育有过一节极深刻的评论，而更难能的是他的“自剖”。

> 大学殆是一骗局，师生互骗，学校与社会互骗。大学之最有意义者二事：一为赡养许多教师；二为发生许多文凭。教师得赡养，可以不饿死；文凭在手，可以填履历，如是而已。弟以作小说人之眼光观种种现状，颇

得佳趣。若连续任教师三年，当能作一小说，以大学为对象，令教育专家爽然自失也。即弟自己亦骗局中之一员。弟何所知乎？而人以为有所知，同业与我商谈，学生就我问业。当斯时也，亦复俨然自以为有所知，正颜庄语，“像煞有介事”。另一个“我”在旁，不禁窃笑。此等语不便告同业与学生。然于家中诸人则拆穿言之。今书以告公等，以公等如弟之亲弟兄也。

这一节话读了不禁使人反复感叹。叶老自责如此之严，却并不丝毫脱离了实际。我偶尔也有参加“学术讨论”的机会，和老师宿儒们坐在一起，就常常想起叶老这一番话，“弟何所知乎？而人以为有所知。”只能沉默。但也听见许多不着边际的漂亮话，觉得实在是身在骗局之中了。记得鲁迅先生曾有过一篇杂文，题目就是“大家降一级试试看”，说得差不多也就是同样的意思，目的无非是减少、更好是消灭这种大大小小的骗局而已。蜀中通讯曾提到当时任教育次长的顾一樵，寥寥数语，就活画出官僚的形象来了：

上星期忽有教次顾君来访，弟不识其名，及见面，方知是顾一樵也。马褂长袍，微有官气。询对于中等教育有无意见，未及弟开口，即兴辞而去，则问亦多事矣。（十号信）

就是这位顾一樵：“到处演说，俱传述陈立夫部长那一套，用几个德目调来搭去，说些似真理又似游戏的话。大家说今后教育必须彻底改造，看见了他们，殊觉希望无多也。”（第二十二号）

叶老和丰子恺是旧友，抗战中同携家去内地，书简中亦常道相思之情，但对他的画风也坦率地表示过一些十分中肯的意见，甚是难得。第十一号信云：“子恺笔下殊闲适，于此似不甚相称，然经过这回播迁，或许风格一变。他近来仍作漫画，弟观之依然有形式与内容不相应之感。”第十二号信又说：“昨曾寄与（子恺）一长信，讨论作新歌曲，并劝其改变漫画之笔调，使形式与内容一致（彼虽画一赳赳武夫，仍令人觉得是山水中人物，此殊非宜也）。”这真是老朋友之间的诚恳劝勉。记得抗战中在重庆看子恺画展，即深有此感。

冰心老人在《心灵深处的叶圣陶老人》一文中有几句话说得极好：“谈起叶老，我觉得与他相对，永远如沐春风！他那谦和慈爱的言谈、态度和容颜，永远悬挂在我的面前。”这几句话真能写出与圣老对坐的人所得的一致印象，即使在我这样晚辈的面前，也依旧保持着一种端凝诚敬的姿态，这是多年来一直保留着的习惯。我在一篇访问记中说明自己的印象时，不由地想起角直有名的唐塑，自己觉得这实在比拟得不差。他晚年听觉不好，离不开助听器，谈话时就一直在胸前执持着，这就更加深了这样的印象。

老人还有一种难得的习惯。每逢得到赠书时必给作者回信致谢，虽然不过寥寥数语，也写得风趣盎然。手头还保存着他的几封来信，大半是得到赠书后的复信。1981 年 12 月信上说：

承贶新印《山川·历史·人物》，今日拜领，感之无极。甚爱读兄书，而目力不争气，未能遍读。然刊于《读书》诸篇皆分次勉力徐读，得大欣悦。今于此册，亦当如是，然未知何日得卒业也。

1982年6月信说：

今日接惠赐《榆下说书》，喜不可支。敬申谢忱。此事由兄说之，可喜一。不切边装订久不遇，徐徐翻之裁之，别有妙趣，可喜二。最重要者兄之笔墨，娓娓谈说，悉具佳致，可喜三。我虽以视力衰退，鲜亲书册，兄此书或将勉力阅览其一部分也。

1982年11月19日信谈到巴金伤腿及沈从文新著事，说明他对出版事业之关心和对新出好书的渴望，是一封很有意思的信：

黄裳兄惠鉴：正欲作书，而十五日手示先到，敬诵悉。《淮上行》登出之时必令家中人念与我听之。此法虽颇迟缓，总较对书兴叹为胜。得巴金之女小林来信，云用牵引法治伤腿，可不须动手术，然牵引须历六周，卧床动弹不得，思之亦复可虑。蜀中书信，先友王伯祥先生家保留前期之一部分。今分两次载于《收获》，渝州书载今年之末期，嘉州书载明年之首期，依尊意补入前曾删去者，小引中且叙及尊意也。所云正欲作书，请道其详。闻知从文研究服饰之著作已出版，屡与至善至诚商量，何日往访从文一观之。既而思访晤之顷，听念文稿既不可能，翻看图版亦不能遍看且看清。即令假归，其文亦未能遍听，其图仍未能看清，遂作罢。近接《读书》十月号，知刊载尊做介绍从文此书，亟令至诚诵之，分两次诵毕，我听之大感欣慰。兄之文边叙边评，精当扼要，俾我宛然如读从文之书，洵可感佩。而从文二三十年来潜心著述，言必有据，思无虚骛，虽其凭藉之赡富，亦由识力之邃密也。此书由何家出版，尚未探悉。闻非国内出。我以为如此著作而不由国内出版社出，实为出版界之羞。不甚识货，印刷技术差，皆堪羞也。我耳目均极差，极感不方便。惟念有涯总跟不上无涯，聊以自宽耳。余俟后叙，敬候撰安。叶圣陶。一九八二年十一月十九日上午。

此信用钢笔写于稿纸上，字迹清晰有力，可见此时老人精力尚未大衰。听见有一本好书，就亟想一看，跃跃欲试之状如见。隔了不到两个月，他又来一信，还是有关沈从文的新书的。

黄裳兄惠鉴：接到赐寄《金陵五记》，欣感如前度屡蒙赠书时，多谢多谢。即将全册徐徐裁开，此裁书亦为一乐。至于听受，须待有人得闲乃可，已成习惯，不亟亟矣。于《读书》听台从介绍《中国古代服饰研究》之作，兴不可遏，即托范用同志代向香港购之。书去数日而巨册已送来，讶其迅速，听来者说明，乃知系范用同志出版社所藏。云尽可观玩，不急于交还。此本价昂，国内亦将印行云云。范用同志之意深可感。惟观玩此巨册，言之亦复可慬。字体不小，墨色不淡，而我凭二镜亦不能看清。只能看图，图之细微处固莫能辨，其说明亦依稀仿佛，看明白者不逮其半。如许文字不便听人诵读，只得放弃，其怅惘可想矣。近赴医院，请问眼科大夫，可否认真检验，配一副较便于阅览之眼镜。大夫悉心检验，断言配眼镜先须去白内障，而此非小手术，大夫亦不言为我动手术。我则从此断念，不作重配眼镜之想。得便时即令人念诵，不便时即不与文字为缘，只能如是，非安之不可。琐琐叙个人事，有读清听，深歉。即请撰安。叶圣陶。一九八三年一月十日下午。

关于蜀中书信及报告文学事，又有一长信：

黄裳兄惠鉴：上月廿九日手书敬诵。前载于文学集林之书信，系徐调孚兄所摘采。当年蜀中寄沪之书极多，汇存于王伯翁处，嗣以孤岛情势紧张，伯翁毁之。伯翁逝世之后，其子湜华发现遗而未毁之一包，截至一九三九年秋止。今已令志诚钞录。因来示提及，故以奉告。大著《榆下说书》不能自观，日来令孙媳于每夜读四五页，已听得三篇——《杨龙友》《阿英一封信》《日记·日记文学·日记侦察学》。《杨龙友》令我长见闻甚多，议论至公平允当，极为心折。听《日记……》之篇，始知日记文学已为通用名称，自愧所见之不广。前些时姜德明同志来书中提及日记文学，我谓日记即称日记可矣，何须加称文学。既有日记文学，殆将有书信文学游记文学等名陆续新生。未免巧立名目，近乎赘矣。诸种文学中又有所谓报告文学者，或称报导文学，其名殊不可解。据云其作法系叙真人真事，而又不必切合其人其事，作者尽可驰骋想象，出以虚构。由此而引起被叙者家属之不满，已颇有所闻。尊见于此如何看法，如有兴不妨提笔论之。尊集中尚有多篇欲一听，惜诵读者暇时不多，未能连日不断为我念若干页耳。执笔闲谈，字不成字，良愧。敬请撰安。叶圣陶（八二）七月七日下午。

八十年代初，报告文学兴起，一时颇有讨论。其主要弊病，如圣老所说，正在想象与虚构。惭愧得很，我未能执笔参加讨论。其后此道大行，又衍化为纪实文学，作者蜂起，书摊上陈列的大都是这类东西，虚构益多，去事实愈远，读者也以读“×宫＋×朝”的态度对之，消闲解闷之余又可窥见某些政坛秘闻，一时畅销，成为一大文化现象。可惜圣老已不及见矣。

叶老自己不藏书，也不讲究版本。抗战中郑西谛在上海发现也是园藏古今杂剧，惊为国宝，电重庆教部拨重金买得。圣老对此是不以为然的。1938 年 7 月 2 日信中说：

铎兄代购之元曲，中间有无出色之作？教部居然有此闲钱，亦殊可异。现在只要看到难民之流离颠沛，战地之伤残破坏，则那些古董实在毫无出钱保存之理由，我们即没有一只夏鼎商彝，没有一本宋元精椠，只要大家争气，仍不失为大中华民族也。以教部而为此，亦不知大体之一证矣。

话虽如此，他也能理解并同情朋友们的搜书，有他为《西谛书话》写的序为证。这也是他胸襟宽阔的一个方面，也决不从钱眼里看问题，以为这只是倒卖钱财的手段。我自己做过一件荒唐事，请俞平伯先生为一本《拙政园诗余》作跋后，又再请叶圣老也写一篇，还寄去了几页备用的旧格子纸，却全然没有想到叶老已不能写小字了。书寄去后不久就得到他的回信：

黄裳兄惠鉴：大札接诵。前日平翁来访，携来拙政园诗余及所撰题辞。我亦勉书数语，先以裁贴之一纸写之，模糊歪斜，只得易一纸，写到第七行又写错。附来旧纸只余一张，不敢再写。因钞录拙稿，敢请兄缮录之。平翁题辞附词集中挂号寄上。写错之一纸附此书寄上，藉见我确已不能作小字。匆匆，即请著安。叶圣陶。（八〇）五月三日。

接此信后真使我有惶悚无地之感，同时更感到老人呕噱的温暖，自己的荒唐举动正如一个顽皮孩子在大人面前撒娇放肆一般。多年来一直在老人的提携护惜之下，当此老人百年冥诞之时，只能缀辑遗文，少抒怀念。殊不能尽其感念之情于万一也。

1994 年 9 月 19 日

故人书简——沈从文

黄裳兄：拜读介绍拙编“服饰资料”文章，提的弱点极对，杨宪益兄也觉得极好，还拟添些他的意见，将译成英文，在英文版《中国文学》中发表，或已着手，或未着手，因彼工作极忙，原本允将全书先试译唐代部分，若顺手，则进行全译。大致因事忙不易动手，只合作罢。这书只是一个试点性工作，图廉价付印，所以本来有原色图均改成摹抚墨本，时间既短，且来不及仔细校对，多不得原意。出版原定1964年试印，不意“文化革命”一来，忽成为“毒草”，支持此书编印的齐燕铭先生，被绑来历博斗了一整天。我则本为陪斗人物，但心脏病已明确，恐在斗中倒下，所以一会即放至隔室坐听各种丑恶凶狠辱骂，计上下午七小时。事实上却并无甚么人看得懂书中内容。甚至于根本还不曾看过此稿。最有趣是，即好几位首长（包括文化部某某副部长）审看此图稿时，曾在稿上另纸写有赞赏眉批的，到批斗时，亦早已将眉批撤去，免遭连累，真是绝顶聪明。还有一位，后来断定此书无事，搁于其手边，待付印送审时，却忽然发生兴趣，意以为将我姓名去掉，用彼姓名。照当时情形甚合理，所谓“首长出思想”，十分重要，以文物和人美均不同意而搁下。到书印出时，却又不高兴，以不曾提及他的“热情支持”一番美意，而大大不快。真十分有趣，不久又有聪明人出主意，以为应将一切文字说明删除，只印图像的，亦未能取得出版方面同意而搁置，一直搁下十七年，才有机会付印。本来因材料过多，先出一小型试点本，等待得到各方面意见后，再改订重印，或采另外一种方式，进行第二、三、四……各册，总计以十册为限。但因“人为大旋风”还不知何时暂告结束，到付印这个试点本时，且担心到重印机会恐不会多，原有材料又多全部散失罄尽，不如将剩在手边资料尽可以附加上去，又得照顾原历博那二百图本来设想，所以随便附加材料，处理编号，都显明多不大接榫处，混乱以至于错误处。不少图安排不大适当，或秩序混乱，或和说明不衔接，都待改正。出版后，院中搞历史的，还认为像一本常识性大型图录，有些参考价值。许多提法虽不尽正确，见解新，还是值得称许。但内中自然不少和传统正宗画学史专家见解（特别是和故宫及东北专家）多抵触处，特别是不易得到正统考古学家认可，则为势所必至，理有固然，难于点头，意中事也。1981年起，即拟重订重印，重换彩色原图一百种，主要材料多在故宫、历博。社会发展，新问题一切是钱后，每图必得三五十元，实在不大合理，更新麻烦则即或出钱三千，说尽好话，亦不卖账，可以用种种理由推托，均得不到应有方便，有的在另一大单位收藏的图像，本可以借用的，却忽然为另一单位预先借走，致工作迟迟不易交卷。原定今年3月，在国内之重订本可以缩小付印，香港重订本亦可于6月交稿（且已和美之蓝灯出版社口头说定，将文字说明简化一些，即将在美出版），至今犹有卅多图无法得到应得便利，只好拖延下去，只能说中国“新风尚”，因不少材料，我们还看不到。日本人给了点钱，便占先付印了，真是无可奈何。

另寄北京新印旧作三册，想可收到。内中散文有几篇过去未集印过，写得还有意思。花城所收较匆促，内容亦杂乱。四川5月拟印五册，似较整齐，总之均属过时旧作，绝不抱任何不切现实幻想，至多三年，一切便成陈迹，意中事也。5月已小中风二次，报废将是迟早间事。写成习字一纸，手生笔呆，可见老之已至，只供玩玩而已。弟从文，四月九日。（一九八三）

香港座谈，评的也极中肯，但也有妄人，先说材料丰富，末尾却以为毫无可取之处。却又在另一文中，将新出李寿墓石刻线图盗去，加上一美国藏石刻，误以为即柘枝耳，其实我书中引柘枝舞图及诗，彼均视若无睹，可叹之至。（此节写在信笺第一页眉端——黄裳注）

整理书丛，发现从文先生1983年4月9日旧信一封，系看到我介绍他的《中国古代服饰研究》文章后所寄。同时寄来的还有一幅字，仍是老习惯，用狭长皮纸，写章草。写的是1971年冬，独住湖北咸宁双溪时所作七十生日诗。卷尾题“近月连续出现小中风二次，书不成字。八三年四月，沈从文时年八十一岁。”

从文先生逝世，迄今已将六年，此信已成历史文物，信中围绕《研究》一书编写出版前后发生的大小事情都有所记述，实在可以看作一篇翔实的后记。其意义恐怕也不只此，应当看作一本学术著作问世的苦难的历程。现在事过境迁，一切都成为历史，作者也已长逝，也许已经到了可以发表的时机了。

信中所说虽然是一本学术著作诞生的经过，但在那个特定的时代中，种种世态人情，却表现得淋漓尽致。齐燕铭为此被整日批斗，这是过去人们不知道的。对此书的处理方式，不同人物也提出过不同办法，可以看出种种特异心态。而国家收藏的文物，也因种种人事关系，不能为学人合理使用，更是屡见不鲜的事。一切向钱看，只要肯出一点费用，外国人就能取得国内学人所不能企及的优越地位，更是言之痛心。原书虽然已由香港精印行世，但因种种原因，仍存在不少缺点，作者也都有所说明。书中提出的许多新观点，与国内专家多有不同，作者加以坚持，表现了他的执着，这种独立思考的精神，是尤为可贵的。从信中可以知道，《研究》曾有订正重刊的计划，还有出版英译和普及本的动议，至今未能实现，也许永远不会实现了，实在是可惜的事。

故人书简——钱锺书十四通

一

奉书感愧。佳笺已付内人，命其从容习写，以塞尊意。丈夫肯大踏步走出，妇人女子必千呼万唤始出来，解人如公，当不怪其迟缓也。但身非名器，误玷山公启事，惶愧何极。拙作蒙齿及，感刻、感刻。大名早在再版书赠送之列。聊报《美国兵》佳贶。近作一首，纸尾呈教，不一一。即颂黄裳才人吾兄吟吉。弟钱锺书顿首。

秋怀

鸣声渐紧草根虫，时看停云抹暮空。寥落感深秋后叶，高寒坐怯晚来风。身名试与权轻重，文字徒劳较拙工。容易一年真可叹，犹将有限事无穷。（后山语。时方订《谈艺录》付印。）槐聚未是藁。

此信大约写于1948年顷。当时我的《关于美国兵》刚出版，他的《谈艺录》正待付印。我又正收集师友墨迹，给他寄去两张诗笺，不久收到他们写赠两诗，即收入《珠还记幸》中的开手两叶。默存谈笑间咳吐珠玉，即长笺短扎亦复风趣可观。他每有著作，我也必向之索赠，这事四十年前即已如此。不料近来的“当代学人”以为怪事，读此信当可知其端末矣。

二

《围城》遵命已致初版一册奉贻，乞饬足来取，先事可托湛贤通一电话也。人事历六，续写小说，迄未着笔，思之怅恨。垂询一节，乃极劣之拉丁，代译如左：

They are not men，they are animals whom we have vivisected.

兄文笔之佳，著译皆然，甚畏佩也。匆复即颂裳兄文祺。弟名正肃。二十日。

此信约写于1948年。《围城》1947年在上海初版，翌年再版，我向他要了一本初版本，当时正着意收集新文学作品的初版本，于此书亦不欲遗珠。湛贤姓王，笔名阿湛，当时在上海出版公司工作。默存常托他转递信件，阿湛曾有短篇集在开明书店出版。解放后在一次运动中被流放，不幸死去。

我当时正在译一本威尔斯的小说《莫洛博士岛》，这书是先师李林先生未完成的遗译，由我为之续完。后收入《译文丛书》由文化生活出版社出版。原文中有一句拉丁文，无处请教，想起了他，就麻烦他代译了。

三

黄裳道兄文几：顷奉手帖并惠赐大译，欣感无既。九十五面拉丁文一句，极易译，乃蒙齿及，只益惭耳。《谈艺录》中衍文误脱错简处甚多，再版时或可改正。考订旧小说者（甚琐屑，不足道）他年当另成一书耳。弟蓄念又写一长篇小说，经营一年许，人事历六，仅写八百许字，未知何时可卒业也。专此布谢，即颂撰安，弟钱锺书顿首。

这是收到我《莫洛博士岛》赠书后的复信，又提到了那句拉丁文。《谈艺录》在开明书店初版，颇有校误。后再印一次。新版增订则是1984年中华书局本了。此信说到他又蓄意写另一长篇，构想经营已有一年，但只写成八百字。这就是他在《围城》重印前记中所说的《百合心》，后来写成了两万字左右，手稿于移家北京时遗失了。未再续写，真可惋惜。

四

裳兄文几：复书奉悉。比见《人民日报》及《读书》杂志中大作，均隽妙迥异凡响，忆蔬堂李翁晚岁识君，驰书相告，喜心翻倒，老辈爱才，亦佳话也。题目仰观俯拾，在在都是。所谓宇宙之大，蝇虱之微，何至描画及于老夫，君休矣。小集乃《旧文四篇》，上海古籍出版社索去者。《堂吉诃德》初版校者草率将事，讹漏百出。季康俟重印校正本出，必奉一部。现手边亦无书。十年前小诗一律，补白呈吟教，即颂著安。

叔子病起寄诗，并招游黄山，和韵奉答。病余意气尚骞腾，想见花间著语能。老手诗中孤竹马，壮心酒后海东鹰。雕疏亲故添情重，落索身名免谤增。欲踏天都酬宿诺，新来筋力亦难胜。弟钱锺书上。十四日。

此信约写于1979年。信中所说蔬堂李翁是李释戡。我于梅浣华座上相识。李翁是诗人，喜观剧。早年曾精刊罗瘿公《鞠部丛谈校补》，浣华新剧编制亦多出其手。晚年居沪上，座上多梅门女弟子。观剧之兴甚豪，每撰七绝观剧诗，附以小注。诗简见投，月必数至。晚岁诗曾油印成《苏堂诗拾》。

默存信中对文字涉及他表示反对。于和叔子诗中“落索身名免谤增”句旁，自画数圈，亦是此意。知其宿志如此，不自今日始也。

1994年2月21日

五

裳兄鉴：剪报奉到，谢谢。弟两日前移住乾面胡同十五号，三三〇一室。犯暑历六，殊惫。一切都未就绪，先以奉闻。新寓较旧居舒旷，足慰远系。拙选已增订七八十处，月前交出版社。（请勿告人，以免索者纷纷。）

出书后必以一册呈教。即颂撰祺。名正肃，杨绛同叩。

这是一张明信片。寄于 1962 年 8 月。我当时在《文汇报》编文艺理论版，曾向他约稿，拟了一些题目，可是他都谢绝了。3 月 8 日来信说：

弟数年来兼一外文职务，未能专以所中研究工作，亦乏暇晷。兄所出考题，无一不好，但举子不能入场，无从缴卷。奈何，奈何。

正好伍蠡甫教授主编的《外国文论选》中有他的一篇译文，就设法取来发表，写信去征求同意，后得 8 月 4 日信说：

译稿专应伍翁之属而成，限于体例，未能详加诠评考释，单独发表，殊觉不伦。伍翁三日前书来，已专函请其代向贵报谢绝。顷奉手教。乃知生米已下锅煮饭，不便固辞，只好勉强应允，并将误字校定寄还。然牛鼻子脾气，总觉期期不可耳。发表后烦惠一叶。弟六月起又全部外调半年，只偷暇写得论诗画一文，尚有新见。惜未能定稿。将付《文学评论》，出版后请教。

从这几通信里可以看出他对自己的著译是如何的审慎，对我迹近绑票的约稿，也是大有意见的。明信片中所说订正的选本就是《宋诗选注》。我买得此书初版的精装本后，曾发兴取手边旧刻的宋诗加以校定，发现异文不少，有一些是可以订正《选注》的，就写了一纸校记寄去，随后就接到1962年10月1日的来信。

六

裳兄文几：得书一月来公私猬集，遂稽作报，歉仄之至。承校勘异文，如获珠船。恨早付削瓦，弟又为外务所牵，喧宾夺主，无暇旁及。只能待三版耳。先此谢谢。内人开刀经过良好，已出医院，知注并闻。匆布即颂秋安。弟钱锺书再叩。国庆日晨。

七

裳兄文几：音问久疏，忽奉惠颁尊集新选，展卷则既有新相知之乐，复有重遇故人之喜。深得苦茶庵法脉，而无其骨董葛藤酸馅诸病，可谓智过其师矣。贱名与唐尧裔孙同挂选中。虽一荣于华衮，而一严如斧钺，要均得藉以并传，作庄生齐物观也可。弟前年大病以来，衰形俱备，心力销亡，畏笔墨如寇仇。容老夫袖手偷闲，婆娑风月，祝诸子挥毫兢爽，弹压江山，如是我云。草此复谢，即颂春禧。弟钱锺书上。十二日，杨绛同候。

这大约是收到《榆下说书》以后的复信，这书中有两篇写到他的文字，紧接就是一篇谈周延儒的杂文，所以才有那一节对比的话。他指出我受了周作人散文的影响，也自是一种看法。知堂的文字我是爱读的，但不一定亦步亦趋。他所指出的那些缺点，也正说中了周作人文章的缺失。相比之下，鲁迅晚年杂文中如《病后杂谈》《题未定草》却正是我衷心向往而无从追蹑的典范。他的另一封1981年3月来信中，又对我的杂文作了过情的鼓励。

八

裳兄文几：报刊上每读高文，隽永如谏果苦茗，而穿穴载籍，俯拾即是，着手成春。东坡称退之所谓云锦裳也，黄裳云乎哉。南北不相识少年，函索拙著者络绎，并附钞票，弟无以应求，徒增退款麻烦。十日前人民文学出版社通知，初印销罄，已决增印二十万册，流毒愈广，钳我市朝之期不远矣。承命如奉军令，即将自存一册挂号寄上，亦徽兄之声威遥被，持黄钺垂衣裳而治天下，一笑。即颂近安。弟钱锺书上，杨绛同候。十四日。

此信寄于1981年3月15日。《围城》新版于1980年11月印行，印数十三万册，不及半年即售罄。我得讯晚，市上已无存书，只得求救于作者。承以自存本一册见惠。扉页有墨笔“槐聚自存本”五字，又题记六行云：

裳兄函索此书，手边只存是本。不敢自秘，倾箧上贡。感惠酬知耶？畏威乞怜耶？姑学太白之笑而不答，留供后世学人聚讼题目。一笑。下钤“中书君”印。

默存先生的长笺短札，正像他平时谈话一样，是庄谐杂出，极得手挥目送之致的。这写在书前的小跋更是一个特例。不料不等“后世学人”的聚讼，早已得到“当代学人”的讥评，现在就将附此书同寄的原信发表出来，有兴趣的“学人”不妨做进一步的研讨。新文学书的版本研究是一门新兴的学问，成绩不小，收获甚多，但也应防止陷入琐屑沦于恶趣。像这样一本小书的投赠，是不值得聚而讼之的。默存先生流露出来的微意，大抵就是如此。友朋戏谑之言，也当不得真，下面是1984年11月一信，是收到《过去的足迹》《晚春的行旅》等两书的复信。

九

裳兄文几：两周中叠奉惠赐大集二种，足迹长留，晚春常在，西子灵严之印，庄生灵椿之寿，差堪喻其必传也。贱冗稽复为罪。散文之风，比来弥盛。学会书刊，各标帜招。众星拱北，百川归海，皆推贤者为教主矣。匆此布谢，即颂近祉。（黄裳将易服为红衣乎，一笑。）弟钱锺书上。二十二日。

十

裳兄文几：前奉致内子书，甚感垂注。弟十月下旬中寒，牵动宿疾，哮喘复发。打针服药，未为大患，而转成咳嗽，终日如《西青散记》中腐儒鬼咯咯先生，病魔多情变幻，缠贱躯作祟，前后约四十日，幸暂舍而之他矣。顷奉《山川·人物·历史》，昔之仅窥豹斑龙爪者，今乃获睹全身，情挟骚心，笔开生面，解颐娱目，荡气回肠，兼而有之。愚夫妇得挂姓名，如登金榜，不胜愧谢。惟弟发已半灰，山妇发未全白；弟面色黄而兄目为紫棠，是变《水浒》中之病关索为《金瓶梅》之王六儿矣。大著必传世，误尽千秋考据家，奈何奈何，呵呵。专此布谢，即叩冬祺。弟钱锺书敬上，杨绛同候。十二月五日。

此信写于1981年2月，是收到我的《山川·历史·人物》后的复书。照例说了些过情的话。信的后半，对原书所记作了更正，晤面之时，我确为他的健康和善谈高兴，印象深刻，就这样写了。他又提到“考据家”，可见对之是一直怀有敬畏之情也。

1994年2月24日

十一

裳兄文几：奉书失喜。年光逝水，世故惊涛。海上故人，零落可屈指。而酌古斟今，雅人深致，首数贤者与陈君西禾。契阔参商，如之何勿思也。弟无学可讲，可讲非学。访美时绝未登坛说法，彼邦上庠坚邀，亦皆婉谢。报章渲染，当以疑古之道疑今。兄旧是个中人，美言不信，必不受眼谩耳。明年或尚须远役，自知不舞之鹤，难为伏枥之骥，贻讥腾诮，且食蛤蜊。拙选初非惬意，本勿欲灾祸梨枣，而出版社强聒不舍，以台港盗印为口实，烈女怕缠夫，遂增订数注与之，未及细校，讹错殊多。重劳齿及，徒增颜汗。有小集一种，月内问世。差如韩陵片石，君堪共语也。马君美才，通函以少作相询。弟老而无成，壮已多悔，于贾宝玉所谓小时候的营生，讳莫如深。兄不为锦被之遮，而偏效罗帏之启，薄情忍心，窃有怨焉。弟此番在美，睹博士论文及拙作译本小传，语多不经。一作者自加拿大来见，问之则云，曾至港台，遍访弟师友，采撷轶闻，弟乃知自传不可信，相识回忆亦不可信。古来正史野史，均作如是观。VOLTAIRE 所以言 PYRRHOUISME DEL'HISTOIRE，身外是非谁管得，隔洋听唱×××可矣。佳笺玷污，愧甚。即颂近祉。弟钱锺书上，四日，杨绛同候。

此信写于 1979 年 9 月，是暌隔了三十年后收到他的第一通来信。我曾在《榆下说书》的一篇文章中引用过一次，但不是全文。他在信中提到的陈西禾是一位使人不易忘记的朋友。学养俱美，议论风发，是聚谈极好的伙伴，难怪默存忘不了他。惜因久病长逝，身后寂寞，几乎已被遗忘。解放前他和巴金同住霞飞坊（今淮海坊），常常夜里来巴金处谈天，因而相熟。他在一家银行里工作，精通法文，专研戏剧，后来就下海当了导演，曾导过《姊姊妹妹站起来》，是写妓女解放的故事的。根据巴金原著改编的电影《家》也是他导演的。他为人拘谨，考虑甚多。译作矜慎，好像只印过一本戏剧《沉渊》，一本译剧《玛婷》，都是文化生活出版社印的。此外还发表过几篇讨论电影艺术的论文，都是著力之作，终于未能成书。他对川剧有特别的爱好，每逢川剧来沪演出，座中总少不了他。他特别欣赏一出《帝王珠》，在座谈会上大加称赏。有一次到他家里访问，他取出一本齐白石的册页《借山图》看，这是我所见过的白石老人最精的画卷，可见他对美术的真知笃好。一次我到国泰电影院去看电影，看到他站在戏院门口自言自语地说："到底是看还是不看呢"，不禁失笑，可见他对无论什么事都是要再三斟酌考虑的。

默存信中提到的马君是香港中文大学的马力，曾经帮助他校订过《谈艺录》的，也是最早研究钱学的人，曾向我打听默存散见报刊未经收集的诗文。默存对少作是不愿人搜集的，曾戏称之为"摸金校尉"，而下面的一通信中，又有强烈的表示。

十二

裳兄文几：得书惊诧。弟初不忆曾与范用同志出言编集事。得无曲解鄙意耶。上月马力兄来，云晤范，范嘱其征弟同意，搜集拙作，弟坚拒不许。盖并世诸公，自识之无时，即已吐言为珠玑，掷地比金石，故数十年来片纸只字皆珍惜如头目，而自信可以寿世。弟于旧作，自观犹厌，敝屣视之。而国内外不乏无聊好事或啖名牟利之辈，欲借弟为敲门之砖，易米之帖。港商越在化外，非王法所及，只得听之；他年弟身后有为此者，弟不能如郑板桥之化厉鬼以击其脑，亦唯衔恨泉下。一息尚存，则掩耳摇手而已。去冬人民文学出版社请出选集，最近上海古籍出版社第三次请重印《谈艺录》，均不敢闻命。两年来高等院校以《围城》为论文题者约三十余人，皆来函请提供著作及传记资料，弟胥答以林之洋所谓一概勿得知，外交辞令所谓无可奉告。前日贵报徐君开垒惠过，欲作采访，弟亦婉却。此物此志也。盛意心识而已。即颂近安。二月四日夜。

此信写于1982年3月。是义正词严的一纸告白，自然使动员他重印旧作的野心变得烟消火灭了。平心而论，搜集佚文，编成全集的事，是古已有之的。从或一角度看，也是研究的基础工作。近来人们推而广之，新文学的辑佚工作也已成一种显学，成绩不小。但在作者看来，就未必值得赞赏。爱惜羽毛，务求精粹，这是人之常情。在这里也只有尊重作者的意愿，不强人所难为是。

十三

裳兄文几：读今日人民日报中大作“衙内”一篇，正击节称妙，忽得尊书，大有“偶思小饮报花开”之致。山妇拙著将由读书编辑部单行，剪示之文，已承广角镜社复制寄来。潘君忆未见过，闻名则久矣。王湘绮自言有帝皇思想，故其日记中叙家常琐事皆用朝廷堂皇之词，戏以此博兄一笑耳。拙诗补白，乞吟教。即颂近祉。弟钱锺书上，二十七日

马先之属题诗集

先公宿许老门生，行谊文章异俗情。旷世心期推栗里（君题陶集云千载邈无伦），胜朝宗派守桐城。（君亦出其乡姚仲实先生之门，撰姚年谱。）风恬春雨知时霁，潦尽秋潭澈底清。把玩新编忽惆怅，卌年梦影溯诗盟。（山中诗社同人，君其一也。）

此信作于一九八一年五月。

十四

裳兄如握：音问久疏，每于刊物中睹大作，病眼为明。有一篇跳出之感。兄虽考订之文，亦化堆垛为烟云。时贤小品，抒情写景，终作握拳透爪，戴石臼跳舞之态。瓯北诗云，此事原知非力取，三分人事七分天，信然。承惠重印本记游旧集，谢谢。改正处尤感虚怀，信史美具难并，然后世学人失去考据题目，只能作校雠功夫，不免扫兴矣。弟七月起忽蒙命承乏敝院副院长，尸位挂名，捉将官里去，不待人笑，弟复自笑。幸邀曲体其衰朽龙钟，不以公事相嬲，而俗务未堪全谢，逋客因以剧增。故每周辄避地数日，重订《谈艺录》，应中华之请也。作辍不恒，未识明春能交卷不？今日适返舍，即获

尊刻，岂心有灵犀耶。专布，敬叩近绥。弟钱锺书上，杨绛同候。十八日午。

此信写于1982年10月。在这封信里，又顺便对“后世学人”捎带了一笔，可见他的痛心疾首。他却未料到，不及等“后世”，“当代学人”就对《围城》下了手，所作的也正是“校雠功夫”，不由分说，连原作也一股脑儿绑了去了。

1994年3月14日

四

药渣

1947年春，吴稚晖退居沪上，住在吕班路（今重庆南路）一座临街小房子的三楼上。他在卖字，但是不是以此为生则不详；还在报上发表过倚老卖老的谈话。依旧不脱当年的油滑。当时上海很有他写的一些市招，润格也并不贵，于是忽发雅兴，花了几块钱请他写了一张字，就是这张《集开母庙石阙铭》。

关于吴稚晖，留给我最早的印象是，他看了一本旧小说《何典》以后，从开头一句："放屁放屁，真正岂有此理"中，忽然悟得了作文的法门，从此出现了他自己的独特文风。这也正是事实，在他的文章里，是经常出现"放屁"字样的。章太炎早在1908年《民报》上发表的两通"复吴敬恒书"中就已预见似的指出了："善箝尔口，勿令舐痈；善补尔裤，勿令后穿，斯已矣。"这真是痛快淋漓、锋锐无比的论战文字。

关于这一场论战的是非，过了三十年吴稚晖还念念不忘，在《东方杂志》上发表过一篇《回忆蒋竹庄先生之回忆》，加以辩白，这在当时也是哄动一时的文字。文章说他并不曾向清政府官员“献策”，出卖章太炎，“本来尽有事实可以代明，然而章太炎吃了这番巡捕房官司，当然不比跳在阳沟里，他又能扯几句范蔚宗的格调，当然他的文集，可以寿世。他竟用一面之词，含血喷人。”可见就是吴稚晖，对太炎的文字也是佩服的。“阳沟”云云，也有一段“典故”，就出在章太炎给他的信中。当时吴稚晖为留日学生事与清驻日公使蔡钧大战，“为蔡钧所引渡，欲诈为自杀以就名，不投大壑投阳沟，面目上露，犹欲以杀身成仁欺观听者，非足下之成事乎?”（章太炎）这是比“放屁”更深刻而生动的描画，真的抓住了人物的特征，是出色的人物速写。吴稚晖读了用范蔚宗（晔）的《后汉书》作比，倒是说得不错的。

很可惜当时没有爬上三楼亲自看看这位“大观园”中的“刘老老”，只能从书面文字中找到一点记载。首先记起的是鲁迅最后一篇文章，《因太炎先生而想起的二三事》，其中有一段说：

“我第一次所经历的是在一个忘了名目的会场上，看见一位头包白纱布，用无锡腔讲演排满的英勇的青年，不觉肃然起敬。但听下去，到得他说‘我在这里骂老太婆，老太婆一定也在那里骂吴稚晖’，听讲者一阵大笑的时候，就感到没趣，觉得留学生好像也不外乎嬉皮笑脸。‘老太婆’者，指清朝的西太后。”

这是极生动地活画了吴稚晖的形象的，鲁迅说：“讲演固然不妨夹着笑骂，但无聊的打诨，是非徒无益。而且有害的。”这几句话也正好拿来作为吴稚晖的文字的确评。

此外还看到过周作人的一段话：

"至于宣讲《圣谕广训》，向来不能出色，听说吴稚晖四十年前曾在苏州玩过这种把戏，想或是例外。但是吴公虽然口若悬河，也只宜于公园茶桌。随意乱谈，若戴上大帽，领了题目，去遵命发挥，难免竭蹶，别人更可不必说了。"（《药堂杂文·宣传》1944）

这虽然得之传闻，但也可以反映出人们对吴稚晖保留着怎样一种印象。近来夏衍发表了他的回忆录《懒寻旧梦录》，其中也保存着一段1920年与吴稚晖会见的有趣的记事：

偶然在《民国日报》上看见一篇吴稚晖写的文章，我就冒冒失失地给他写了一封信，他在当时是个知名人士，我很喜欢他写的文章，所以先恭维了他几句，然后表示想到法国去勤工俭学，希望得到他的帮助和指点。说也怪，就在这封信寄出的第三天的傍晚，一个穿白夏布长衫，胖胖的中年人到旅馆来找我了。问了我的姓名，就说："我就是吴稚晖！"……他挥着一把蒲扇，随便地在我床上坐下来。……我送到旅馆门口的时候，他忽然说，"一起去散散步，看看上海这个花花世界。"我跟着他，从四马路到爱多亚路，一直走到大世界，沿途讲了些什么，我记不起来了，只觉得他的芭蕉扇不断地在挥动。我们在中国青年会门口分手，他最后对我说的一句话是："年轻人，不要怕失败！"这是我和吴稚晖唯一的一次见面，当时，我的确是把他当作一个革命老前辈看的。

这里记下的一切，也是真实的。只有在吴稚晖用自己的笔和舌，给自己画成新的脸谱，也就是成为“大观园”中的刘老老以后，才使大家彻底清醒，对他有了新的认识。收在鲁迅《伪自由书》中的瞿秋白所作的《大观园的人才》说：

> 早些年，大观园里的压轴戏是刘老老骂山门。那是要老旦出场的，老气横秋地大“放”一通，直到裤子后穿而后止。当时指着手无寸铁或者已被缴械的人大喊“杀，杀，杀！”那呼声是多么雄壮。所以它——男角扮的老婆子，也可以算得一个人才。

这是用极经济的笔墨，剥出了吴稚晖真面目的名文。这以后，即使他对抗日发表些意见，也遭到了御用文人的奚落。到这时，吴稚晖就真的变成了“药渣”。鲁迅说：

> 想起来就记得，吴稚老的笔和舌，是尽过很大的任务的。清末的时候，五四的时候，北伐的时候，清党的时候，清党以后的还是闹不清白的时候。然而他现在一开口，却连躲躲闪闪的人物儿也来冷笑了。
>
> 照前几天报上的情形看起来，吴先生仿佛就如药渣一样，也许连狗子都要加以践踏了。然而他是聪明的，

又很恬淡，绝不至于不顾自己，给人家熬尽了汁水。（《新药》）

这是对吴稚晖平实而深刻的评论。当1947年春末那时，他躲到上海来卖字，也许就是这种恬淡的表现。他的字的确也写得老气横秋："会心咸重隅之反，修德比于山不摇。"平平常常的两句格言似的文字，他想说些什么呢？也许只不过是为写字而写字而已。

关于《金陵览古》

我对南京是很有些感情的。近50年前在南京当记者，住了两三个月。那是正当国共和谈断续之交，整天奔走于梅园新村和蓝家庄之间，忙乱非常，可是却偷闲访过不少古迹名所。南京正像朱佩弦所说，像一座古董铺子，走来走去都会碰到可以流连的地方。报社办事处设在小虹桥，据旧记知道就是南唐宫禁所在。出门不远就是一座桥，已经陷没得和地面相平了。想想这难道不是李后主挥泪对宫娥被掳北去走过的地方么？仅此一事就可以想象它能勾引起多少历史情怀了。

说起来寒伧得很，当时所有的导游参考书仅是一册朱偰的《金陵古迹图考》，这是一册不错的著作，可以看作30年代南京旧迹的忠实记录。后来回到上海，在旧书肆中得到了一本清初刻本的余淡心的诗集，共三种，后面附订了一册余淡心的儿子余宾硕的《金陵览古》，是康熙刻本，不禁大快。原书共六十题，分记金陵故迹，有诗有记，详赡可喜。失悔未能早些得到此书，在写《金陵杂记》时能参考援引。余淡心撰有《板桥杂记》，是记南京故事有盛名的书，他的儿子也仿效着写了这本《览古》，两书所记都是明末清初南京的故事，如果要修南京的断代史，这都是极有价值的参考资料；就是作为今天的导游书，也还是极有用的。

1974年，我从干校回来，养疴无事，曾经花了一个礼拜的工夫，重抄一遍。在后面写了一篇跋文，其词云：

> 右《金陵览古》一卷，余怀儿子宾硕所撰。刊于康熙中。卷尾有“秣陵范瀚伯刻”一行，是开版于金陵之证，与周栎园《赖古堂集》雕版风格正同，而流转绝稀。与淡心《味外轩戊申看花诗》《江山集·七歌》《咏怀古迹》合订一册。诗撰于康熙五年丙午（卷端小引有“岁次丙午，月穷于纪，我心不乐，驾言出游”之语），尚早于戊申二年，雕版则在八年后。《瓦官寺志》中有“康熙己酉，履公自径山来”语可证。知诗成后更经写定，付梓当更在后也。宾硕平生不可详，而得名甚早，周栎园有《从余鸿客乞竹，淡心恭送至，甫种值雨》诗；孔东塘有《过余鸿客宅》诗，撰于康熙二十八年己巳；贵池吴铭道《古雪山民诗后》有《金陵伤余鸿客》二诗，下缀“壬寅”，是康熙六十一年，其人必老寿至七八十岁。淡心《戊申看花诗》有句云：“唤回五十三年梦”，诗注更有“长儿位同游”语，似宾硕为位弟，惜不能详。陈其年序有云：“君也人如张耳，偶赘外黄；父是肩吾，乃生小庾。属在乱离之后，矧当谣诼之辰。用吟眺以摅愁，乃踌躇而吊古。李广对军中之簿，今何时乎；江淹上狱中之书，君其是矣。”俪语诙诡，不可穷

究。李客山有《题余鸿客金陵览古》诗云："少日曾经戎马间，外黄偶赘壮初还。春来花柳寻常见，愁绝江南庾子山。"（《咏归亭诗》卷一）与其年语若合符节。宾硕于沧桑之际，必有奇遇，如恽南田闽中故事者，惜无人作记耳。归隐金陵后，初未甚贫，有田百亩在姑塘，有园宅在杏花村（淡心居南溪，钟山峰影倒垂，见牧斋丙申金陵诗）。遗民生涯，本非寂寞，而牢落愁多，则故国之思，有以致之。吴铭道哭鸿客诗云："衰迟偷息倦游身，谩骂天真孰写真。万竹有邻青未杀，盖棺仍是露棺人。""香软红尘走白头，诸公高会集诗流。燕山夜雪长椿寺，弹指星移二十秋。"铭道为次尾孙，与其年之为定生子者，皆金陵贵公子后人，宜其能知鸿客心事也。鸿容尚有《石农咏物诗》四卷，未见。

孔尚任过余鸿客宅，有诗："寂寞江干宅，寻秋下马看。墨图张粉壁，绿竹护红阑。使客诗为贽，遗民笠是冠。弦中流水意，两话不须烦。"此宅当即城南之竹圃，亦即牧翁诗注所称寒铁道人余怀，居面南溪，钟山峰影下垂处。东塘直以遗民称之，可知当时士论已如是也。宾硕此集首出"旧内"，而结以"大本堂"，皆明太祖事。以时代论，不若齐梁之古也，而琐琐言之，详著明初大内诸门及宫殿，其览古之大旨灼然可见。题"旧内"诗有句曰："居人犹自说高皇"；卷中不别列孝陵一目，而于昭明读书台条写云雾中见孝陵宫殿，自云老死而不能去，其言亦直露甚矣。诸诗皆未佳，文亦琐琐，然时有好句，如公安竟陵文字，颇费考索。其论青溪、石头城、陆机宅、古鹿苑，皆以旧记别参实状，非仅于纸上论说，又辨有三莫愁、三长干、三石子冈，皆言金陵故实者所当知。《瓦官寺志》洋洋二千余言，如杨衒之伽蓝记而加详，是皆此集特色。所采诸书有《金陵志》《庆元志》《舆地记》《宫苑记》《金陵地记》《名山记》《丹阳记》《江乘地记》《金陵世纪》《金陵故事》《金陵琐事》《建康实录》《金陵梵刹志》《鹿苑寺志》《南唐迩事》《栖霞寺志》《莫愁湖志》等，其中颇有异书赖此而存其鳞爪。所著诸迹非必甚古，所记人事，每出当时。其丛宵道院条所著道士万餐云，即戊申春二月十四日同余淡心杨炯伯坐道院看花赋诗者。又记钟山本有松甚盛，鼎革后伐尽。又记长桥近状，无殊淡心板桥一记之提要也。凡此皆可见清初金陵情状。余于丙戌之秋，小住金陵，凡二月。辄游故迹，手一二短册，所著六朝遗迹，百无一存。曾撰《金陵杂记》一卷，稿本已付人持去。后见此书，颇惜当日之未见也。后30年乃以养痾余间，手写一过。平生未尝抄书，此为初制，七日而毕。读亮工序，知曾欲纂《金陵景物略》，以与刘同人帝京一略并行，而惜其终不成也。以《闽小记》《画人传》例之，书必不恶，或当远胜此册耳。原本后跋仅存一叶，失其撰人，以意揣之，当是张僧持作，聊记之。甲寅闰四月初五日，来燕榭中漫书。同日灯下手装，天颇燠，似初夏矣。

孙殿起《贩书偶记续编》有《金陵览古》四卷一目，云为“清闽余宾硕撰，颠客和斋和诗附”，康熙间刊。又道光庚戌金谿徐汝珩重刊本，又别列一目云，《金陵览古》四卷，清金陵余宾硕撰，白门张愻编，道光庚戌刻。知此书曾数次重刊，余藏为初刻不分卷本，当最早。而道光刻且以宾硕为金陵人矣。

雍正刻释元璟《完玉堂诗》十集，前有宾硕题词，云其《京师百咏》曾由宾硕选50余篇，入《神京纪胜集》中，知其尚辑有此书，不知曾付刻否？元璟有“冬夜同余鸿客向功来赋”一律，作于康照三十年冬，是与鸿客同客京师时作。借山又有“送余鸿客归金陵”诗，诗云：“谈诗老犹健，不忍送君归。燕地无风雅，沧江有钓矶。清秋闻木落，天阔羡鸿飞。春到长干寺，松花菌子肥。”诗撰于康熙癸未或少后，鸿客归后即不复出，当卒于康熙六十一年壬寅。辛酉九秋更记。

乌衣巷及其他

四十多年前在南京作记者，在跑新闻之余，也留心金陵古迹，每每流连忘返。南京真像一座大古董铺子，走来走去，到处都会遇到前朝旧迹，虽然面目已非，但名目仍在，走过时不能不引起怀古的联想。想找一本材料丰富的导游书，却不易得。只凭一册朱偰的《金陵古迹图考》，作为参考。也曾走访清凉山下的盋山图书馆，谒见馆长柳诒征老先生，承他热情接待，得以饱览丁氏八千卷楼的藏书，但有关金陵图籍却很少，只记得有明刻《金陵梵刹志》等，于我却并无太大的用处。这以后就随时留意搜求，数十年来也多少有所获，但到底旧书难得，手边所存不过寥寥数册。其中最难得的是余淡心的著作两种：《咏怀古迹》《戊申看花诗》和他儿子余宾硕的《金陵览古》合订一册。余淡心是诗人，也是明遗民，他最有名的著作是《板桥杂记》，所记虽是秦淮河上的风流艳迹，但笔下带有浓郁的沧桑之感，与《武林旧事》《东京梦华》《西湖梦寻》等正是一类的作品。这一特色在《咏怀古迹》中表现得尤为显著。其卷前小序写得更是感慨万端。

“金陵六朝建都之地，山水风流甲于天下。丧乱以来，多为茂草。予以暇日，寻揽古迹。形诸歌咏，以备采风。然举目河山，伤心第宅，华清如梦，江南可哀，其为悱恻，可胜道哉。”

余宾硕的《金陵览古》诗，共六十首，每诗后有附注，已有上海古籍出版社影印本。小序中也有“黍离麦秀之悲”的话，与他的父亲的诗作意正同。宾硕作诗于康熙五年丙午(1666)，约晚于淡心所作十年左右。诗六十首，好像也是承袭了顾起元的旧作的，虽然选目不尽相同。

《金陵卧游六十咏》，江宁顾起元太初著，我所得的一本是徐乃昌旧藏的乾隆庚辰六世孙国光等重刊本，前有天启乙丑顾起元自序，叙作诗题少宰元介先生《金陵四十景》，又续咏旧游之可记者二十首，通为六十首。顾起元又有《客座赘语》，是记金陵故事的名作，万历中刊，不知为什么那么少见，我只买得残本前四卷，题“遁园居士辑，凤皇山长批”(以后每卷批者各不同)。起元不只留意古迹故事，尤其重视民俗土风。卷一有“方言”“谚语”两则，长达数千言，记述南京民间俗谚，有些到今天依旧活在人民口中。如“南都方言言人物之长曰苗条，美曰标致……人之亡赖曰惫赖……交关人物曰瓜葛，或曰首尾，男女之私相通者亦曰首尾。……眼之视不定曰的历都卢。……扰人曰聒噪，检物用曰拾掇，以言从曳日撺掇……“俗语往往有音无字，也必用同音者写出，而且用小注详记音义。真是值得佩服。如“笑之态曰嘿尿（上音迷，下音兮）”这不是至今存在异常生动的词语么？“谚语”一则所引，十之八九还是至今存在的常语。他最后总结道：“此言虽俚，然于人情世事，有至理存焉，迩言所以当察也。”也是大有见识的。旧时笔记小说，能有这样的见识度量，记人所不欲记，使我们能知道明代中叶的市井方言，实在是值得感谢的。

乌衣巷今在秦淮河上，曲曲折折的一条小巷，几乎不容车马，走到尽头，就是白鹭洲公园了。余淡心记“去长干寺北不远。”余鸿客的诗注也只有一句：“西经骠骑航为乌衣巷。”顾氏的《六十咏》则说“晋王谢所居，在今武定桥东，沿秦淮而东，至上水门一带。桃叶渡正在其处。今人指城濠南赤石矶以上为乌衣巷，非是。”可见巷在何处，过去就一直有纷纭异说。《客座赘语》卷二，有“王谢居址”一节，考订更详，是一篇别有风趣的小考订文字。

刘禹锡诗：“朱雀桥边野草花，乌衣巷口夕阳斜。”按朱雀桥即朱雀桁也。地在今聚宝门内，镇淮桥稍东。乌衣巷，当剪子巷至武定桥一带是。盖桃叶渡在武定桥之东，而大令有渡江迎接之歌，知其家于此也。今周子隐读书台下，旧为光宅寺，乃梁武帝故居。六朝士大夫故多家此。其地又名南冈。武帝评书语曰：“南冈士夫徒尚风轨，不免寒乞。”正指是耳。偶闻友人论古事，以乌衣巷在今报恩寺右，西天寺前，傍重译桥者是。不知西天寺门所临之河，乃杨吴所凿之城壕，六代时未有此也。晋人多阻淮水南北而居，故郭璞为始兴公占宅，有淮水竭，王氏灭之谶。陈末淮涸而王氏之衣冠文物殆尽。据此诸书，王谢故巷故不应远淮而向长干也。

咏乌衣巷诸诗，仍不能不推余淡心所作为好。

年年花发旧乌衣，燕子于今归未归。南渡衣冠犹自可，荆棘铜驼愁杀我。

在余鸿客的《金陵览古》出版后之九十八年，又有《金陵览古集》之刻，前有乾隆三十三年娄江闻珽序。卷首大题下属"镇洋闻珽节岩选"。录张松等数十人诗，于作者名下各注字号里居。流传甚罕，序中明说是受到余鸿客《览古》的影响，而辑集同人游览之作。作者没有什么知名的人物，诗也平庸无可观，只可多少反映了乾隆中金陵风景而已。

《春堂行笈编》一册，稿本，是作《不下带编》的金埴的诗稿，大题下有庚寅字样，当作于康熙四十九年。属"会稽壑门郯孺子金埴"。封面题"近诗十六首呈政，秦淮后游词求跋。"下钤"金埴之印"（白方）、"小剡"朱方二印。金小剡大概是一位不怎么得意的文士，曾为《桃花扇》题词。他于康熙庚寅来游白下，看他在"秦淮后游词"前的小序所说："梅子留春，樱桃迎夏，偶从浙浒，再抵秦淮。谒开府之钜公（督造曹公），访过江之名士。……"大抵是投在曹寅门下打抽丰来的。可见当时曹楝亭招接江南文士情状一斑。卷中有"金陵谒曹督造子清兼两淮巡鹾二首"，诗并不佳，谄谀之状毕现，可以知其作意。《后游词》中有题苑家茶一首："香侑卢全乱点霞，名流风味苑家茶。白门朝见粘红字，新榜芳名第一花。"诗后小注云："金陵茶廊，以花有茗。花多者胜。每开一种，题绛帖于旗亭，曰某茶社异本某花，香艳第一，大放可观。苑家尤雅胜他社。"这是很有趣的故实。张宗子在《梦忆》中曾记秦淮河上闵老子茶之名隽，数十年后乃又有苑家茶，且以名花招徕，遍贴广告，其作风与扬州旧时的富春茶社无异，正是难得的史料。

1993 年 2 月 1 日

难忘的1945年

1942年冬，我离开上海进入内地。当时学校的境况是每况愈下了，本来借用震旦大学的校舍，早已退掉；搬到中华学艺社，环境越发逼窄，政治环境也愈益险恶。想想还是到重庆的交大去的好。在上海演戏的黄宗江这时也正受着严重的压迫，有人拼命拉他加入敌伪的“华影”，上海也住不得了。于是就结伴同行。经过南京，徐州，商丘，洛阳，西安，宝鸡，成都，于第二年初到了重庆。

重庆的交大在扬子江上的九龙坡。这里有新建的一座礼堂，附设着办公室和图书馆。此外就是几排教室和宿舍，校长的住宅却远在扬子江滨。天气总是下雨，远远望去在一片雨雾里是一株古老的黄桷树和孤零零的住宅。使人感到无端的郁闷、寂寞。五十年过去了，对母校的记忆只剩下了这点暗淡的影子。学习也引不起多大兴趣，更何况还有国民党派来的教务长的歧视和刁难。这样一直到1944年夏，国民党政府下了征调大学应届毕业生作美军译员的命令，说是未完的学业可以免修，算是毕业。局面一变，我们就离开学校，化为军人，一律给予少校军衔，名称是翻译官了。

先是在重庆北碚的复旦大学里进行短期的训练，在大礼堂里听了几次英文课，算是事前的准备。接着就乘飞机到了昆明，分配到炮校去做课堂翻译。初上课堂，只能胡乱应付，美军教员满口俚语，实在只能听懂少半。至今还记得当讲授机械零件时，教官指着说，“这就是‘小家伙’（Little Joe）”，这并非正式的名称，不过是“绰号”，当时是怎样马虎应付过去的，记不清楚了。

昆明的天气是极好的，四季如春，碰到雨季，常常会有飘忽的阵雨，一霎就过去了，依旧是满地太阳。住在临时搭建的活动房屋里，听着打在铅皮屋顶的细碎的雨声，真是一种寂寞的愉乐。有时带了学兵到野外去，忽然雨来，教官看看天色，宣布雨不会停，就回来了。我们就到村子里去喝茶，看见满桌都落满了苍蝇，等人坐下去才一哄飞散，这也是一种奇异的风景。

滇西的战事正紧，我们都希望有机会上前线去。但一月以后，又被调到桂林，那是湘桂战役渐趋严重的时候。住在东南干训团里，每人发给一支卡宾枪，这时才真的尝到了临战的滋味。不久，就又被调往全县，这时是与部队住在一起的。每天骑马到营地去，看到的是与课堂讲授完全不同的实际。有一件事到今天依然记得清楚。美制75榴弹炮装备的部队应该是十六座为一个单位，作战时才能按照教程举行“营射击”。可是这时只有四门炮在前线。追问的结果是营长怕丢了炮被杀头，才把另外十二门炮藏在后方了。这对教官自然是一个严重的打击。这个例子可以说明当时抗日战争的某些真相，而溃败终于是不可免的了。不久，我们就由全县撤回桂林，依旧住在干训团里。那时几乎每天都有空袭，特别是在晚上，我们全副武装躲在防空壕里，遥望天边汉奸射出的信号弹，等候着预备、紧急、解散的防空警报，在蚊虫的围攻之下，让夜露打湿了衣裳。

终于到了敌军逼近桂林的时候。我们的任务是协助守军布置城防的炮阵地。那几天几乎跑遍了城外的一些不知名的群山，天气又那么热，爬山弄得满身大汗，疲倦不堪，这些山头平常几乎没有人登攀，也绝非象鼻山、独秀峰那样有名，可是在特定的环境中却留下了我们的足迹。可以预想的是几天的劳作并没有起到应有的作用，在桂林保卫战中这些选定的炮位并未发挥应有的防御功能，桂林很快就失守了。我们在最后的时刻飞离桂林，回到了昆明。

没有好久就接到飞往印度的调令。目的地是兰伽，这里有远征军的训练营地。

这里原来是英国的训练营地，现在借给中国远征军使用。营地很不小，各种设施也齐备。我们被安排住在一排叫作“鹰巢”的房子里，过去曾是美军上校军官的宿舍。（美军上校的帽徽是一只银鹰）小小的一排洋房，为了防御可畏的日光，窗门都挂着厚实的毛毯。这办法也真有点用，在外面赤日炎炎的时候，房内倒是阴凉的世界。在这里我曾接待过一些印度的乞食者和蛇人，看他们从竹筐里取出了眼镜蛇，玩种种把戏。每天早晨，一起工作的美国军官开了吉普来接去上课。课堂是一块坦克训练场地。灰尘夹杂着浓重的汽油味，给一部部坦克加油。钻进这些“火棺材”里，教学兵开动。其实也简单得很，只要自如地使用两只操纵杆，坦克就可以前进后退左右转弯，好像比开汽车还方便。场地是经过特别设计的。种种不同的困难地形，忽高忽低，崎岖回旋，坦克就在这种艰难的道路上行进。弄不好也会翻身，这时就由吊车来吊起，放平。坐在车中，一点都不觉得危险，却感受到非凡的愉乐，像驾着一叶小舟在狂风巨浪中飘荡似的。

史迪威公路修成了。这时急需大量的驾驶兵，好将千百辆卡车满载着物资驶回昆明去。坦克训练也改为汽车训练了。这时就有机会带领长长的车队在印度非常出色的公路上行军。这种长途行军训练是极有趣的。印度的田野到处是一片浓绿，林木是多的，而且茂美。美国军官和我乘一部吉普领头，后面跟随着长长的车队，在万绿丛中行进。中午，找到一处绿草如茵的山冈休息，午餐，躺下来在已经不再逼人的阳光底下休息，这时秋天已经到来了。

中国小兵是聪明的，他们很快就掌握了驾驶技巧，不久就一批批开着两吨半的卡车驶上了中缅公路，驶入了国门。出乎意料的是，他们中间有不少就在沿途开了小差，摇身一变化为司机，这可是一种令人羡慕的好职业。这一幕，大约是带队的将军们始料不及的。

兰伽的训练营地不久结束了。我们又转移到了列多。这是一个巨大的军事物资集散地，在几条长长的公路上散布着数不清的仓库，我们的工作是协助部队从仓库里提取物资装备，不是军用物资，而是五花八门的服装、食品和意想不到的东西。等到装备领足，就离开列多向国内驶去。别称史迪威公路的中缅公路是一条伟大的公路，差不多可以说是从荒无人迹的荒原上开辟出来的。宿营时就用巨大的铲车开出一块平地来，无数的参天大树和丛莽就在铲车推进中倒下，推开了。帐篷就安置在这片土地上。一夜过后，常会发现野兽在附近留下的足迹。有时来不及平整营地，就只能胡乱地过夜。曾经留宿过的地方有缅甸佛寺的危楼，卡车的水箱盖，车身底下。一次在一条断流的河道鹅卵石河床上夜宿，夜里山洪暴发，竟被河水所包围。这一切都充满了奇趣，至今想起还觉得极有意思。

回到昆明，又被调去贵阳。这次由一位美国军曹开了一部卡车动身，卡车后面是满满一车厢食品，真是应有尽有。路过黄桷树，停下车来休息，一面欣赏那有名的大瀑布，一面煮了咖啡吃，觉得眼前的风景和咖啡的味道都有说不出的好。

在贵阳工作地方是图云关上的检查站，这是进入贵阳的重要的通道。并没有什么任务，只是坐在帐篷里欣赏群山丛中变幻无穷的云雨。后来又调到飞机场去安排卡车的交接调度，这时胜利已经临近，人们的心情也不再宁静，梦想着战后复员的种种可能。每天晚上到市里的茶楼去听歌女的清唱，也不再有过去的离乱飘零之感。我是在住所的帐篷里听到抗日胜利的爆竹声，赶出门去挤进欢乐的人群的，心情是激动的但也是宁静的，久久盼望着的胜利终于到来了。

接下去是回到昆明，不久就是退役。仍旧回到重庆九龙坡母校里。这短短一年中总算与抗战大业沾了点边，在等待东归的日子里，抽闲写下了一本小书《关于美国兵》，算是对这一年翻译官生活草草留下了一份记录。转瞬五十年，这一切真的成了历史，在个人说来则是一叶忘不掉的记忆。

1995 年 5 月 4 日

1946年在南京

1946年8月，我从重庆回到上海，到《文汇报》报到，即奉派任驻南京特派员，随即赶到南京。办事处在户部街，事实上只有一间房子，住宿办公全在这里，门口也没有招牌。报社经理严宝礼与居停主人相熟，向他的酱园借了这间房子。整个后园埋了许多腌酱的大缸，门口即是闹市。一切都因陋就简，草草安顿下来，即投入工作了。

白天是跑新闻的时间，晚上回来就将采访所得写成电讯，深夜由我用长途电话报回上海。当时正是国共和谈紧张之际，南京的消息总是安排在报纸第一版头条地位。为争取出报时间，长途电话总盼望能早些接通，可是事与愿违，接通总要在午夜之后，这就不免使人焦急，真觉得这报新闻比跑新闻还要吃力得多。

新闻主要由梅园新村的中共办事处得来，电稿也常请办事处的同志过目，斟酌改定。当时接待记者的是梅益同志，他不但提供线索，分析政局，还对报社的工作非常关心。当时周恩来副主席工作极为紧张、繁重，可是对《文汇报》记者会见的请求总是抽空予以满足的。谈话不必很长，但对报纸工作的指点，对时局的分析总不吝给记者以明确的提示。在当时那种纷纭繁复的局面下，能使记者始终保持清醒的头脑，工作不陷入迷妄，始终遵循正确的导向，不能不感谢周公的爱护和点拨。

周公对报社工作中的困难也是关心的。当他听说每晚长途电话不能顺利接通时，就提醒我们应该广交朋友，走走群众路线。这就启示我们应该对电信局的长途台做些工作。不久，严保礼来京，我就建议报社应该与长途台的朋友多加联系。他慨然决定在六华春宴请长途台的女接线员。她们全体都出席了，知道是《文汇报》请客，都非常高兴。她们对这张报纸是非常喜爱、关心的，答应一定帮忙解决困难。果然，从当天开始，我叫长途时总是随叫随接，不再有拖延了。这使我们知道，一张为人民说话的报纸，它总是和读者心连心的。朋友遍地都有，只看能不能去找。这是我对“群众路线”最早的浅显认识和理解。虽然用的不过是请客吃饭这样的形式，但其实际意义绝非简单的杯酒言欢所可概括的。

当时办事处的设备是非常简陋的，自然不可能有车子，跑新闻只凭两条腿，而南京又是那么大，走来走去就会遇到不少古色古香的街巷路名。这就引起了我对古昔的联想。跑新闻而能触发访古的遐想，实在是意想不到的。有时候为了赶时间或其他原因，也偶尔乘黄包车。就在梅园新村外面，总是停放着两排黄包车。彼此心里有数，都明白是干什么的。走出梅园我总是随便跳上一部车子，不必说地名也不必论价，就会直接送你回到办事处。这样做，不但省事，也免了他们跟踪的麻烦。

有一次和谈陷入僵局，周公要到上海去住一个时期，行前我到梅园去送别，顺便打听此后工作联系问题。周公在客厅里接见，谈话结束前，他把客厅中间的屏幕一拉，只见后面肃立着两位老人。周公一一介绍，这才知道他们是董必武和吴玉章。周公介绍了他们的党内职务，交代今后有事可以找他们联系。董老是初见，吴老在重庆马路上看见过。穿着熟罗长衫，手里摇着折扇，正是一位神采飘逸的老先生。他们在党内都是资历极深的老辈，可是在周公面前却表现得如此谦退，给我的印象深极了。

明代张宗子写泰山的文章，并不正面描写泰山，而只是从山的上下四旁着笔，这实在是一种聪明而巧妙的方法。当时的南京多的是国民党官僚，可是从他们那里是采访不出什么新闻的。他们一看《文汇报》记者的名片，就像挨了针刺似的警觉起来，立即满口官话，不知所云了。与其把时间浪费在这里，还不如去找另外的视角，从侧面来观察。我也曾叩开过司徒雷登官邸的大门，不过美国外交官似乎也受到中国官场的薰染，玩起展转腾挪的手段来丝毫不见得逊色。有一次忽发奇想，到颐和路汪精卫的旧宅去采访，很想见识一下这座“双照楼主人”极尽豪华、但未得享受一日的公馆的真面，却在门口就为武装的卫兵拦住，终于不能知道这时的主人是谁。这样失败的经验真不少，唯一成功的是几经周折终于见到了采访对象傅斯年的一次。我写了一篇通讯发表在《文汇报》上，记下了采访的详情。

二日下午，我到了“中央研究院”历史语言研究所，在那黄砖绿瓦的宫殿里面枯坐了两小时，没有人敢去叫醒他的午睡。于是约定三日上午再来以后，就冒雨回去了。

第二天早晨再来，看见门口停了一部小轿车，知道是朱家骅来了，正与傅在谈话。坐了半小时后，门房拿了我的名片递给我，说“傅先生不知道哪里去了”。我不想离开，门房又来要我不必再等。“真奇怪，一位堂堂政协代表，又是社会贤达，而且是那么一位大胖子，难道说在光天化日之下会失踪了么?”

“大约三分钟后，一扇门里走出来一位大胖子，一照以后，摇摇摆摆地又走进去了。”我是见过傅的，对门房小小地发了一下脾气以后，终于不能不给让在宫殿里了。

傅斯年坐下来就提出了抗议：“你们报上攻击我们造这样的房子，怎样怎样。”接下去就说明这是抗战以前造的。现在，就拿多少钱也造不出来了。又说“中央研究院”是个穷机关，规矩的机关，蔡孑民时代，省下百分之七十的经费来造房子云云。提到他自己在中研院工作是一种牺牲，他说：“我在战前，在中研院拿五百元薪金，打八折再去所得税，实得不过三百七十五元。像我们这样的人，在大学里做做教授，拿个六百元不是不成的。”

接下去就谈他现在专办复员的工作：“北大是我复员的，可不是去做校长。”又谈到沈兼士在接收中涉嫌贪污和有关周作人庭审的种种，他对沈是回护的，对周则主张严办。他说：“周作人还是我的老师，但是他现在做出这种事情来，也只好断绝了。”这就是傅斯年“以那么胖的身体还有兴趣与记者捉迷藏”的有趣的故事。

傅斯年对《文汇报》为什么会采取这样的态度，这谜底在他写给胡适的一封信中透露得相当明白（1946年10月12日寄胡适信，《胡适来往书信选》）。

“我一到南京，记者纷纷来，多数问我北大复文首都高等法院为周作人事。我即照我意思答他们。……过数日方知，先生在北平第一次与记者谈话，《大公报》与上海左派、此间小报均登载而 twisted［加以歪曲］，谓‘我与周仍旧是朋友’，上海《文汇报》与小报又嚷成一片，此所谓盛名之下故意找岔也。”

估计傅此信正写在我访问之后不久。写信同时，又剪寄给胡适《大刚报》一篇《胡适之和周作人的藤葛》，此文提到我写的《老虎桥边看知堂》，此文发表于《文汇报》“笔会”，却被误为《大公晚报》。也许是后者转载的，不知其详了。

傅斯年也许对历史语言研究所的建立确有功绩，他的历史研究成果所见不多，只记得有一文论明成祖的生母，又曾对宋本《史记》或《汉书》详加考辨，还提出过口号“上穷碧落下黄泉，动手动脚找东西”，可见其学风的大凡。但在当时“左派”记者的眼中，他只是一个忠于旧政权的孤臣孽子，以“大炮”的姿态出现，有如跳梁小丑的一位“社会贤达”而已。

大约就在这前后，我还到老虎桥监狱去访问过周作人，写成《老虎桥边看知堂》。这篇东西的运气很不坏，除收入《锦帆集外》，先后被转载过多次。

真不好理解，当时怎样会有如此的好兴致，在极端忙碌之余，还写了一卷《金陵杂记》，发表在《文汇报》“浮世绘”副刊上，后收入《金陵五记》。并不是忽发思古之幽情，主要还是要观察这个政治中心的较全面的实际，时时抒发今昔之感。不是通常所理解的游记。匆匆五十多年过去，两三个月的南京生活，还留下了这些零碎的前尘梦影，偶然回顾，真的是梦一般的了。

1996 年 8 月 30 日

昆明杂记

一

两年中来昆明四次，只第一次住了两个多月。第二三两次只是匆匆过身。这次因为胜利来临，我也随带着光荣地失了业，拿到不算“菲薄”的遣散费，过着“寓公”的生涯，说起来应当是颇为“写意”的了。昆明的确是好地方，如果将来发了财，颇想在这里盖一所房子，一年里来住他几个月。就像现在吧，过了双十节，在北方，已经是相当冷的天气了。这里却整天有好好的太阳，从古老的柏树枝柯里漏下来，照在人的脸上，身上，是那么的舒服。天空是澄蓝的，时或有几缕白云飘过，只是还不曾听见过鸽子的唿哨声耳。

能够悠闲地住在昆明，可谓有“福气”矣。可惜，因为最近发生过一点小小的“事件”，意外地在天下太平之中，又听了两夜枪声。有一次到联大去吃东西，刚走进门口，就听见后面的小女孩子尖声地哭起来了。原来是不知道什么地方飞来了两颗流弹，正打中了她的屁股。我之幸而未及于“难”者，其间不过两秒钟，看了母亲抱了血流满身的小女儿的惶急的样子，不禁有些愤懑。不过这愤懑很快也就消失了。因为路上不好通行，就逃到一家茅草小屋的茶馆里去避难，沉寂中忽然想起吴梅村的几句诗：

> 乱梳云髻下妆楼，尽室仓惶过渡头。钿盒金钗浑抛却，高家兵马在扬州。
>
> 念家山破定风波，郎按新词妾唱歌。恨杀南朝阮司马，累依夫婿病愁多。

这是悼董小宛的诗。我既无“姬人”，更没有“钿盒金钗”，可是奇怪地想到了这两首诗，想起了“番山鹞”① 之流。也可以看出我当时“惊魂甫定”以后思想的杂乱。

“事件”究竟是小小的，两三天后也就平定了。昆明的太阳还是那么暖和而可爱，只是这太平还只限于城里，听说前两天到重庆去的 批车子，在大板桥外面，就遇到了一批武装的截留者。据说那行动是极为“良善”而“合理”的，除衣物例应交出之外，每人还发给“路费”一万元。想想如果被视为宦囊累累告老还乡的大老倌，而有劳“义士”们的手脚，不免滑稽。而飞机又只有阔人和有办法者才有份，于是就只有暂作“寓公”了。古来有许多不得已而作隐逸的人，我想这大概就是一个例子。

① 南明宏光时的“四镇”之一，军阀高杰的诨名。

二

> 莲花池畔水青青，芳草依稀绿未醒。三百年前家国事，一齐都付与沧溟。

住在西站外面，沿铁路走不到一里路就是“莲花池”，有一个时期每天要经过两三次。近来昆明水涨，莲花池也不像过去的那么荒秽了。一潭澄碧，池畔的一行白杨倒影在湖里，莲花已经没有了，田田的荷叶还布满了大半池。更有一片睡莲的小小的紫花，点缀在细碎繁密的叶子中间，池旁间或有几个洗衣服的女孩子，和头上包了花布的卖菜乡妇，把菜篮子在池里浸一下，环境实在寂静得很。

三百年前，一个极有声名的女人就是投在这池子里死去的。这是诗人吴梅村曾经为她写过《圆圆曲》的吴三桂的侍妾，陈沅。

池畔有一块石碑，上面刻了“比丘尼玉庵像”，是一个枯瘦的老尼，已经不是为吴君“冲冠一怒”的红颜了。碑上还刻了一段“圆圆事略”：

> 圆圆字畹芬，姓邢氏。育于陈，故从姓焉。为吴三桂妻。吴引清入关，封平西王，将正妃位，圆圆辞不受。知吴蓄异志，请为女道士。及吴谋反，圆圆谏不听，遂从玉林禅师于宏觉寺祝发为比丘尼。名寂静，号玉庵。清兵平滇，圆圆投莲花池死，葬商山寺侧。事载李印泉

先生《陈圆圆事辑》中，余辑《畹芬录》亦详其事。己卯秋，村人以圆圆身为女子，耻为汉奸妻，是有民族意识者，为立石像于池畔。余因书其事以告来者。俾知汉奸之不可为而民族意识之不可或忘也。

姚安张根培识。

再上去不远就又有两块石碑。其一是“明永历帝灰骨处”，另一块也是陈圆圆的画像，这一幅是古美人图，比起那一幅老尼来，漂亮得多了。上面也有一段小记：“明陈圆圆梳妆台遗址，在铁路左侧，联大校址内。即屹立碉堡之高阜，距此约百步耳。余恐代远年湮，传闻有失，因倩李君树溥仿清初钱舜举①宫装图刊立于此，以存古迹云。”

中国有一句古话，“红颜薄命”，事实虽未必都如此，不过历史上出名的美人却大抵遭遇不大好，那些享福做太太的又未必为人所知道，所以这一句话，好像也是颇有根据的了。同时这里的说法也很对，对她们多少怀有同情之意，不像那些“红颜祸水”之类的话的浑横。潘光旦译霭里斯《性的道德》中有几句话：

一个在娼业里卖身的女子和一个在婚姻里卖身的女子，据马绕（Marro）的说法：“不过在价格上和时期的久暂上有些不同罢了。”佛瑞午（Forel）也说过：“婚姻是娼业中一种比较时髦的方式，换言之，就是同是一种以金钱为目的而举

① 钱选，字舜举，宋元之际人，画人物有名。此云“清初”，误。

行的性货物的贸易，不过要比较通行罢了。”

在旧社会中，女人不过是“性的货物”，如果要说她能有决定什么天下安危的本领实在是过于看得高了。就是把这看作什么的原因的，也都糊涂得可以。陈圆圆本是姑苏的娼女，被大官买进京去，预备献给皇帝，皇帝不肯要，却被吴三桂看见，强娶豪夺了去。“流寇”陷京师，又落入李自成手中，后来又被夺回，东奔西跑，来到云南，居然要正妃位了。后来却做了女道士，跳下莲花池死去了。要找出一个例子给前面的《性的道德》里的论点做注解，还能有比这个更好的吗？陈圆圆在三百年前的女人市场里可以算作头等的货物了，转了若干道手，终于因为受不了压迫，遁入空门，还是不行，寻死了。对于这样一个女人，我是怀着颇好的感情的。如果能为她写一篇历史剧，该是多么伟大的一个诗剧呀！市场上也出现出过《陈圆圆》的话剧，不过那不是我所想看的东西。吴梅村的《圆圆曲》，是很美丽的一篇诗史，尤其值得佩服的是，他不曾把“美人”当作“祸水”。听说吴三桂曾赍重币求去此诗，先生弗许。可见吴是不大喜欢这篇诗的。

写剧本无此本领，只能翻翻野史，在脑子里画些场面。陆次云有一篇圆圆传，说前半部的故事颇完整，不过入滇以后的事不大详细。

陈圆圆本来是姓邢的。钮玉樵《觚賸》说：

圆圆之养姥曰陈，故幼从陈姓。本出于邢。至是府中皆称邢太太。

钱湘灵说“本常州奔牛镇人”。《鹿樵纪闻》西平乞师一条：

> 初上宠田妃。妃没，上念之不置。戚田畹弘遇欲娱上意，游吴门，出千金市歌姬陈圆，顾寿，将以进御。上知为青楼妇，却之。

田畹进上不要以后，陈即留在田府中。当时吴三桂是平西伯，都指挥司，是握有重兵的军阀。“流寇”大起，田畹想结纳三桂，一日，请他来吃饭，三桂却故意推却，“吴欲之而故却也，强而后可。至则戎服临筵，俨然有不可犯之色。畹陈列益盛，礼益恭。酒甫行吴即欲去，畹屡易席，至邃室。出群姬调丝竹，皆殊秀，　澹妆者，统诸美而先众音。情艳意娇，三桂不觉其神移心荡也。”（陆传）

这是很动人的一幕高潮，是很好的戏剧场面，吴梅村诗：

> 薰天意气连宫掖，明眸皓齿无人惜。夺归永巷闭良家，教就新声倾坐客。坐客飞觞红日暮，一曲哀弦向谁诉。白皙通侯最少年，拣取花枝屡回顾。

这一件交易很圆满，吴三桂答应如果“流寇”犯京师，别的不敢说，田家的安全都包在他的身上。从此陈就归入了吴府。

“流寇”陷京师时，三桂正在宁远奉诏归来，才走到沙河，就听到了坏消息。

陈维崧《妇人集》说：“圆圆字畹芬……李自成之乱，为贼帅刘宗敏所掠。”《鹿樵纪闻》亦如此说：

> 贼据京师，刘宗敏居弘遇故第。因有誉二姬色之都技之绝者，宗敏于是系襄索圆。

不过也有说是为李自成所得的，如《甲申传信录》。

自成索得圆圆以后，听说曾有这样一桩故事。不过记不起是在哪里看见过的了。

李自成听说圆圆善歌舞，请她表演，陈加意的唱了一曲，李却大呼不好，因为他是陕西米脂人，听不懂吴侬软语的。后来到底改了秦腔，才拍案大乐。这一段如果写入戏中，一定也是非常出色的。①

李自成藉了吴勷一家，还使他作书招降三桂，同时以银四万两犒赏其军。这时三桂本来有受命之意了。后来却终于乞来清兵入关攻李，其原因都认为是为了陈圆圆。只有夏允彝的《幸存录》为吴氏开脱：

① 这故事见陆次云《圆圆传》：吴襄“进圆圆，自成惊且喜。遽命歌。奏吴歈。自成蹙频曰：‘何貌甚佳而音殊不可耐也。’即命群姬唱西调，操阮筝，击缶。己拍掌以和之，繁音激楚，热耳酸心。……”（转引况周颐《陈圆圆事辑》）

三桂即大寿甥也。其父吴勷向为大帅。三桂少年勇冠三军，边帅莫之及。闯寇所以诱致之者甚至，三桂终不从。都城已破，以杀冠自矢。包胥复楚，三桂无愧焉。包胥借秦兵而获存楚社，三桂借东夷而东夷遂吞我中华，岂三桂罪哉？所遭之不幸耳。

这是很特别的论法，因为当时一般人和后来的史家都说吴的乞师东夷完全是为了陈沅。关于这事记者颇多，要以《甲申传信录》所记最为生动：

三桂妾圆圆，绝世所希，自成知之，索于勷，且藉其家。而命其作书以招子也。勷从命，闯旋以银四万两犒三桂军，三桂大喜，忻然受命，入山海关而纳款焉。行已入关矣，吴勷妾某氏，素通家人某。闯藉其家，家人即挈妾逃，仓皇出郭。行数日。竟不暇计南北也。二人猝遇三桂，计无出。诈曰告变。三桂问曰，吾家无恙乎？曰闯藉之矣。吾父无恙乎？曰闯藉之家并拘执矣。三桂沉吟久之。厉声问曰，我那人亦无恙？指圆圆也。曰贼夺之。于是三桂大怒，瞋目而呼曰，大丈夫不能保一女子，有何颜面？勒马出关，决意致死于贼。

这写得极为生动，能传出吴的性格，使人如见当日冲冠一怒的情景。京戏中有《请清兵》，大概是用这一幕作主题的。未曾看过，不知到底如何。

关于三桂的请清师入关，虽然有夏允彝的一种说法，不过一般人都认为不然。这虽然有点传奇化，然而这事实似乎已为当时人们所公认，吴梅村《圆圆曲》有几句“春秋笔法”的诗句：

> 尝闻倾国与倾城，翻使周郎受重名；妻子岂应关大计，英雄无奈是多情；全家白骨成灰土，一代红妆照汗青。

这大概就是使三桂感到厌恶而求去此诗的所在罢！

现在我来介绍编辑“中国内乱外祸历史丛书”的王灵皋先生的一种说法，见该丛书第十一册的序言中：

> 假使吴三桂不投降满洲而死心塌地与李自成合作，一边阻止清军趁火打劫，则李自成的统治可以巩固下去，那末，中国或许可以不久即会走上资本主义的道路和阶段亦可未知。吴三桂之所以投降清军，据史家记载都说他是因为爱姬陈沅被李自成掠了去，遂不惜开门揖盗，为虎作伥，实则他之投降清军，其大前提还是新地主对于农民叛乱之不可调和的对立有以致之。但西方的革命家说：“惟有一个呆子，一个蠢物，或是一个费边社的人才会认为克伦威尔不过是一个‘个人专政者’。”吴三桂固然不能和克伦威尔相比，然而他们所做所为却都不只是个人的关系，可断言也。

据吴梅村《圆圆曲》，圆圆曾随三桂征蜀，这时吴已经作了清兵的先锋，颇立了不少战功。南明也曾对他优与封典，因为这时面子还没有弄破，清兵还算是为明朝消灭“流寇”的。陈洪范与左懋第马绍瑜奉使北行，作《北使纪略》。后来三人南归，走到半路又被追回，左不屈死，洪范独得南归，他当时是把明朝的虚实完全报告了清军的。

他们出发的时候，先带了银十万两，金一千两，缎绢一万匹，算是送给清军的礼物。又封吴三桂为蓟国公。阁议决定是要以“不屈膝，不辱命，尊天朝体”为前提的。“此由阁议时第知吴三桂借名逐寇，不知夷踞都僭号，猖獗如此。谅难受我戎索，使臣惟有不屈其矢矣。”

明朝虽然想封吴三桂为蓟国公，吴则不肯受。大概这时已经志得意满，不屑于南明小朝廷的封号了。

> 私计吴三桂既不出拜诏，则万金可以无与。夷见十万外尚有余鞘，辄起攘夺。告之曰，银一万两，缎二千疋，是赏吴三桂的。既到此地，你们亦收去转付。诸夷抚掌踊跃，负驮而去。

看样子这一万两也未必能到得了吴三桂手中。

圆圆的故事，中间要跳去一大段，一直等到三桂封了王，回到昆明：“建苏台郿坞于滇南，专房之宠，数十年如一日（陆传）。”

三

在昆明西站和莲花池中间，大约有二三里路，沿铁道走约一刻钟的路程。铁路北面是一片荒塚，曾经看到过明进士巡抚山西孙清愍公继鲁的墓。南面则是联大的校舍，一座碉堡矗立在一个大大的土堆子上面，这个土堆子就是所谓陈圆圆的梳妆台。我也只是走过时望望而已，没有到上面去看过。这一片地方现在已经荒秽不堪，涨水以后到处都是小池塘和野草。莲花池侧，高处有一所园子，是英国公使馆的产业，我曾经走进去看过，树木参天，野花满地，到处都是坟墓，时时有大黑蝴蝶飞来飞去。我曾希望在这里发现陈圆圆的墓，结果是失望。石屏袁嘉谷作《滇绎》有“野园”一条：

> 三桂筑野园以娱老，在今北门外，梳妆台其址也。王畤五、朱筱园诸集中有诗咏之。阮赐卿随文达来滇，作后圆圆曲，云圆圆死莲花池，好事者为之耳。

这野园又名安阜园，就是在这一带，不想三百年后，连一点遗迹也没有了。这里袁君说圆圆的死在莲花池，是好事者的捏造。《觚賸》中也不曾说到她的死事过。

> 居久之，延陵潜蓄异谋，邢窥其微，以齿暮请为女道士。霞帔星冠，日以药炉经卷自随。延陵训练之暇，每至其处，清谈竟暴而还。府中或事有疑难，遇延陵有

怒不可解者，邢致一二婉语，立时冰释。常曰，我晨夕焚修，为善是乐。他非所计耳。内外益敬礼焉。今上之癸丑岁，延陵造逆，丁巳病殁。戊午滇南平，藉其家。舞衫歌扇，稚蕙娇莺，联舻接轸，俱入禁掖，邢之名氏，独不见于籍。

我曾经和一位朋友，想去寻圆圆的坟墓。沿莲花池走上去，就是莲花新村。想找商山寺，却已经改为南菁学校了。走进去看看，宫室堂皇，在内地也的确不容易找到这样的中学，除了几棵古槐以外，全是洋灰水泥的建筑。更不用说什么圆圆的遗迹。忆前曾见施蛰存先生题一本传奇的一首诗：

宫草宫花寂寞香，美人何与国存亡！商山寺下飞鸿影，犹为将军舞艳阳。

不禁有点感慨，尚有别人和作的两首，想不起了，只有一句还记得："寂寂禅堂胜景阳。"

从学校里出来，在街上打听，听一个面馆里的老板的指示说墓是在莲花池畔的一个碉堡左近，并没有碑碣："主席龙公已经筹拨款项预备给她迁墓，图样也都已经画好了。"

于是就又走到莲花池畔去。坟堆倒是有几个，却全不像是旧塚。又向旁边耕地的一个农夫探询，这次所得的结果更是不佳。他说：

"圆圆的墓么，造大学的时候，早取消了。"

他的手就指在梳妆台的地方。

记得还问过一个人，他说圆圆就葬在梳妆台下面。我想她是无论如何也不会葬在那个大土堆下面的，那个像归绥的青塚一样的土馒头。

四

在昆明想找一点吴三桂的遗迹，十分困难，我想这大概是三藩平后，曾经经过一次大的毁灭的缘故。《滇绎》“吴氏遗事”一条云：

> 三桂不忠不孝，洵非人也。顾镇滇年久，事迹不少，而谈滇掌故者讳之。东华录收其奏报差详，然已删节失真矣。圆通寺胡国柱碑，凡平西国柱等字，今胥凿坏。盖康乾后朝威所慑。刘继庄广阳杂记记三桂宥桂林李棠之纠，且授以官中书舍人，彼哉彼哉！殆伪饰哉。罗次李氏家谱载李主忠洪化教读，吴王赐匾日木天戴众。洪化乃吴世璠年号，所谓吴王即指世璠。

还有那个翠湖。旧说是九龙池。我觉得它不免太荒秽了。湖面上都是碎叶子和树枝，看起来更显得小得可怜。近来从缅甸运回来一只大象，放在湖中一个地方吃草，来看“异兽”的人都站在马路边上流连不忍即去。看看那庞大的动物更是局促得很。湖畔有承华圃，现在是军校分校。《滇绎》中亦有道及：

湖在城内西北隅，旧甚大，吴三桂填其半，见滇云历年传。殆即讲武校地。地旧名洪化府。相传三桂填湖，即以为世璠府第。官吏恶其名而讳之，改承华圃，今又由圃而校也。

在发生小小事件的那两天，这里的形势也非常严重。有一次我从城里回来，沿顺城街走，眼看已经到了大西门，却不能过去，只能原路回去，在城里胡乱混了一夜，真是尴尬极了。

除了这些地方以外，城里似乎找不到别的遗迹。听说圆圆有衣冠冢在东门外的归化寺。金殿也是吴三桂的遗迹。所以决定费一天的时间去看一下。因为此次离开，短时似乎很难得有机会再来也。

一天早晨，和C君先走到东门。那里有马车到昙华寺去。从罗常培先生的一篇文章里老早就已经知道了昙华寺里的昙花和蜡梅，就欣然坐上车去。车子很快，半小时不到已经到了那条种满了尤加利树的长堤。昆明城外有几条长堤都种了这种树，非常秀整。远远望去，一行青翠，衬了红红的土地，和四周的青山，实在美丽得很。这种树树干挺直，叶子颇像夹竹桃。听说是岑毓英抚滇时所植，虽然不过几十年，却已经绿叶成荫，给这滇南名城添了不少美丽。

下了马车以后，问问人，知道昙华寺在左面村子深处，不远就到了。遥遥望去，寺虽不大，也还干净。门口就悬着王继文写的“龙飞凤舞”的“昙华寺”寺额。有几位穿军装的朋友站在门前，心想大概有点靠不住了。果然，这里是航委会的什么机关所驻，不能进去。向那位军官问问可否通融进去看一下，他笑笑说："没有什么好看"，心里倒也平安下来。再问他归化寺，他说是在右面的山上，现在是什么军法处，里面还有几十个犯人，大可不必去了。我却有些不甘心，坐了半天马车，就这么平白地回去了么。也许，墓是在寺外面的，于是还是走过去。走过金马村，上坡，归化寺隐在一片树林里面。沿了荒芜的小路走去，走到一半光景，听见山里有排枪的声音。C说还是不要去干未便了罢，就折回慢慢走下来。这一个早晨什么都没有看到。

下午到金殿去。这回是从穿心鼓楼上马车。车子不能直达，到了一个村落的地方就不去了。我们下来步行了长长的一段路，慢慢荒僻起来，前面是一片荒山，路边根本没有什么人家。在那一片荒山之中，很特别的有一块林木蓊郁的地方，看看似乎很近，走起来却久久不能到。最后终于到了河边的一座小石桥，桥上有石坊。有一条曲折的小石子路通往山上去。

满山都是松柏树，一片苍翠。先是"一天门"，环折着上去就是"二天门"，"三天门"。地方虽然不大，不过路颇曲折，加上松树杂生，好像颇有点丘壑。石径非常干净，路边的山神土地庙大抵都成了士兵的行营，挂了竹帘子，有人在日光中负暄捉虱子，样子非常悠闲。山上风颇大，已经颇有寒意了。

走到正殿，有道士来招呼请吃茶。客堂里挂了一幅木刻的武当山七十二峰的地图，才明白适才曲曲折折走的那些路原来是仿照了武当山的样子建成的。

小小的院子，地上铺了青石。那座“金殿”，其实是铜造的。虽然不太大，却颇精致，下面的石基甬路，雕得非常细致。道士开了门，走进去，里面供着道教祖师的神像，和吴三桂并没有什么关系。我想吴也不会呆得跑到离城那么远的地方造一座铜的宫殿来住的。

向小道士打听吴三桂的刀剑，不料却引起了他的反感，很不愉快的回答：“那是祖师爷的刀剑，不是什么吴三桂的。”我也悟到自己的确有些冒失，就随了他去看祖师爷的刀剑去。这在殿旁的一个碑亭里，一把剑，大约有六七尺长，全用青铜铸成，好像是铸成一块，并不能抽出来用的。那把刀却是木柄，钢刀。两件东西似乎并非同时所造，如果说吴三桂用过那柄刀，倒还可以相信，那把剑是无论如何也使不动的。

一块碑上记了关于这道观的历史：

> ……又俗名鹦鹉山。前明万历壬寅年道士徐正元叩请云南巡抚军门陈公用宾，会同黔国公木公昌祚右都督沐公叡御史刘公会于此山之巅，仿照湖广武当山七十二峰之中峰修筑紫禁城，冶铜为殿。……

回到客堂里吃了一会茶。殿旁的铜铸刁斗杆旁有一株桂树，虽然已经看不到花，可是还不时随风飘过一阵阵清香。

口渴得很，从那铜壶里倒出一碗碗淡得出奇的茶来啜着。山居的生活实在静得非常，从那穿了破棉衲吸着长长烟管的老道的悠闲的神情里，十足的可以领略得到。

五

自从崇祯皇帝在煤山吊死以后，明朝的继承者就发生了问题。太子的下落不明，一些重臣都各自以拥立为从龙的资本。凡是“太祖子孙”就都有资格做皇帝，所以南明的历史虽然很短，小朝廷却换了四五个。福王建都南京，虽然弄得不像样子，究竟还算是拥有可以和北方对立的局面。可惜清兵和金兵的作风不同，不等他们有苏息整顿的机会就南下了。马阮等一哄而逃，结束了这个可怜的局面。郑鸿逵杨龙友逃到福建，拥立唐王。这也没有延长多久，等阮胡子领了清兵从仙霞岭进来以后，也就垮了。与此同时的有鲁王以海监国绍兴，虽然是朝不保夕的局面，可是还斤斤于正统问题和唐王争辩不已，后来在海中飘流了很久，自去监国号，死于海中，没有多大成就。

继隆武一朝，为丁魁楚瞿式耜拥立的是桂王由榔，改元永历。这位皇帝虽然流离颠簸，情形很惨，最后还被吴三桂赶到外国去，又捉回来杀掉，然后却有整整十四年奋斗的历史，由桂林而安龙而昆明。明朝最后反击的力量，西南一角，包括四川在内，充满了可歌可泣的史实。这一个南明结末的局面，是颇值得重视的。

永历十年丙申，正月庚辰朔，上在安龙府。孙可望将谋劫驾出降，李定国举兵败之。奉上驻跸云南，改为滇都。（永历纪年）

这是永历帝建都昆明的开始。此后在滇三年，后来因为吴三桂的进逼才逃到缅甸，最后被捉回，死在昆明。云南人对这位末代皇孙的感情很不坏，不过后来在吴三桂的镇压下，似乎已经毁尽了当时的遗迹。五华山是当时永历的皇宫，现在的省政府所在地，不能随便去看。那形势就很不错，正好位于这明媚的花之都的中央，翠湖的南侧。在山上看看，整个美丽的昆明，都在脚下了。

现在野史里纪永历入缅事的，可以找到邓凯的《也是录》和《求野录》，还有黄宗羲的《永历纪年》、戴笠的《行在阳秋》。邓凯在永历十二年由江西逃到行在，作“随扈总兵”，此后即追随永历帝。所以这两本书所记相当可靠。《行在阳秋》和《永历纪年》是编年体，前者的作者究竟是吴江戴笠还是吴湘客，也还弄不清楚。

永历十二年十二月，李定国与清师战于炎遮河，败绩。这时滇都震动。当时随驾有蜀王刘文秀之将陈建等举文秀遗表请幸蜀，李定国不赞成说：“蕞尔建昌，何当十万人之至，不如南楚，缓出粤西，急入交趾。”也有人提出这一路的不易打通，因为当时清兵已经过了黄草坝，有切断后路的危险，最后黔国公沐天波提出到缅甸去的一条路。因为大理下关还可以有险可据，同时缅边荒远无际，追兵或者可以不致深入。

于是在十二月十五日就决意离开滇都向西走了。

这时守大理的是李定国，守下关的是白文选。白文选只有一万多溃兵，抵挡不了吴三桂的攻势，南走入山。李定国渡过了怒江，在高黎贡山预备设伏邀击，不幸又为清兵探得虚实，然而还奋战不已，后来定国先走，遂至不可收拾。这时永历帝还不知兵败的消息，总兵杨武来告定国远逃，追兵将及，就赶紧再走："时渐昏黑，行数里，失道途大谷中。时距故处仅一望耳。宫人窜失，公私囊橐多为杨武劫夺。"一班扈从又多叛去，于是只剩下入缅的一条路。

现在翻看地图，当时是由腾冲入缅的。渡过大金沙江，到蛮漠。随从的官兵因为舟艭无备，或由陆路，到了井梗，只剩下六百四十六人而已。

二月二十日"缅酋迎大臣议事"。"帝遣马吉翔弟雄飞及邬昌琦往，及至，酋亦不见。令通事传话，所问者皆神宗时事。二人未习中朝典故，竟不能答。缅人哂焉。最后出神宗时敕书相示，其宝文较今微异，以为伪。又以黔国公沐天波征南将军印验之，无异，遂不言。是役也，行人不才，遂开远蛮不恭之渐。"

缅甸人在神宗二十二年因为内乱曾来向中国求救，被却。此后即断绝关系。所以当时问答的还都是神宗时的事。

后来帝驾又被缅人接到"者梗"，在缅都"亚哇城"下。大抵就是现在的瓦城（曼德勒）。"结草为庐，编竹为城"，算是暂时得了安居的地方。逃难之后宫中的宝器已经丧失殆尽。从官穿的都是破旧的衣裳，甚至有好几天不能举火。皇帝竟怒掷宝玺，椎碎了来分饷诸臣。不过也还有人是阔绰的，照旧拥资纵博酣饮，高歌达旦。

从印度回来的时候，经过八莫南坎等地，在那明媚的山川里时常可以看见赤了脚浣衣的少女。人们都叫着去看观音。她们也有的会讲两句中国话，时常挑了东西来卖。在战后新盖起来的草房子里开了一家家的小杂货铺，酒店，欢迎顾客。仿佛可以联想三百年前这一批“远征军”的生活情景：

> 时缅妇自相贸易，杂沓如市。诸臣恬然以为无事，屏去礼貌，皆短衣跣足，阑入缅妇贸易队中，踞地喧笑，呼卢纵酒，虽大僚无不然者。

弄得缅官也看不上了，说：“天朝大臣，如此规矩，安得不亡?”

这其间巩昌王白文选、晋王李定国都曾帅师迎跸，都不果。诸臣在此都有“乐不思蜀”之意，对于出险一事，简直根本不发生兴趣了。

冬十一月初八日，吴三桂兵至木邦，后来又进入缅境，加压力于缅人。如果不送出永历帝，就要攻进来。

> 十二月□□朔，吴三桂兵驻旧晚坡。旧晚坡在缅城之东。是日，缅相锡真持贝叶缅文降于三桂，其文有：“愿送驾出城，但祈来兵退扎锡坡。”犹虑三桂之袭其城也。(《行在阳秋》卷下)

这下面就是为缅人出卖的一段故事，读来与徽钦北狩的情景同其凄惨，《行在阳秋》曰：

初三日，是日未刻，二三缅官来见曰："此地不便，请移别所。你们兵将近我城，我处发兵，必由此过，恐为惊动。"言未毕，数蛮子将上连机子抬去。太后等悲声震天，行至二百步，乃有轿三乘至，太后等上轿，大小男女毫未收带，步行约五里。渡河到岸，暗黑不识何地。二更到营，始知为吴三桂营矣。

《求野录》记登岸事更使人读之不欢：

乘舟渡河，舟大不及陆，三桂使将负帝登岸，帝问曰，卿为谁？对曰，臣平西王前锋章京高得捷也。帝默然。

《行在阳秋》还记有"旧晚坡"事，写当时声势赫赫的平西王吴三桂看见永历帝后的神情，很可看出此公当日心情的变异，不失为研究叛国者心理的好材料：

杂录曰：吴三桂标将有商于吴者，问以旧晚坡之事，据云：十二月初二日，三桂至旧晚坡，檄缅送驾，缅亦遣人相闻。薄暮缅人送人首十七至三桂营，营中讹言驾崩。及三鼓，欢言驾至矣，随众出迎。……上南面坐达旦，三桂标下各官相继入见，或拜或叩首而退。少顷三桂进见，初甚倨傲，见上长揖。上问为谁，三桂噤不敢对。再问之，遂伏地不能起。及问之数至，始称名应诏。上切责良久，三桂缄口伏地若死人。上卒曰，今亦已矣。朕本北京人，欲还见十二陵死，尔能任之乎？对曰臣能任之。上令之去，三桂伏不能起，左右挟之出，则色如死灰，汗浃背，自后不敢复见。

关于永历帝还滇以后的死时和死法各书的说法都不同，《也是录》和《求野录》虽然同是邓凯所著，所说亦不一致。《也是录》说："永历十六年四月初八日上被难。"《求野录》则说："四月二十五日吴三桂以帛进帝所，帝遂崩。"《行在阳秋》后附记东昌李君调曰："而龙驭宾天，皇太子遇害，则辛丑三月十八日也。"《永历纪年》说："蒙尘之后，事秘。不知崩日崩所。或曰北人扃至某驿，夜半闻上怒骂，即徂落之辰也。"钱曾诗笺："辛丑之冬，天兵逼缅，缅人执帝献于师，挟至云南省城外草萍驿，吴三桂夜杀之。"

在昆明城内的某一个地方，地名叫作"篦子坡"。据说是"逼死坡"的音转，在五华山之北，我心想大概是在那一带上坡路的地方。有一天，天气好得很，我在暖暖的日光下散步从云南大学出来沿了青云街走，想去找一下这个"逼死坡"，在左手斜坡上找了半天，也没有寻到那块石碑，问巡警，他告诉我说，这就是了。后来又问两个小学生，告诉我就在华山西路，是每天都要走过几次的一条大街，却从来没有看见过什么石碑。后来还是问了一位老先生，他指点我在前面不远的地方就是那块碑。果然，这里也有一块和莲花池畔同型的碑，上面贴满了花柳病广告，而在广告之上，乃更贴有李、杜两位先生的布告焉。只剩下“殉国处”三个字还可以看见，心想大概是不便揭去一观的了。寻碑如此，大概也可以算是“出乎意表之外”了罢，心里有那么点“不薄今人爱古人”的愤懑……什么的。

这地方就是故老相传的缢死处。至于莲花池畔的那一块“灰骨处”，在《行在阳秋》上也有记载：

> 是日，天大昏黑，风霾并作，人影不见。上既遇害，三桂使人炙尸扬灰，传赐诸将。

也许是缢死后又运出北门外，焚尸扬灰的罢？

附记一：

近读胡嘉《滇越游记》，里边谈到陈圆圆的梳妆台，说本是永历帝的陵墓，后来因为忌讳，才改称梳妆台；又录有王畴五（思训）的《野园歌》：“浮云渺忽春城限，乐游谁拟姑苏台。夷光未去走麋鹿，红墙碧树乌栖哀（滇城破，圆圆犹在）。放萤别苑千山拥，凿一池抛万姓塚，毕穿旧室求琼华，妙选良家唱罗唝。楼阁岩峣海市连（园与城内菜海子相望），凤笙龙笛围红鸾，蛟宫深浅少人致，长鲸醉倒鼾狂澜，排山波涌飞衡崿，窃弄衣冠猿戏谑，云暗潇湘夜雨昏，肠断三声泪空落，澄怀坐啸（两台对峙，高百余丈。飞桥相接，凌空往来。）惟青苔，弥天腥雾今尘埃。亡魂徒结分香恨（吴死衡阳，念圆圆不置），月冷荒台觅燕钗。”

王号永斋，昆明人，康熙进士，著有山楼集，滇乘等。所言凿一池抛万姓塚即言开莲花池事。

孙髯字髯翁，昆明人，布衣不仕，博闻多识，尤留心明末野史，眷怀胜国，有安阜园诗：

日落未落天黄昏，东冢西冢牛羊奔，老狐学人衣拜月，桃花有鬼来招魂。

附记二：

听仁渊兄告以蒋梦麟先生谈事两则：

在联大的北面，有一所尼庵，现在还有女尼住在里面。蒋先生曾经去看过。庵旁有野塚，土人称为“娘娘坟”，其中之一墓碑题名和陈圆圆的名字相差只一字，又有奉旨等字样。碑额雕有双凤，当时疑心可能是圆圆的遗塚。曾想试掘，一窥究竟。后来事忙忘记，现在则已经为人平地另建新房了。吴陈遗迹，在清代三百年中都是秘密着的。现在的梳妆台……都靠不住，商山寺中有陈圆圆墓，在一间房子内，门是上了锁的。也并非陈的真塚。即南菁学校是否是商山寺的原址，也未必可靠。

又在昆明轰炸时，大家多向铁路以北去避空袭。曾在一处发现一条长长的隧道，土人称“一线天”。据说是清初所掘，因为有人发现该处颇有“王气”，遂掘以破坏其风水云。

按，这两处都未曾去过，不免可惜。附志于此，以当补遗。

1945 年 12 月 30 日

五日长安

1985 年 5 月 8 日

整日在宝成路车上。四十多年前经过宝鸡入蜀，走的是凤县、南星、留坝、沔县、广元一路，历尽了艰险，曾写过一些日记。自从宝成铁路建成以后，就一直梦想着重来，却不料直到今天才得如愿。久久地站在车厢中看沿途的山色，几乎每隔一两分钟就要钻进一次的数不清的山洞，俯视只剩下浅浅伏流、铺满了鹅卵石的嘉陵江，山上看不见人影，就连树木也少见，一切依稀还是当年的样子。

车过阳平关，努力寻找，也看不见那座古代的故关，想来大约是深埋在群山万壑之中了，只在隧道入口处看到了“阳平关”三个大字。三小时后抵双石铺，四十年前曾在这地方宿夜，买了小红橘子来吃，胡乱地睡在铺草上的光景还如在眼前。

饭后早睡，夜半被乘务员叫醒，列车 12 时 40 分抵西安。叫了部车子来到西安宾馆，铁门紧闭，不能进去。提了行李在附近找旅馆，也失败了，最后只能回到宾馆对面文物商店的石阶上坐下。将近天明，冷起来了，打开提包取出毛线衫来穿上，又在铺了方砖的人行道上来回走动。摸了一下，提包表面已经覆满了露水，一片潮润。附近施工的工地上电灯耀眼，却没有一个人。天际挂着半轮残月，散发着惨白的光泽。就这样，一直等到上早班的女服务员，唤开了铁门，才一起捱进了住处。

5月9日

洗了澡，吃完早饭后在客房里休息。下午三时半出门，乘三路汽车到钟楼，又问路来到碑林。进门后在两排参天的绿荫下前行，面前就是镌着“碑林”两字横匾的碑亭。环境幽静得很。游人是多的，但并不显得拥挤，人声脚步声……仿佛都被四周的绿色吸收了去了。

在六个陈列室和游廊里摆设收藏着汉唐以来两千三百多块碑石，这是无法在短时间内一一细看的，只能像访候旧识似的在每一座名碑前待一会儿。“曹全碑”“颜氏家庙碑”“玄秘塔碑”“圣教序”……这些早在拓本、印本中熟悉了的名作，一下子对面相逢，真是令人高兴、激动，不能不使人惊异，经过千余年、无数人的捶拓，今天还依旧神情奕奕，光彩照人。不能不佩服前代雕石匠师的神奇手段，宛转随意，他们用刀正像书家的用笔，石面在他们手下也无异绢素。这也是一种古老的文化传统了，雕石、镌木、板画……都是艺术家们合作而成的艺术品，与西方的集画家刻手于一身传统大异。很难说这不是一种优点与特色。只可惜人们习惯于重视书手、画家，却很少知道刻工的名字，这是不全面也不公平的。

博物馆正在举行的珍宝展览是更吸引人的地方。这里有排列得像一座小山似的铜器群，有铭文长达数十百字的礼器，多半是解放后在陕西陆续发现的。与在别处博物馆看到的铜锈斑斓的器物不同，这里的铜器都是淡灰色的，粗看竟像是锡器。

在这里也有早已在纸面上看见过的“旧相识”。唐舞马衔杯银壶看来似乎并不那么烜赫，也许是已经被主人用旧了吧。但那只唐牛首玛瑙杯就不同，晶莹艳丽，雕成牛头的嘴部镶着金，华贵精工，是真正惊心眩目的作品。还有也是玛瑙制成的羽觞，精巧华丽，显然是从楚器耳杯衍化了来的酒器。

不能再流连不去了。自从一踏进“碑林”，不，应该说是从一踏上旅途，心里就记挂着“昭陵六骏”，可是已经在博物馆内转了好半日，却还不知道它在哪里。打听下来，知道这是在石刻馆里。匆匆赶去，时间已过，前门早上了锁，只能从出口处走进去，也来不及从头细看就一直赶到“六骏”前面。“六骏”今天只剩下了“四骏”，“飒露紫”和“拳毛騧”早在民国初年被盗运出国，安置在美国费城的博物馆里了。

关于昭陵六骏的早期著录，不能不想到赵明诚的《金石录》。在“跋尾”十三中有“唐昭陵六马赞”一条：

右唐昭陵六马赞。初太宗以文德皇后之葬，自为文刻石于昭陵。又琢石像平生征伐所乘六马，为赞刻之，皆欧阳询八分书。世或以为殷仲容书，非是。至诸降将名氏，乃仲容书耳。今附于卷末云。

赵明诚和李清照的眼光是值得佩服的。他们是最早赏识这一组浮雕并与古金石文字同等重视，加以著录的学人。但限于“体例”，讨论的重点还是放在“赞”和书手上面，对浮雕本身却不着一字。又过了五百多年，张力臣（弨）撰《唐昭陵六骏赞辨》，收入望三益斋刻《张亟斋遗集》中。此文写于癸酉，也就是康熙三十二年。他所考辨的也依旧是图赞的撰者与书手，不过他曾在康熙十年亲赴昭陵考察，留下了详细的记录，这是三百年前六骏仍在昭陵时的实况，自然有其价值：

适辛亥冬后，从汉南过云栈，冒雪先至醴泉。抵赵村石鼓寺一宿，登九峻雨道，恭谒殿前，皆如昭陵诸志所云，不敢赞一词。及审视六马，其制：琢石如屏风，每方高四尺五寸，广五尺六寸，厚一尺。周遭边界棱起，马身半凿，空处刳下三寸。西第一，四蹄端立，有马图前立拔箭；东第一，西第二，则三蹄立前，左一蹄作驰势；余三则绝尘而奔。各马头之上一隅，皆留石一尺正方，与边界相平，隐隐有字迹，是当日刻赞处也。下座每边三马相连，各离尺许，共置一座，座西之石即与地平合缝，有铁锭连属，是石座，无容书处也。

三原于右任有“昭陵石马歌”，原诗有自注，湖南人民出版社版《于右任诗词》删去不录，大是可惜。今据刘成禺《世载堂诗待删稿》转录其略：

> 唐太宗葬昭陵，在醴泉县北九嵕山。陵前石刻六马，名飒露紫、拳毛騧、青骓、特勒骠、白蹄乌、什伐赤。马或做奔驰状，或安辔而立，惟飒露紫前刻邱行恭拔矢状。六马刻石，广各八尺许，石端留刻铭处约一方，铭词为唐太宗所制，然未刻诸石也。六马鞍具大类欧洲近世形式，马鬣尾亦剪短，如今日军中介驷。石刻突起约二寸许，每石均有边阑。石工精劲生动，绝好中世浮雕也。《昭陵六骏图考》载故实甚详。民国四年陆建章据陕，窃辇飒露紫、拳毛騧二石出关，馈赂当道，辗转售运美国费勒特尔非亚博物院。五年，将余四石置之陕西图书馆。

以上两文为我们提供了有关六骏的重要史料。同时也可以看出，三百年来人们对它的兴趣已经逐渐从题赞的书法与书手转移到浮雕艺术欣赏上来了。这是很自然的。浮雕是较易抵御风雨侵蚀的破坏的。今天仅余的四骏，虽然已被企图盗运者捶裂，但依然保持着原来的风姿，无论是绝尘飞驰还是安详地探腿伫立，神态都是活生生的，不用抚摸也能感觉到马儿肌肉的颤动、鼻息的喷薄。特别是邱行恭为之拔箭的飒露紫，极出色地传达了战士与马的感情，那种“真堪托死生”的情谊。只可惜今天“碑林”里的复制品与原作差得太远，看不到那种微妙的气质了。

唐太宗破除旧例，在自己的陵墓上增添了这样纪念性的石雕，说明他确是一个思想解放的人物。还有“贞观时擒服诸番将君长颉利等十四人之像，琢石列之北司马门内者，弨视之，其余无几，并下半衣甲之文亦残毁不可名状”（张力臣文）这种将降将、番使都凿石列于陵前的办法，也是唐太宗的首创，过去的帝王没有，也不可能想到这个。

5月11日

早起，从窗口望下去，看见路上的行人张着伞，路面也是混的。不过雨下得并不大。

今天是我们开始西安游程的第一天。八时，乘车出发。先到大雁塔。游人多极，虽然下雨，也一点都不少减。寺门停了许多汽车，载来了不少海外游客。大家一起向塔门挤去。进入塔身，光线转暗。有很好的扶梯。人们差不多是排着队，紧贴着攀登。塔身每层都铺了楼板，供游人止步休憩，可以走向四面的拱门去凭眺。我们一口气爬上了最高的七层。小雨又下起来，四面浮起了薄雾，视野受到限制，不必说终南山望不见，就连城里也只能看到朦胧的一片。不过这“雨中春树万人家”的意境是非常好的。在今天，大雁塔已经不再是西安的最高建筑，但在唐代却是的。好像当时也没有禁止游人攀登的禁令，那么，是无论谁都可以从这里窥视皇帝的后宫禁地的了。

大雁塔又名慈恩寺塔。永徽三年（公元 652 年）玄奘始建。本来是“砖表土心”，只有五层。后来经过拆改，从天宝中诗人岑参的诗里知道，它已经是七层了。我们从塔上下来，在近处端详这座方形密檐唐塔，朴素的表面，并无任何繁缛的装饰，浅黄的色泽，更显得沉静端庄。每层塔身都有层层密叠的“涩檐”，四壁隐隐砌起仿木结构的部件，虽然不一定都是唐代的遗构，但历代重修时继承保存了原有的风格体式则是无疑的，塔身庄严矗立，有非常的稳重感。据说 1965 年重修时，发现塔身曾用近二米的砖层裹起，可能是明代重修时为了加固而采取的措施，这样，大雁塔的原貌也应该是还更玲珑俊秀一些的吧。

游人也实在太多，加上塔前有许多人在照相，更增添了紧张的气氛，我们来不及看历代进士的题名碑就离开了。从中唐开始，新科进士都有游雁塔在雁塔题名的习俗，这些题壁原来都是墨迹，新旧交替，很难保存。宋代有人曾抚旧迹刻石，至今还流传着宋拓本。曾见过照片，其中就有李商隐的名字。这恐怕是历史上很早的名胜留题也即签名簿了，很可以据宋拓钩抚上石，这将是雁塔的重要点缀，其意义或不在两块褚碑之下。

从大雁塔出来去清真寺。寺在鼓楼附近的华觉巷内，是西安规模最大的伊斯兰教寺院。坐西向东，有四进院落，在中轴线上对称地安排了楼阁亭台，雨下得大起来了，我们站在门楼下躲雨，面对满园花木亭榭，静谧幽深，有一种说不出的幽趣，正如诗人所说的："禅房花木深"，一时竟分辨不出这是佛寺，是园林，还是清真寺了。从元代开始伊斯兰教大量传入以后，自然也带来了中亚的建筑形式，但不多久就为中国的建筑师所吸取融化，成为中国风味的东西。还有一种说法，安史之乱后，得到西域回纥强弓硬弩帮助的汾阳王郭子仪是有赫赫战功的中兴名将，至今还流传着描写他单骑见回纥的古老画卷。郭子仪回到长安，带来了几百名回纥将官，安排他们学习唐朝的法令、制度、风俗，因此，至今附近还留下了"大学习巷"的地名，这一带也一直是回纥族聚居的地方。这虽然不能证明这清真寺始建年代，但总可以说明它的历史是很久很久了。

午饭在兴庆公园的一座楼上。这里原是唐兴庆宫的旧址，是唐玄宗生活过大半生的地方。从早年精明干练的统治者到逐渐习于逸乐、荒淫无度的昏君，终于被渔阳的鼙鼓赶出了长安。在仓皇西奔的俄顷还"登兴庆宫花萼楼，四顾凄惶曰，'此所谓入边愁也'。"这句话大约传播得颇广，杜甫也将它写进了"芙蓉小苑入边愁"的诗句。后来回京以后，玄宗以太上皇的资格还在这里住了一阵子，直到被赶出去为止，没有多久就死去了。他和这地方的关系太深了。

公园有许多建筑都还沿用了当年的原名。站在楼上的饭厅里，凭窗下望，远处就是有名的沉香亭，眼前的湖水则相当于唐代的龙池。花木掩映，细雨中垂柳飘拂在澄碧的湖面上，环境是幽美的。不过却引不起兴致走下去一一观赏，觉得就这样遥望一下也尽够了。

饭后到秦俑坑去，路上要经过有名的灞桥。不过原有的古桥已经“退役”了，现在使用的是来往单行道的双桥。桥边也看不见柳树的影子。河面很宽，据《水经注》说：“灞水古名滋水，秦穆公更名，以显霸功。水上有桥，谓之灞桥。”旧桥是所谓石轴柱桥，桥柱用石轴叠起，安放在木桩上面，轴柱上再铺石梁、木梁，再加铺石板路面。灞水的水位颇低，不过气势倒是宏阔的。过桥后看见街市上的店铺，差不多都用灞桥命名，自然觉得异常亲切。灞桥又名“销魂桥”，也许典故就出在汤显祖的《紫钗记》霍小玉口中。在“阳关”一折中霍小玉说过：“浣纱，这灞桥是销魂桥也。”相比之下，想到沛公入关曾在灞上驻军的人就要少得多。唐宋以来诗人的大量诗篇起了极大作用。他们最初也只是描写实地实景，但后来竟逐渐衍化成为词家的典故，“灞桥”成了离别的代名词，孕蓄了异常丰富的内涵，往往不是千言万语所能替代，可以算作是一种奇妙的语言现象。

一小时以后就能从车上远远望见秦始皇陵。这是一个很大很大像山似的大土堆，是秦始皇花了三十多年时间，动用了几十万人力营造的，从此开了先例，后来有不少皇帝都来学样，在即位之初就开始经营自己的陵寝了，这是秦始皇得到继承发展的许多“创造”之一，不过人们往往忽略了。这个大土堆下面到底埋藏着什么，至今也还是一个谜。自从1974 年农民在始皇陵右侧一公里半处打井，发现了秦代的陶俑坑，才开始揭开了神秘帷幕的小小一角。在地下五米深处有一座长方形的地下土木建筑，在长二百三十米、宽六十二米的坑内埋藏着五百多个武士俑。这并不是全部，今天的秦俑坑博物馆只是覆盖在没有完全开发的一号坑上面。站在坑口可以看到排列整齐的武士队形。面对来自东方的假想敌的是三列横队，后面跟上来的是步兵与车马相间的三十八路纵队，还有侧翼与后卫，左右两侧的武士横队都朝外警戒。和真人真马大小相近的陶俑，都是用模具成形后再在表面敷泥、挖、控、刻、坾贴，按形体部位分别制作，套合组装而成。虽是大量的模具生产，但人物面部的神情与装束又各不相同，也有战士与军官的分别。武士大都穿着右衽的短战衣，束发，腿部扎了行縢，脚上是方口平头鞋子。人物的表情是勇猛坚毅的，但从总体看，却感到这是一支失去了昂奋意气的队伍，是秦始皇指挥如意的“为王前趋”的战争工具。匠师们（他们中间有不少是刑徒）创作了伟大辉煌的泥塑群，他们真实地传达出在沉默、呆滞的目光中流露出来的军士的心。

秦始皇确是非凡的人物。可他又是多么怯懦。就在死后也要安排那许多卫队来保护自己，时时警惕着会有人从东方、南方……杀来。在死后他也是没有安宁的。

他又是多么自私，动用了天下的民力（据说每十人中就有一人被征用）为自己建造地下宫殿，制造如此精巧伟大的“玩具”——一座死后的王国。关于这座地下宫殿，司马迁曾有过详细的记载。过去人们大抵不敢深信，把它看作文学而不是历史。可是许多新发现都说明，太史公的话并不全是天才的幻想。

秦始皇一面辛苦经营着死后的“王国”，一面又希望最好是不必死，他派人泛海去寻求不死之药，算来还要比郑和下西洋早一千多年。他的“雄图大略”和奇异构想使人惊异，但一切努力都是为了永远坐在血腥的宝座上，这一点是不应该忽略的。

听说附近有一个“坑儒谷”，不过我们不想去看了。多少年来，人们对这事一直是疑信参半的，或研究那“坑”的办法，以为不可思议。如一本古笑话书中所说：

> 人皆知秦坑儒，而不知何以坑之。按卫宏《古文奇字序》，秦始皇密令人种瓜于骊山型谷中温处，瓜实成，使人上书曰“冬瓜实”。有诏下博士诸生说之，人人各异。则皆使往视之，而为伏机，诸儒生皆至，方相难不决，因发机从上填之以土，皆压死。（按孔颖达《尚书疏》：“三十五年始皇以方士卢生求仙药不得，以为诽谤。诸生连相告引，四百六十余人，皆坑之咸阳。”所说不同。）

这里描写儒生的习性神情和做成了圈套使他们上钩的种种，是颇传神的，但总难使人相信这会是真实的。最大的破绽就在于对秦始皇这人物描写得走了样。他要杀人是极便当的，何必费去如许手脚，不像个“大英雄”，简直是一个小丈夫了。“坑儒”说起来不过是牛刀小试，这种大量活埋的办法在当时好像是很平常的。项羽坑秦卒二十余万；长平之战，坑赵降卒数十万。这都是见于正史的。虽然难以想象，但也没有确证能完全加以否定。只能说时代相去过于久远，我们对秦始皇那个时代过于隔膜，不能领会当时“英雄”人物的心思、习惯了。现在活生生的兵马俑坑就在眼前，岂不是一个很好的说明，不论是敌是我，将整个军队埋入地下，是合于秦始皇们的思想逻辑的么？

人们一向有一种坏脾气，只知道对历史上的大人物顶礼膜拜，却极少去分析研究他们的言行与动机。不论是“圣君贤相”还是杀人魔王，一律无条件地加以崇拜。而且人越杀得多越觉得他伟大。正如“聊斋”所说，被砍了头还要称颂一声“好快刀!”这是奴隶哲学的极致，如不加以彻底的涤荡，不知什么时候总会引出大乱子来的。

走出陈列馆，向导告诉我们旁边一个小厅里还陈列着一辆五年前在秦始皇陵封土西侧发掘出来的大型彩绘铜车马，值得看看。这确是值得一看的，参观券每张伍元。这是一辆青铜制作的四马牵引马车，坐在车前的是一位“御官俑”，双手前伸做驾驶状，神态俨然。车篷下面是车箱，两侧有可以开关的车窗。坐在这样的马车里，应该是快速而舒适的，在当时是理想的交通工具了。据说这种车的名字是“安”车，不知道什么等级的人物才有资格乘坐，但从马的络头和辂具上都使用了大量金银构件看来，绝不是中下级官吏所能使用的。说不定秦始皇日常乘用的也是这样的车子，也许要宽绰一些，但大致的形制不会有太大的差异。当年他躺在臭鱼当中从沙丘回到咸阳，大概也就是用的这一类的车子。

归途过华清池。在细雨中走进门去，眼前是点缀在一片浓绿中的殿阁亭台。宽展的水面上架着宛转的石桥，桥下是碧檐红柱的楼亭倒影，杜牧“过华清宫”诗说“长安回望绣成堆”，园虽新建，却说得恰好，这真是“成堆”的“锦绣”啊。游人是多的，都挤在游廊中避雨，连行走都异常困难。走过“贵妃池”，望“飞霞阁”，这用青砖叠起的紧凑庭院，谁也不能肯定究竟是否当年杨贵妃入浴的所在。只有那流了不知多少年的温泉证明着这里是确实无误的遗址。

这本来是唐“温泉宫”，只是在唐玄宗册封杨贵妃之后两年才改名“华清宫”。晚唐人诗集中留下的歌咏诗篇多得很。最有名的是杜牧的五言排律“华清宫三十韵”和绝句三首。小杜这首诗简直是一篇“唐明皇论”，诗人在这里显示了他的史才，他的见解也是高明的。通篇没有一句正面地责难杨玉环，虽然她必不可免会在许多关键场合出现；主要的责任全部归之玄宗。同时的诗人温庭筠也有“过华清宫二十二韵”一首五排，是和杜牧之作，从开篇的“贵妃专宠幸，天子富春秋”到结末的“艳笑双飞断，香魂一哭休”，主要做的是以杨贵妃领衔的合论，见识就差远了。

杜牧则写的是玄宗由“至道思玄圃，平居厌未央。钩陈裹岩谷，文陛压青苍”直到“雨露偏金穴，乾坤入醉乡”的堕落衍化过程，同时也没有忽略“玩兵师汉武，回手倒干将”的倒行逆施，于是到来了“鲸鬣掀东海，胡牙揭上阳”的变乱，终于导致“喧呼马嵬血，零落羽林枪”的结局。杜牧的诗格高于温庭筠，就因为他能从大处着眼，摆脱流俗的眼光，不把杨李事件写成孤立的爱情悲剧。他清醒地看出，责任主要不在杨贵妃身上，这就和社会势力极大的“红颜祸水论”划清了界线，不愧是曾写出《罪言》的作者手笔。

专记杨贵妃始末的书还有乐史的《杨太真外传》。关于华清宫，有下面一段话：

> 上每年冬十月幸华清宫，常经冬还宫阙。去即与妃同辇。华清有端正楼，即贵妃梳洗之所；有莲花汤，即贵妃澡沐之室。（案：这“莲花汤”的原址，最近已经发掘了出来。）

乐史是宋人，“外传”是小说笔记，但所记“多有近实者”（胡应麟），与唐人传奇大不相同。有趣的是也是宋人的司马光的编年史“通鉴”的编写态度。他不但把每次“上幸华清宫”都不惮烦地写下来，还详记杨贵妃的始末，连两次忤旨出宫和赐安禄山洗儿钱那样的事也不遗漏（这后一条就不见于乐史书）地一一写出来，看得与国家的兵刑大政同等重要。在司马光看来，民间的口头传说和野史外纪并非全是“流言”，更不只是男女之间的私事，对说明天宝朝局的发展变化都是有用的资料。当然司马光的方法是不错的。

5月12日

早晨八时半出发。车子向西安西北郊驶去。九时十五分过渭河，河面很宽。车子从长桥上驶过。驾驶员告诉我们，这里就是姜太公钓鱼的地方。半小时后过咸阳。这是秦朝的都城，不过今天已经看不到什么遗迹了。考古发掘倒获得了不少纹饰美丽的秦代瓦当和空心砖，证明这里确是秦代宫城的遗址。有一处相当热闹的集市市场，农民牵牛抱羊到这里来赶集的不少。十时半，遥遥可以望见乾陵了，唐高宗与武后合葬的陵墓就建筑在梁山上面，主峰是地宫所在，前面较低的二峰东西对峙，峰顶都曾有阙楼，是天然的“双阙”。远远望去，正如仰卧着妇女的双乳，当地人就叫它“奶头山”。十时三十五分抵乾县，车子在永泰公主墓前停下。这里也已建成了一座小型的博物馆，院内停放着许多车辆，游人更是多极了。永泰公主名李仙蕙，是武则天的孙女，据说因看不惯祖母的宠信二张（昌宗、易之），发过“何得恣入宫中”的牢骚，被武则天听到后害死的。到了神龙二年（公元706 年）才得与同时被害的丈夫一起陪葬乾陵。

永泰公主墓地表的封土作覆斗形，进口处颇窄，走下去是斜度很陡的墓道。游人多极，只能慢慢地鱼贯而入。甬道是砖砌的，差不多有一百米，两侧是对称排列的壁龛，里面还陈列着一些明器。两壁的壁画是临摹的，原物现已藏在博物馆里。墓道内装了电灯，靠近墓室的过洞里安放着石刻墓志，黝黑闪亮的石面上雕着纤巧的纹饰，人流在这里塞住了，前进后退都困难，更不必说细看墓志上的文字。最后是巨大的石椁。壁画、墓志，还有石椁上的精美线刻画，现在都已有了印本，可以从容观赏，在现场却实在没有这样的余裕。

比起南唐二陵和成都的王建墓，这座墓狭而长的甬道要深远得多。壁画与石椁上的线画更是典型的唐代作品。人物丰满而轻盈，姿态各异，是极为生动的人物画，也是唐代服饰的标准范本。

离开永泰公主墓后来到乾陵。车子可以直开到墓前，从梁山南峰土阙开始，司马道两侧对称地排列着华表、翼马、鸵鸟、石翁仲、石狮，两侧还有高宗的述圣纪碑和有名的无字碑。这些巨大石雕非凡的雄伟气势，雕刻工艺的华美，不只说明大唐国力的鼎盛，也表现了当时的文化水平。太阳正在中天，万里无云，这里却并无任何可以遮荫的树木，路边有不少吃食摊子，都张着白色的帐篷，有的也出售旅游纪念品。

乾陵为高宗立碑，为武后立无字碑，立参加高宗葬礼的六十一王宾石像，以及石刻行列中出现了鸵鸟，都是过去帝王陵墓中不曾有过的“新事物”。唐人的胸襟气魄从这里也可以看出一点迹象，称之为思想解放，也许并不错。不过又可以说是随随便便，封建礼法实际并不怎样被看重。武则天自己作了女皇帝，改了国号，最后又自动取消了这一切，仍旧遗命与高宗合葬乾陵。这也是史无前例的。据说武则天的立无字碑，含有自身功过留待后人评说的意思。果真如此，倒确也表现了恢宏的气度。这样，书上记载她读了骆宾王的《讨武氏檄》以后的表现应该也是可信的。这许多，包括极为随便的男女伦理关系在内，也许都是一种“胡风”的影响与遗留，不知道可的确。

中午在乾县市内吃饭，吃到了陕西风味的大饼，甚美。

在几天来已经食谱化了的饭菜中是一次突破。

饭后乘车去茂陵。在这之前，先到了马嵬。这是原定的游程里没有的，也许认为这是个假古董吧，在几本介绍西安文物古迹的书中也都不载，可是我们还是提出了访问的要求。杨贵妃墓的真伪，早已是不成问题的问题；可是马嵬这地方总是确凿无疑的。旅游与考古是又密切关联又有分明区别的两回事，这里就是一个好例。

这墓就在公路边上，有围墙，门额上有“民国二十五年陕西省政府主席”邵力子写的“唐杨氏贵妃之墓”七个字。走进去就看见一座青砖砌成的土馒头，前面有一块碑。这就是杨玉环的“埋香”之地了。此外的建筑还有仿唐式的享殿三间，现在是接待室。门锁着，不能进去。院子四周有碑廊十二间，壁上所嵌碑版，最早有元代至正间的一方，清代顺治以下历朝也都有一些，其中有王渔洋、林则徐等人的题诗。

这座小小的墓园也真的没有什么可看，也没有什么纪念品出售，只买了一张《兴平文物》，由老同志为我盖上了旅游纪念的大红印。墓中自然不可能有死者遗骨，据说只是葬了杨贵妃的香囊与鞋袜，恐怕就连这也可疑。《杨太真外传》记：“妃之死日，马嵬媪得锦靿袜一只，相传过客一玩百钱，前后获钱无数。”这位唐朝的老太太可以说是深深懂得经营旅游事业的先知先觉。既已获得无数金钱，那只锦袜怕也早已弄烂了。《杨太真外传》对马嵬兵变，六军不行，杨妃赐死诸节都有细致的描绘，既记下了真实的历史，又描绘了真实的人物，是出色的文学作品。六军不发，发动者是右龙武将军陈玄礼；诛杨国忠后劝说玄宗杀贵妃的是高力士。进一步逼玄宗下“割恩忍断”的是京兆司录韦锷。

> 逡巡，上入行宫，抚妃子出于厅门，至马道北墙口而别之，使力士赐死。妃泣涕呜咽，语不胜情，乃曰：“愿大家好住，妾诚负国恩，死无恨矣。乞容礼佛。”帝曰：“愿妃子善地受生。”力士遂缢于佛堂前之梨树下。才绝，而南方进荔枝至。上睹之，长号数息。……

读了这一节，不能不感到《长生殿》“埋玉”中的许多话不免是“词废”了。生死之间，哪里有许多“闲话”好说。实际是杨玉环自觉自愿地做了替罪羊。

历代诗人写“马嵬”的诗多极了，写得好的可以举出郑畋的一首七绝：“肃宗回马杨妃死，云雨虽亡日月新。终是圣明天子事，景阳宫井又何人。”

这是晚唐诗人的话，代表了一切头脑清醒者的意见，是“明若观火”的。不过我觉得有意思的是第一句。翻翻《资治通鉴》，就能隐约地看到，玄宗和儿子之间的矛盾是早就存在了。天宝十三年春，就有“太子亦知禄山必反，言于上，上不听”的记事；次年，叛军逼近潼关，玄宗“议亲征，辛丑，制太子监国。”曾对宰相说过一番话：“朕在位垂五十载，倦于忧勤。去秋已欲传位太子，值水旱相仍，不欲以余灾遗子孙，淹留俟少丰。不意逆胡横发，朕当亲征，且使之监国。事平之日，朕将高枕无为矣。”

从这一节话看，肃宗的得到“监国”任命，是很不容易的，是政局发展、实逼处此的结果。玄宗要“传位”，也绝不是主动的、自愿的，从他举出的不像样的“淹留”理由可以看出他是多么的不情愿。可是这一番话却使杨国忠“大惧”了，赶紧和韩、虢、秦三夫人私下商议：“太子素恶吾家专横久矣。若一旦得天下，吾与姊妹并命在旦暮矣！”抱头痛哭之后请贵妃“衔土请命于上，事遂寝。”这就指出了肃宗与玄宗的矛盾，及与杨氏家庭的矛盾主要内容，也暗示了马嵬事变的发动与支持者并不只是陈玄礼、高力士等人，幕后主要的人物是唐肃宗。但在封建史家看来，这种上层内部矛盾是不能明白地说出的，只有讳，于是历史就只能被写得不死不活，离奇古怪。只有诗人少有这样的顾虑，一下子就说出了“肃宗回马杨妃死”的真相。

玄宗与肃宗之间的矛盾并未因杨妃赐死而结束。马嵬事变后玄宗照原定计划逃往四川，不听父老的劝告，一定要挟太子同行。“上总辔待太子，久不至，使人侦之，还白状。(肃宗被数千群众遮留）上曰：‘天也！’乃分后军二千人及飞龙厩马从太子，且谕将士曰：‘太子仁孝，可奉宗庙，汝曹善辅佐之。’”这才让出政权，留下一副烂摊子，落荒而走了。

这一切就都发生在马嵬。

从这里出发不远就是汉武帝的茂陵，只是从车里远远地遥望而已。武帝与西汉另外四个皇帝都葬在渭北高原上，就是杜牧所说的“五陵”，“看取汉家何事业，五陵无树起秋风。”这一带很少看见树木，偶有白杨，也不见参天的大树，看来在唐代就已是一派莽莽的荒原了，至今也没有什么变化。我们去看了茂陵博物馆，这是在汉武帝爱重的青年将领霍去病墓的前面。走上石阶时，扑面吹来一阵似雪的杨花，提醒我们时节已经到了春暮了。

茂陵博物馆里藏着十四件惊心动魄的西汉石雕。第一座“马踏匈奴”原来是安放在墓前的，是一座形象化了的墓主的纪功碑。在整块的麻砂巨石上面雕出战马的形象，连接在马腹下面的是被压在身下的一个仰卧的“匈奴”。须发怒张，奋力挣扎，却纹丝不得动转。简练的刀法，朴素的形象，烘出了鲜明强烈的政治内容。一动一静，战马的安详更加衬出了“匈奴”的躁动。这一切都是在一块巨石上完成的。

其他的石刻如跃马和卧马，仅用前蹄起动时的瞬间动作就勾勒出姿态完全不同的两种造型，艺术手法简洁集中到如此地步，却取得了极动人的艺术效果，这特点在全部石刻中都不同程度地得到了表现，成为共有的特色、风格。

野猪、蟾、鱼，初看时几乎怀疑这只是不曾加工过的天然石料，匠师们只用几笔，就雕出耳、鼻、口部的依稀轮廓，使动物有了跃然欲动的感觉。自然，这是要细看的，越看越能看出那拙趣与神情。石鱼恐怕原是建筑物的构件（础头），只在头部勾出眼部嘴部的轮廓，很有点漫画趣味。

看了两天下来，除了兵马俑坑，西安的古代遗存，怕要以霍去病墓前石刻为第一，这不只是因为它时代的古，更重要的还在艺术上成就的高。如此雄伟瑰丽的石雕群像，在国内还找不出另外可以相比的例子。

三时半回到住处，整理日记。这两天看到的好东西太多了，很有点“食伤”，不只是走马看花，简直更像是狼吞虎咽。细想无论哪一处都是值得细细观看的，但不能不一瞥而过了。这是不能不使人怅惘的。

晚饭后和C出去散步，出宾馆后朝北走，不多远就是大街，又西折，走过几条巷口就是小雁塔了。天色已经昏黑，在进门处买了门票，却找不到收票的人，就这样走了进去。游人几乎已经没有，有几个小孩子在嬉笑追逐，大概是吃完晚饭到这儿来玩的。园内的花木楼阁，这时已浸入重重暗绿之中，小雁塔就矗立在一座砖砌的高台上。亭亭玉立，真是古拙如老衲，秀俊如女郎。土黄色的塔身在薄暮的余晖中透出闪烁的光泽，一群燕子围绕着塔身不停地喧飞，更增添了环境的幽寂。我们先走近去看，塔身入口处有一间门屋，底层塔身较上面的各层都高，端凝稳重，整体素洁，并无烦琐纹饰。自下而上，每层逐渐收分，十三层高的塔身轮廓形成两条秀美的圆弧，漂亮极了。我们又在塔座平台的围墙上坐下来看，看了许久，不知怎的总是看不厌。

小雁塔建于唐中宗景龙元年（公元707），是荐福寺的寺塔。明嘉靖中人在塔门上写下的一条题记说，成化、正德两次长安地震，塔身曾被震裂，后又复合。现在塔顶的残部，应当就是地震的遗痕。残缺也有残缺的美，时代风雨留下的印记，往往不是簇新建筑所能具有。如在夕阳影里望小雁塔，它与未倒前的“雷峰”又是多么逼肖啊。

流连了许久才回到旅舍。要了两杯酒，在楼厅里坐下，杂七杂八地谈论两日来的游览印象。C说：“看下来要数兵马俑第一，霍去病墓的石刻第二，小雁塔第三。”

5月13日

上午陪C重游了碑林。他对陈列室内的铜器群极为赞赏，说真是惊心动魄的发现。午饭后休息。这时又下起了时落时停的小雨。二时出发，先去访少陵原上的杜公祠，这地方驾驶员没有去过，也是在原定游程外加出来的。车子一直向长安县驶去，从车中看见了店招上的“韦曲”字样，现在这一带已发展成为小型的市镇，崭新的建筑群却有一个古老的名字，使人想起唐人常说的“城南韦杜，去天尺五”，当时这里也一定是繁盛的去处，比今天还要热闹也说不定。

一路打听，知道杜公祠就在杨虎城墓的后身。车子在路边停了，我们沿着墓园右侧的一条小径上坡，沙石路面被微雨打得湿湿的，没有一点灰尘，这路曲曲折折地有好几百级，是少陵原上的高坡。

杜公祠有一座小小庭院。方砖铺地，满园花木扶疏，大殿两侧排列着厢房。雨中的花木湿漉漉的，满园一片暗绿。屋宇的漆饰都已暗敝陈旧，散发着一种古味，看起来比有些刺目的金碧要舒服得多。

这祠的历史并不古，明嘉靖中始建，后来又经过几次修葺。大殿里有杜甫的泥塑像，看来不过是晚清的制作，是一位端坐的面团团的“员外”，好像不大合乎杜甫的实际。其实谁也不知道诗人的本来面貌，是他的作品为读者提供了想象的依据的。右侧殿角还有一座旧碑，碑额篆书横题“唐杜文贞公遗像”，这碑上的杜甫清清瘦瘦，朝服衣冠，手里拿着笏版，神情肃穆，看起来要好得多。

杜公祠在十年动乱中是被“砸烂”了的。还没有开始重修，所以几乎没有游人。这就使我们得以从容地在庭院里徘徊，领略雨中的静趣。这次旅行遇到这样的机会实在难得，是值得高兴的。

离开杜公祠，车子在“杜曲”道上又开了二十分钟，到了有名的兴教寺。这是唐樊川八大寺之一，现存的寺院是火后重修的近代建筑。只有三座唐代砖塔不曾毁掉。被建筑史家当作唐代楼阁式砖塔的范例。

塔院在侧殿南面，一座方形、五层的玄奘法师灵塔和他的两位弟子圆测、窥基的较小的陪侍塔就聚集在这里。玄奘塔没有基座，底层四面素壁，可能是重修的结果，上面四层都有仿木结构的倚柱、叠涩出檐额坊和斗拱，形制素朴而简练，是用砖代替木料建塔的早期实物。

兴教寺坐落在少陵原畔高地，从这里可以俯视终南山下樊川的景色。平整错落的田畴，杜甫笔下“两行秦树直”的箭杆白杨挺立成行，潏河像松松地束拢在一袭绿色锦袍上面的银色的带子。

明天就要离开西安了。几天来走过许多遗址，看了许多遗迹，头脑里一直回荡着迅速转换的历史场景，仿佛一下子看了无数折历史题材的皮影戏，各式人物一直在眼前活动，赶也赶不开，这是难免使人感到疲倦的。细数种种人物，有暴君，有贤相，有名将，也有美人，概括起来，就是所谓“帝王将相”和“才子佳人”。在十年动乱之中，这无疑都在砸烂、扫荡之列。但终于还保存下来了不少，真是非凡的运气。玄奘是和尚，是方外人，但他的墓塔也未必因此而获得赦免。不能不想到，在动乱之中尽管有铺天盖地而来的“造反英雄”，同时也自有一些顶着狂风恶浪，冒险犯难保护历史遗迹的人。没有他们的努力与斗争，人们就不可能在西安这座巨大辉煌的历史博物馆、大课堂中得到自己所能得到的一切。

图书在版编目（CIP）数据

笔祸史谈丛　妆台杂记/黄裳著 .-- 济南：山东人民出版社，2022.2
（黄裳集 . 创作卷 . Ⅸ）
ISBN 978－7－209－13323－4

Ⅰ. ①笔…　Ⅱ. ①黄…　Ⅲ. ①随笔—作品集—中国—当代　Ⅳ. ①I267.1

中国版本图书馆 CIP 数据核字（2021）第 116240 号

笔祸史谈丛　妆台杂记
BIHUOSHITANCONG　ZHUANGTAIZAJI
黄裳　著

主管单位　山东出版传媒股份有限公司
出版发行　山东人民出版社
出 版 人　胡长青
社　　址　济南市市中区舜耕路 517 号
邮　　编　250003
电　　话　总编室（0531）82098914
　　　　　市场部（0531）82098027
网　　址　http://www.sd-book.com.cn
印　　装　天津图文方嘉印刷有限公司
经　　销　新华书店

规　　格　16 开（160mm×230mm）
印　　张　26.5
字　　数　240 千字
版　　次　2022 年 2 月第 1 版
印　　次　2022 年 2 月第 1 次
ISBN 978－7－209－13323－4
定　　价　94.00 元